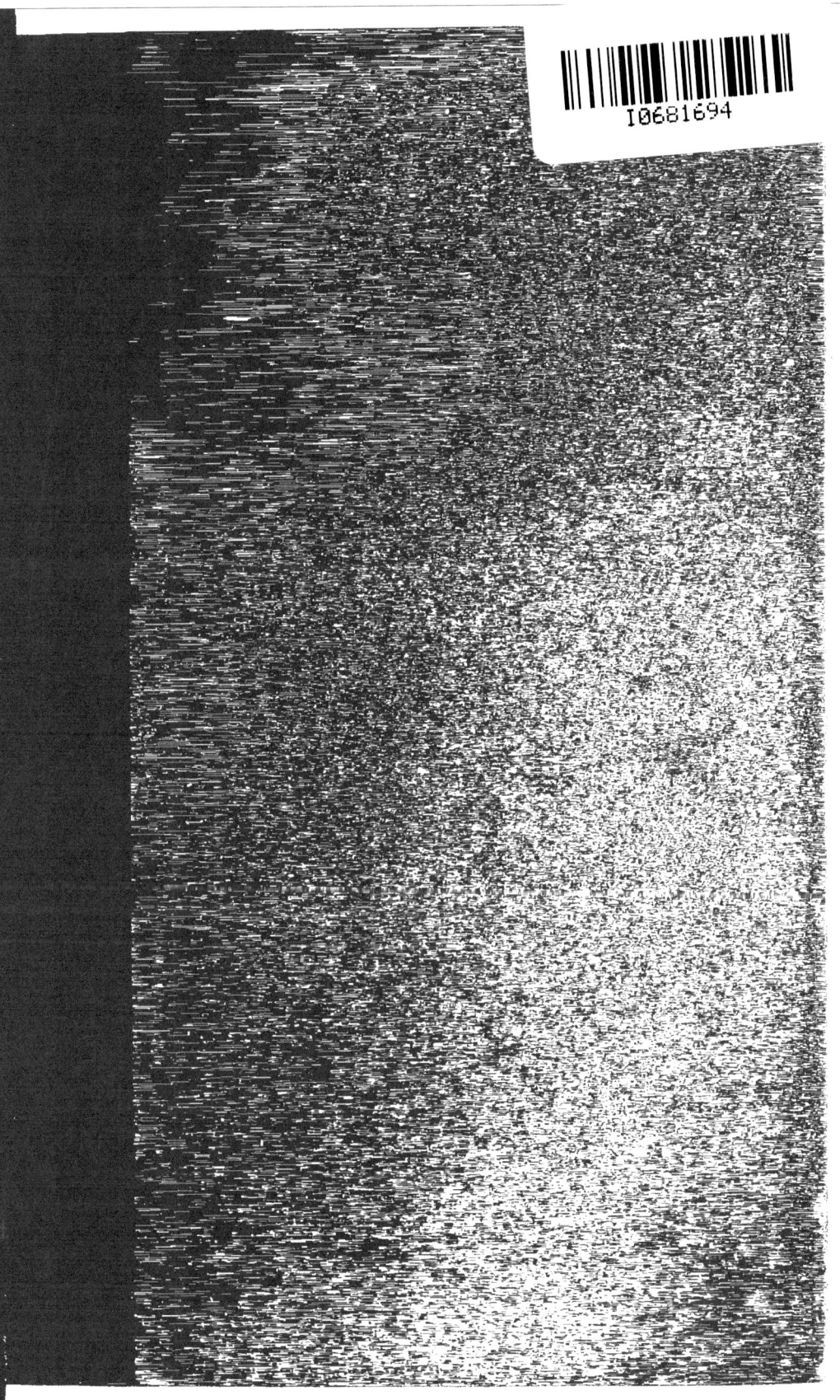

I0681694

Y

Par Elre Trincoteau, voyer plus bas.

12

ye

RUBRIQUES,

FÉRULES ET BLUETTES

PROVINCIALES;

PAR DEUX JUMEAUX DES XVIIIe ET XIXe SIÈCLES,

Le Centenaire CANDIDALMA

et

LE CHEVALIER DE SAINT-VINCENT DE PAULE,

Avec des Notes de l'Editeur responsable.

TOME PREMIER.

BORDEAUX,

IMPRIMERIE DE H. GAZAY ET COMP., RUE GOUVION, 18.

1845

RUBRIQUES,

FÉRULES ET BLUETTES

PROVINCIALES;

Par DEUX JUMEAUX des 18e et 19e siècles,

LE CENTENAIRE CANDIDALMA

et

LE CHEVALIER DE SAINT–VINCENT DE PAULE;

Avec des Notes de l'Éditeur responsable.

Les RUBRIQUES, FÉRULES et BLUETTES PROVINCIALES formeront 2 vol. in-8° de 20 feuilles au moins chacun, qui seront imprimés avec soin sur beau papier. L'ouvrage paraîtra *régulièrement* tous les mois, par livraisons de DEUX FEUILLES au moins, à raison de 35 c. la feuille (16 pages), qui seront remises *franco* à domicile, et ne seront payées qu'en les recevant.

La *première Livraison paraîtra le 10 Mai 1844.*

Titres des Pièces composant les deux volumes.

PRÉFACE DES TROIS AUTEURS.

PROLOGUE du CENTENAIRE, ou des *Rubriques.*

PROLOGUE du CHEVALIER, ou des *Férules.*

RUBRIQUES.

Les Hommes d'Argent.
Les Hypocrites.
La Presse et les Journaux.
Les Maîtres et les Domestiques.
Les *Lions* et les *Lionnes*.
La Jeunesse de mon pays, ou les Bordelais.

Du Tabac et des Fumeurs.
La *Lionne*, femme-de-chambre.
L'abbé Lacordère, à Bordeaux.
Les Libournais.
Les Partis.
Les Vieilles Femmes, ou Une sur Mille.

FÉRULES.

De l'Ostentation.
Les Hommes de Bourse.
L'Egoïste.
Contre les Ingrats.
Les Indiscrets.
Des Nobles en l'an... 40.
Les Avocats.

Les Négociants.
Contre les Délateurs.
De la Médisance.
Contre les Calomniateurs.
Les Amis comme il y en a beaucoup, un Ami comme il y en a peu.

BLUETTES.

Une Jeune Fille.
Un Jeune Garçon.
Une Jeune Femme.
Un Jeune Homme.
Une Epouse.
Un Mari.
Les *Ganaches*.
Les *Perruques*.
Les *Rococos*.
Un Petit.
Un Grand.
Un Pauvre.
Un Riche.

Un Cafard.
Un Vrai Dévot.
Un Roturier.
Un Noble.
Un Député.
Un Ministre.
Un Aveugle.
Un Clairvoyant.
Une Bigote.
Une Sœur de la Charité.
Un Electeur et un Eligible.
Une Prude et une Femme sage.

ON SOUSCRIT :

A BORDEAUX, chez LAWALLE, libraire, allées de Tourny, 52;
—   — GAZAY et Cᵉ, imprimeurs, rue Gouvion, 16;
A PARIS, chez

A LIBOURNE, au Bureau de *la Chronique*, Grande-Rue;
—   chez Mˡˡᵉ FONTAINE, directrice des Postes;
A PÉRIGUEUX, chez A. DUPON, au Bureau de *l'Echo de Vésone;*
A BLAYE, chez Mᵐᵉ veuve TALLEAU, directrice des Postes.

Nota. Les personnes qui désireraient souscrire aux RUBRIQUES, FÉRULES *et* BLUETTES PROVINCIALES, sont priées de remplir le bulletin imprimé ci-dessous, et de l'adresser ou de le remettre aux adresses désignées ci-dessus.

Bordeaux, imp. de H. GAZAY et COMP., rue Gouvion, 16.

Je déclare souscrire pour   exemplaire   des RUBRIQUES, FERULES ET BLUETTES PROVINCIALES, *formant* 2 *volumes in-8º de* 20 *feuilles au moins chacun, paraissant tous les mois, par livraisons de deux feuilles, à raison de* 35 *centimes la feuille; lesquelles me seront remises franches de port à l'adresse ci-dessous, m'engageant à les payer en les recevant.*

Nom de la résidence :   *le*

Signature :

Adresse :

SE TROUVE :

A Paris, chez COMON et Cᵉ, libraires, Comptoir des Imprimeurs unis, quai Malaquai, 15.

A Bordeaux, chez Ch. LAWALLE, lib., allées de Tourny;
— chez CHAUMAS-GAYET, libraire, fossés du Chapeau-Rouge, 33.

A Libourne, chez DEVILLECHENOUS, libr., place Royale.

A Lyon, chez GIRAUDIER, lib., place Louis-le-Grand, 17.

A Lille, chez VANACKER, libraire.

A Marseille, chez veuve CAMOIN, lib., place Royale, 3;
— chez Mᴵˡᵉ DUTERTRE, lib., rue Canebière.

A Nantes, chez BUROLLEAU, libraire, basse Grande-Rue.

A Rouen, chez LE BRUMENT, libraire, quai de Paris, 45.

A Toulouse, chez DELSOL, libraire.
— chez Mᴵˡᵉ DELBOY, libraire.

RUBRIQUES,

FÉRULES ET BLUETTES

PROVINCIALES.

RUBRIQUES,

FÉRULES ET BLUETTES

PROVINCIALES;

PAR DEUX JUMEAUX DES XVIIIe ET XIXe SIÈCLES,

Le Centenaire CANDIDALMA

et

LE CHEVALIER DE SAINT-VINCENT DE PAULE,

Avec des Notes de l'Éditeur responsable.

⁕

TOME PREMIER.

⁕

BORDEAUX,

IMPRIMERIE DE H. GAZAY ET COMP., RUE GOUVION, 18.

—

1845

HOMMAGE

A JUSTIN D**.

C'est à vous, notre estimable et complet ami commun,
que je dédie ce premier volume de nos OPUSCULES : vous
le lirez sans partialité ; et bien que votre droiture, vos
qualités inappréciables nous aient constamment inspirés,
vous nous jugerez, nous en avons la conviction, avec
l'incorruptible sévérité de l'amitié. Vous nous condam-
nerez, ou vous nous consolerez... advienne que pourra !
vous savez si nos intentions sont pures ; vous nous ap-
prouverez, ou nous blâmerez ; et l'un ou l'autre sera
bien fait... n'êtes-vous pas notre oracle ? Votre jugement sera donc celui que nous admettrons, n'en déplaise à tous les lecteurs du monde civilisé. C'est, je
crois, le plus digne hommage que nous puissions rendre à votre esprit éclairé, et à votre cœur que Dieu
forma, sans doute, pour un ange, avant de vous le donner... Le ciel connaissait votre avenir !

Adieu ! et à toujours votre ami.

T. P.

PRÉFACE DES TROIS AUTEURS.

DIALOGUE SURNATUREL.

L'AME DU DÉFUNT CENTENAIRE, L'OMBRE DU TRÉPASSÉ
CHEVALIER DE SAINT-VINCENT DE PAULE,
L'AUTEUR DES NOTES.

——

CANDIDALMA, *mort, à l'auteur responsable.*

M. l'Ecrivain de patenôtres, mon très-cher Editeur responsable *quand même,* qu'allez-vous faire de mes *Rubriques?*

LE CHEVALIER, *ad patres.*

Et de mes *Férules?*

I

CANDIDALMA ET LE CHEVALIER, *ensemble.*

Voire même de nos *Bluettes?*

L'AUTEUR DES NOTES.

De vieilles reliques...

CANDIDALMA.

Ce n'est pas répondre.

L'AUTEUR.

Je te gâte, père Candidalma.

LE CHEVALIER.

Vous parlez comme un mauvais livre.

L'AUTEUR.

Je te fais trop d'honneur, Chevalier : il fallait m'autoriser à mieux répondre, en écrivant des merveilles.

CANDIDALMA.

Alors pourquoi nous imprimer, non pas *tout vifs,* mais après que nous avons tourné l'œil?

LE CHEVALIER.

Il a raison : pourquoi nous publier, si nos muses indisciplinées n'étaient pas de bonnes muses, comme celle de..... comme celle de...., etc.?

L'AUTEUR, *avec malice.*

Parce qu'en vous mettant à l'ouvrage, vous avez voulu qu'il en fut ainsi, je présume...

LE CHEVALIER.

Je pense qu'il dit vrai : qu'en dis-tu, mon frère de lait, et de naissance?

CANDIDALMA.

Je n'en disconviens point : c'est l'ambition secrète et naturelle de tout *écrivassier* qui compose, ou croit composer pour la postérité, qu'il soit bambin ou séculaire, comme nous. Mais, mon gentil responsable, il fallait nous imprimer plus tôt; car il est des particuliers que nous traitons assez cavalièrement, sauf votre respect, et qui n'existent plus : on dira que nous troublons la cendre des morts. Les amis du grand Fonfrède, *le pêcheur,* vont jeter feu et flammes.

LE CHEVALIER.

C'est vrai ça, notre audacieux fils, héritier de la double couronne.... d'épines : pourquoi ne pas nous imprimer de notre vivant?

L'AUTEUR.

Vous seriez morts de peur tous les deux... Puis, il fallait me donner de l'argent, à vos périls et risques : l'avez-vous fait?

CANDIDALMA.

Non... il faut être juste; non.

LE CHEVALIER.

Non... par la meilleure raison du monde : nous...

L'AUTEUR.

Vous n'en aviez point... ça ne déshonore pas; mais...

CANDIDALMA ET LE CHEVALIER, *ensemble.*

Nous n'en avions pas plus là bas, que nous n'en avons ici haut.

L'AUTEUR.

N'est-ce point là l'unique motif de votre modeste...?

CANDIDALMA ET LE CHEVALIER, *en même temps.*

C'est toi qui l'as nommé.

L'AUTEUR.

Maintenant que vous n'existez plus, je me dévoue, ou me risque, *advienne que pourra* : on ne vous mettra pas en prison ; vous ne paierez plus l'amende, en enfer ou dans le purgatoire... à moi les pots cassés.

CANDIDALMA.

Il a toujours raison : laissons-le faire... à *ses risques et périls.*

LE CHEVALIER.

Donnons-lui carte blanche, puisqu'il ne nous en coûtera rien, que plus ou moins de gloire, ou d'avance posthume. Il parle comme un...

L'AUTEUR, *vivement.*

Laissez là votre livre... je vais l'imprimer.

CANDIDALMA.

Tope !

L'AUTEUR, *souriant.*

Farceur !

LE CHÉVALIER.

Ça va !

L'AUTEUR, *de même.*

Jobard !

Tous les trois ensemble.

Ouf ! ! !

PROLOGUE DES FÉRULES

DU

CHEVALIER DE SAINT-VINCENT DE PAULE.

(1835.)

————

Quoi ! vous me demandez, surpris de ma colère,
Pourquoi je satirise, et pourquoi je préfère
La mordante hyperbole à l'art simple et bénin
D'exagérer le bien, par amour du prochain ?
Philanthropes amis, j'admire vos scrupules ;
Mais soudain vous verrez le but de *mes Férules*.

A ma verve, en effet, mêlant un peu de miel,

J'oserai vous répondre : Ici bas, comme au ciel,

Les bonnes actions n'ont pas besoin d'éloge ;

Qui recherche l'encens à la vertu déroge...

Le vice n'est ému que du mal qu'on lui fait ;

Et, jusqu'au châtiment, il se trouve parfait.

Dites-moi, bonnes gens, si l'éloge d'un sage

A jamais converti le vice, à son passage ?

Mais si d'un fer rougi mon vers le marque au front,

L'homme immonde peut-il supporter cet affront ?

Non, non, heureusement ! Et si pour les galères

La marque est abolie, il est pour les ulcères

Des êtres vicieux, un stigmate cité,

Qui ne s'efface point : c'est la publicité.

C'est ce double motif qui décide ma lyre ;

Aux louanges lui fait préférer la satire.

Et puis, ai-je besoin de rien exagérer ?

Le mal est à son comble, et doit exaspérer

Toute conviction moins chaude que la mienne :

Je vais citer des faits, afin qu'on en convienne.

Tel que ces avocats... (il en est tant et tant !)

M'en tiendrai-je toujours au rôle d'écoutant ?

Au théâtre et partout, mes yeux et mes oreilles,
Aveuglés, étourdis des modernes merveilles,
Me laisseront muet, avec nos libertés?
Je ne répondrai pas à tant d'iniquités?..
Oh! je n'y puis tenir!.. Et je viens donc inscrire
Les sujets palpitants qui m'ont forcé d'écrire.
Pour entendre, écoutez; pour voir, ouvrez les yeux :
Voici ce qui nous reste, hélas! de nos ayeux.

Soit l'importunité des auteurs, des poëtes,
Romantiques fœtus qui n'ont ni pieds ni têtes;
L'orgueil des enrichis; l'usure des prêteurs,
Avec l'atrocité des plus vils délateurs... ²
La haine des partis, qu'engendre l'égoïsme,
Au souffle empoisonné d'un prétendu civisme;
Par contre, cet amour de légitimité,
Que l'intérêt transforme en fausse piété...
De tous les intrigants la sordide bassesse,
Ou la mauvaise foi, qui séduit, intérese...
Et soit l'excès du luxe, et la fureur des jeux; ³
L'agiot de la bourse encor plus scandaleux;
Du commerce abaissé l'insigne perfidie;
La presse en désarroi, vendant la calomnie...

Ce notaire avili, prenant de toutes mains;

Cet autre homme de loi, trafiquant des humains...

Soit encor l'égoïsme, et toute avare engeance,

Poursuivant la fortune, accablant l'indigence;

Cet aplomb d'ériger les vices en vertus,

Que tant de jeunes fous, pour *Lions* reconnus,

Affichent aux regards de nos fières *Lionnes;*

La noire ingratitude acceptant des couronnes;

L'étouffant assommoir de cent mille indiscrets,

Qui rôdent, jour et nuit, autour de vos secrets...

L'absence de pudeur, ou de tout savoir-vivre,

Dont notre *jeune France* et se flatte et s'enivre;

La plate vanité des petits et des grands,

Qui fait les hommes nuls, comme les ignorants;

La sombre politique, et ses obscurs dédales,

N'accouchant au grand jour que d'ineptes scandales...

Ou la diplomatie, au regard louche et nul,

Ignorant que le vrai surpasse tout calcul;

L'importance sans but de tous ces bureaucrates,

Habiles seulement à mettre leurs cravates;

Le ridicule orgueil de cet homme d'Etat,

Oubliant qu'il ne fut, et qu'il n'est qu'un pied-plat...

Le parjure inoui d'un député carliste,

Criant vive Philippe étant légitimiste...

Du fanatisme usé l'étrange illusion
De passer ici bas pour la religion...
La luxure arrivant, par delà l'adultère,
Au viol... de Sodome empruntant un vicaire,
Ou prenant quelquefois son vol incestueux...
Vous tremblez! Est-ce tout? non, de par tous les cieux...
Mais j'en ai dit assez (si ce n'est trop) je pense,
Pour l'acquit de ma muse et de ma conscience :
Si j'oublie aujourd'hui quelques nouveaux travers,
Ils n'échapperont pas, tôt ou tard, à mes vers.
Tant d'abus à citer, que j'en perds la mémoire,
M'ont fait bouillir la bile... et c'est facile à croire.
Ce courroux naturel me tient lieu d'Apollon :
Je m'exile, à regret, du paisible vallon,
Où modulait Virgile, où s'égayait Ménandre :
Ma bouche dès longtemps ne dit plus rien de tendre,
Et je dois me venger de cet exil forcé,
Sur ces nombreux abus dont je suis courroucé.

Que d'autres chantent donc et les bois, et les belles;
De leurs soupirs rimés qu'ils charment les ruelles :
Mon choix est fait : je veux me ruer à jamais
Contre tous les travers, contre tous les excès.

A défaut de talent, j'invoque une furie...
Mais l'indignation fait de la poésie.

Lecteurs, comprenez-vous, à présent, mes raisons?
Dussiez-vous me loger aux petites maisons,
Voilà pourquoi mon luth a changé de devise;
En trois mots comme en cent, *pourquoi je satirise.*

Mais auriez-vous encore un instant de loisir?
Etes-vous patients? faites-moi le plaisir
(Chers lecteurs trop surpris) sans ire, sans cabale,
D'avoir pour mes récits l'oreille impartiale;
Ne décidez qu'après m'avoir bien entendu,
Sur ce qui m'est ici permis ou défendu...
Ecoutez : Quand un *Brac,* Abélard de débauche,
Ose se marier et de sa femme approche ; 4
Quand ce vil parvenu, des bagnes échappé,
Eclabousse en ses trains, comme le plus huppé;
Lorsqu'un larron d'huissier, tout couvert d'infamies,
Occupe un bel hôtel, fruit de ses félonies;
L'orsqu'un sec magistrat, de plaideurs enrichi,
Se remplume, en procès, comme un *mamamouchi;*

Quand ainsi tout escroc remplit sa tirelire,
Puis-je, sans m'avilir, rompre avec la satire?
Serait-il, franchement, en face de tels faits,
Poëte assez jobard pour se taire à jamais?
Peut-on se contenir, sans leur livrer sa montre,
Devant de tels filous dont on fait la rencontre?
A moins de leur complaire, où de s'en effrayer,
Du rang des gens de bien nous devons les rayer.

Aujourd'hui chaque état organise la fraude,
De toute fonction elle devient le code;
Tout se vend et s'achète, et l'argent et l'honneur :
Le riche criminel est sans accusateur;
L'innocent craint son juge, et pour plaire à l'infâme,
Ou gagner son procès, il lui livre sa femme...
Cela s'est vu, se voit, et se verra toujours,
A moins qu'au pilori tel vigoureux discours,
Comme en fit Juvénal, n'attache les coupables...
Si vous prenez pitié de pareils misérables,
Les légitimes droits d'une succession
Vont devenir la part du plus hardi *Lion* :
Adieu le testament d'une vieille impudique; [5]
C'est le prix d'un accord et nocturne et lubrique;

Le fils de plus d'un quart n'aura pas hérité ;
Tout le reste appartient à la virilité...
Je n'exagère rien, je le redis encore :
Et l'on travaille ainsi du soir jusqu'à l'aurore...
Le vol est manifeste... Ah! pour de tels excès,
Cartouche et Camalet perdirent leur procès.
Ce fils déshérité, que la misère tue,
Se voit, à dix-huit ans, embauché dans la rue :
Un repaire honteux non loin de là l'attend...
S'il cède, il est perdu... s'il résiste, il est grand...
Mais il n'est que trop vrai qu'il risque l'infamie.
Bordeaux, naguère en proie à cette horrible orgie,
N'en a pas moins trouvé des juges indulgents... [6]
Quel siècle pour louer !.. Où les honnêtes gens ?
Où la vertu sans tache, alors que de Sodome
La pratique est chez nous ce qu'elle fut à Rome ?

Et je ne courrai pas, à cet affreux signal,
Jusque dans son tombeau réveiller Juvénal ?
Irai-je composer quelque moderne drame,
Où, pour l'intéresser, il faut pervertir l'âme ?
Ou bien passer les nuits sur un roman nouveau,
Qui sera délaissé, s'il ne porte au cerveau ;

Si ma fille à seize ans, sans rougir, le peut lire,
Lorsque tout, parmi nous, m'excite à la satire?
Où chercher mon héros pour fonder ce roman?
Sera-ce tel *barbier*, marchand d'orviétan,
Que l'on créa marquis, du nom de sa montagne,
Pour avoir *fait suer* les trésors de l'Espagne;
Ouvrard péninsulaire, à qui vingt mille francs
Donnent trois millions de rente tous les ans?
Où trouver un quidam pour me tiédir la bile?
Et pour qui, ventrebleu! changerai-je de style?
Sera-ce tel ministre au pouvoir revenu,
Qui la veille, dit-on, n'avait pas un écu,
Et qui, grâce aux succès de huit mois d'exercice,
Dans la banque de France a trouvé sa nourrice?
A quel poste, à quel rang resplendit ce héros?
Chez les pairs? aux parquets? Est-ce dans nos barreaux?
Exhumerai-je un nom de l'urne électorale,
Si je veux dans mes chants peindre une âme loyale?
Parmi les gens en place est-il que phénix,
Que je puisse chanter en vers de douze ou dix?..
(J'en trouverai plus d'un, si *je choisis* ma route,
A force de chercher, personne ici n'en doute;
La règle a son appui dans les exceptions...
Et je laisse aux cœurs purs leurs illustrations.)

Ferai-je un madrigal, si non l'épithalame,

Quand tout mari... trompé, s'entend avec sa femme ?

Oserai-je, grand Dieu ! parler de bonnes mœurs,

Afin d'être hué par tant de maraudeurs ?

Me tairai-je toujours, je le répète encore,

Lorsque l'homme, à plaisir, partout se déshonore ?

Quand je vois dans la rue, audacieusement,

Un vieillard décrépit extorquer un enfant ;

Changer le parc aux cerfs en parc contre nature,

Et ma ville natale en vrai bourbier d'ordure ?

La décence, dit-on, gémit de ces excès,

Et la pudeur du juge étouffe un tel procès...

Mais tout homme d'honneur, en face du scandale,

Peut-il vraiment se taire, ou vanter la morale ?

Quoi ! chanter la vertu quand le vice est partout ?

M'en préserve le ciel !.. Sus, ma muse ; debout !

Viens vouer au mépris, frapper de ta férule

Tous ces forfaits croupis, qu'à son gré dissimule

La peur, ou l'intérêt, pour sortir d'embarras...

Tel crime se punit, qui ne se raille pas ;

Je le laisse à la loi... Mais je vois d'autres crimes

Que la loi n'atteint point : j'ai mis dans mes maximes

De les livrer tout nus à leur trop juste sort,

Plus ignoble, plus dur mille fois que la mort...

Puissé-je parcourir cette noble carrière,
Sans dégoût, en riant, comme a fait Labruyère!
La tâche est difficile et pénible à remplir,
Mais je la poursuivrai jusqu'au dernier soupir.

RÉFLEXIONS FINALES.

En lisant ce prologue à quelques *bonnes* femmes,
Comme on en trouve tant... aux lèvres de ces dames
J'ai surpris un sourire, et de malins propos,
Qui pourraient, à leur tour, faire rire les sots :
Car, si j'ai bien compris ces propos, ce sourire,
Voici ce que les uns et l'autre voulaient dire :
Il sied bien à ce fou, dans sa fragilité,
De parler de morale et de fidélité,
De vertu domestique! alors qu'en sa carrière
Il passe pour un brac, ou pour tête légère!
D'autres, d'un ton plus grave, et moins bénignement,
Semblaient, à mes récits, s'entresouffler : « Comment!

« Est-ce à ce gaillard-là de faire le stoïque?

« Si sur lui nous devons en croire la chronique,

« Il ne fut pas toujours si délicat, si pur...

« Il ferait beaucoup mieux de se taire, *à coup sûr.*

« Si ce qu'on dit est vrai, sur l'autel de Marie

« Il eût damné son âme... et contre nous il crie! »

Bonnes âmes! bravo! croyez tout ce qu'on dit,

Et sur mon triste cœur, et sur mon pauvre esprit,

Sans le moindre examen. Mais si, chargé de crimes,

Je passe pour avoir fait autant de victimes

Qu'en compte *la chronique;* il serait plus loyal

D'imiter ma franchise, et de citer le mal.

Pendant tous mes beaux jours pénétrez en moi-même;

Dites-moi qui je hais, ou nommez-moi qui j'aime :

D'un seul cœur compromis désignez-nous le sort,

Qui m'a pu mériter ou le blâme, ou *la mort...*

Rien n'est facile, hélas! comme les conjectures;

Mais avant d'établir, jusqu'aux races futures,

Que je fus un trompeur, et plus qu'un débauché,

Faudrait-il dévoiler le plus petit péché...

On dit... vous supposez... On fait ce que vous faites;

On n'y voit pas plus clair d'ailleurs, que d'où vous êtes;

Et, dans l'obscurité qui vous couvrit les yeux,

Vous m'avez *soupçonné* d'être un monstre odieux.

Or, sur tout mon passé faut-il qu'on vous éclaire?

Mon cœur fut droit et bon ; ma tête fut légère :

Celle-ci fut pourtant esclave de mon cœur;

C'est pourquoi mon esprit, soumis à la pudeur,

Ne se vanta jamais de *mes bonnes fortunes,*

(Si j'en eus)... comment donc en sauriez-vous aucunes?

Il en est de cela comme d'autres défauts,

Qu'en les exagérant on me met sur le dos :

Qui dit trop ne dit rien; car ma vive jeunesse

Jamais jusqu'à l'excès ne montra de faiblesse.

J'ai passé pour *joueur*... je n'ai jamais perdu,

Ni gagné... de quoi faire un péché défendu.

J'ai passé pour avoir mangé *mon* patrimoine,

Et je n'en eus jamais autant qu'un pauvre moine.

J'héritai d'une dette, et mon cœur la paya... [8]

C'est tout ce que le sort, à vingt ans, m'octroya.

Ce devoir filial m'en fit contracter d'autres...

Je les paye... Eh! lecteurs, payez aussi les vôtres :

Pour atteindre ce but, violez comme moi

Un droit inviolable, et faites-vous la loi

De vous réduire ainsi presque jusqu'à l'aumône,

Afin de ne devoir un jour rien à personne. [9]

Tel je fus dès vingt ans, tel je suis aujourd'hui :

Un siècle j'ai vécu, sans secours, sans appui,

Autre que le travail, mon unique ressource ;
Seul il a jusqu'au bout alimenté ma bourse.
Si de quelque crédit j'éprouvai la faveur,
Je le dispensai tout au profit du malheur :
De plus d'une famille exauçant la prière,
J'arrachai la jeunesse au joug de la misère...
Enfin redevenu *gros Jean, comme devant*,
Je me suis dit : Assez ; n'allons pas plus avant...
Et je suis resté pauvre. En voulez-vous conclure
Qu'à la chaste équité j'ai fait quelque blessure ?
Ce serait être expert en contradictions...
Vous reviendrez un jour de ces préventions,
En comparant *ma vie* [10] à celle des infâmes
Dont je flétris les mœurs... Entendez-vous, Mesdames ?

Mon voyage en amour fut plus ingénieux :
J'aimai, je fus aimé... quel crime audacieux !
J'étais jeune et... fort laid : on me disait aimable...
Mais l'objet de mon culte ; un seul être adorable
Cessa-t-il, jusqu'ici, par moi d'être estimé ?
Non : mon amitié reste à tout objet aimé...
Et, dans mon souvenir, ni honte, ni souillure
N'a jamais contre moi révolté la nature...

Ensuite, mes soupirs furent donc bien discrets,
Puisque personne encor n'est sûr de mes secrets?

Oui, je puis, le front haut, sans peur, sans artifice,
Bégueules, malgré vous, satiriser le vice;
Vous dévoiler, peut-être, ou vous flétrir aussi,
Enfin vous mettre à nu, vous désespérer, si...
Je n'achèverai pas : gardez votre couronne;
Mais trêve à vos propos!.. Lecteur, sur ma personne
En voilà bien assez, je te jure... et, ma foi!
C'est le dernier écrit où je parle de moi.

Mais si la calomnie exige une réplique...
(Le proverbe est connu : *Qui s'y frotte s'y pique*),
Je répondrai peut-être... Eh! suis-je le dindon
De ce qu'on nomme *espèce* en culotte ou jupon?
Prétend-on m'avilir ainsi, sans me connaître?
Chuchotez donc encor, je répondrai, peut-être!!...
En médiocres vers, mais quelquefois coulants,
Et qui, pour me venger, deviendront excellents.
Je ne franchirai point la simple médisance;
On verra que le vrai suffit à ma vengeance.

Sans me calomnier, osez en faire autant;

Trouvez mon cœur en faute; allez, il vous attend...

Ou de ma conscience écrivez la satire;

Prouvez ma turpitude... et je cesse d'écrire.

Mais je ne vous crains pas; je dis de bonne foi :

C'est le dernier écrit où je parle de moi.

LE CHEVALIER DE SAINT-VINCENT DE PAULE.

PRÉAMBULE

———

J'ai une peur de tous les diables qu'on ne soit curieux, infiniment curieux, de savoir *l'âge précis* de
nos *deux jumeaux*, aux moments où je les ai connus..., perdus, à vingt-quatre heures de distance l'un
de l'autre. Avant donc de commencer ma petite besogne particulière et personnelle, et pour me débarrasser
de *ma peur,* je vais essayer de satisfaire cette trop raisonnable curiosité de nos lecteurs.

CANDIDALMA (*Gérôme-Pointu de la Renardière*) est
né le 5 mai 1730, un quart de demi-quart d'heure et
un cinquante-neuvième de seconde, avant minuit; son
frère le CHEVALIER (*Augustin-Lacéré de la Taupinière*)
est venu au monde le 6 mai 1730, un quart de demi-
quart d'heure et un cinquante-neuvième de seconde,
aussi avant minuit; c'est-à-dire, à la même minute,

fractionnée comme je viens d'avoir l'honneur de vous le dire, mais seulement *le lendemain*.

Leur respectable et robuste mère, de prodigieuse mémoire, avait soixante-dix-neuf ans lorsqu'elle mit au monde ces deux garçons Dieu-donnés; le papa n'en avait que trente-deux... Hélas! ils avaient (papa et maman, bien entendu), ils avaient ensemble, ces deux pauvres choux, absolument le même âge que leurs remarquables enfants ont vécu : phénomène très-prodigieux encore! Particularité bien remarquable aussi! ce père sensible, ayant assisté au *premier numéro* des couches laborieuses de sa chaste moitié, retourna, vers minuit, au Cercle de la Comédie... doucement! existait-il ce fameux cercle en 1730? N'importe... il y retourna, et y resta près de quarante-huit heures. A l'autre minuit on l'envoie de nouveau chercher : ce propagateur fortuné d'une espèce d'hommes toute privilégiée, quitta la table de bacarra, pour venir assister au *second numéro* de son incroyable progéniture.

Ce fait providentiel m'a été raconté littéralement par deux élèves de l'illustre M. Guilhe, *mes camarades de classes à l'école centrale,* qui le tenaient... de

leurs aïeux. Si vous aviez, amis lecteurs, la mauvaise
volonté de ne pas me croire, je vous prierais très-naï-
vement d'y aller voir... c'est-à-dire de vous en infor-
mer auprès de mesdits *camarades de classes à l'école
centrale,* s'ils vivent encore... S'ils sont déjà morts,
j'ai la conviction qu'ils vous le diront *littéralement,*
comme je vous le dis, dans un meilleur monde... vous
verrez.

Reprenons ma notice : ces deux *Mathusalem* de notre époque, un peu dégénérée peut-être, ont cessé de
respirer le même air que nous respirons, exactement
de la même manière : le premier est parti pour là haut,
comme il était venu ici bas, le 10 mai 1841, à dix
heures, un quart de demi-quart d'heure et un cinquante-neuvième de seconde, du matin ; et *le Chevalier* s'en est allé comme il était venu, le lendemain,
11 mai 1841, à dix heures, un quart de demi-quart
d'heure et un cinquante-neuvième de seconde, aussi
du matin.

D'où je conclus, si Barême n'est pas faux, que ces
fortunés vieillards avaient chacun, en quittant notre
planète, qui leur fut excessivement légère, avaient

bien... Calculez, MM. les curieux ; car je n'ai jamais su compter jusqu'à quatre, à plus forte raison jusqu'à cent onze, avec les plus difficiles de toutes les fractions.

Ne m'en demandez pas davantage, pour aujourd'hui, ou (ce qui revient absolument au même), laissez-moi tranquille... *sauf votre respect,* comme dit *le Centenaire,* je ne sais plus à quelle occasion : je vais commencer (comme il dit encore je ne sais pas mieux où), mes *patenôtres.*

NOTES

Du prologue des Férules.

---

¹ M'en tiendrai-je toujours au rôle d'écoutant?

On appelle *écoutant* un avocat sans cause.

² Avec l'atrocité des plus vils délateurs...

Le Chevalier veut parler ici de toutes *ces mouches* dange-
reuses, qui piquent, mordent et enveniment tout, à tort et
à travers, selon leur intérêt personnel : ignobles sangsues,
qui n'épargnent ni le sang des malheureux, ni celui des riches, ni celui des pauvres... Mais, à son tour, l'auteur ne
ménagera, dans le fait, aucun dénonciateur, quel qu'il soit,
petit ou grand, pourvu qu'il lui tombe sous la main, chemin faisant... Il est à craindre que cela ne lui donne beaucoup de besogne.

³ . . . . et la fureur *des jeux;*

Il est évident qu'on eût écrit autrefois : *la fureur du jeu;*

mais depuis que l'on a créé et mis au monde les jeux de bourse, etc., etc., l'auteur s'est cru obligé de mettre au pluriel ces divers moyens de tromper les niais.

[4] Ose se marier et de sa femme approche;

Ce peu de délicatesse est devenu historique : plus d'une pauvre vierge en a été la victime, et, si elle a eu le malheur ou le bonheur d'avoir ensuite des amants, ces derniers pourraient sans doute certifier le fait : avis aux amis du *héros* dont parle ici le Chevalier.

[5] Adieu le testament d'une vieille impudique;

Historique encore... Que le lecteur n'en demande pas davantage, et mieux, qu'il prenne la poste, ou s'embarque, pour se procurer *les pièces à l'appui*, soit à Paris, rue... soit à Malte, soit en Italie... que savons-nous?

[6] N'en a pas moins trouvé des juges indulgents...

Nous pourrions citer l'affaire D......l, dont on a trop parlé pour qu'on n'en parle encore. Se jugera-t-elle? — Pari que si! — Pari que non!

[7] Sera-ce tel ministre au pouvoir revenu,

Ce vers et les trois qui suivent font allusion à une Férule

composée en octobre 1840 : qui était ministre alors?.. Je
m'en lave les mains; qu'il fasse comme moi, si cela se peut.

8 J'héritai d'une dette, et mon cœur la paya...

Le fait est curieux; mais il est constant. L'héritage du
père du Chevalier était absorbé par des dettes : après avoir
eu la niaiserie d'essayer de faire l'impossible pour liquider
une si triste succession, l'héritier y a renoncé purement et
simplement, et on lui a fait néanmoins solder depuis, de ses
propres deniers, jusqu'à des arrérages de pension paternelle
à une de ses sœurs, mariée, dus par cette succession, dont
il n'a rien eu, ni ne pouvait rien avoir.

9 Afin de ne devoir un jour rien à personne.

Sa pension de retraite est sacrée, inviolable, selon le vœu
de la loi; elle est de..... : il s'est réduit volontairement au
quart, pour arriver à une liquidation générale et complète.
Citez-moi le plus orgueilleux, ou le plus humble des négociants, qui voulût imiter le Chevalier en pareil cas... Va-
t'en voir s'ils viennent!

10 En comparant ma vie à celle des infâmes,
    Etc.

Le Chevalier a écrit ses mémoires, et il y travaillait encore !.. Ils seront plus curieux qu'on ne pense, soit en vies
privées, soit en documents politiques; car ce pauvre vieux

n'y piquera pas tout seul la curiosité. Cependant, si on ne *m'embête* pas trop, il sera loisible à moi, son héritier, de les publier, ou d'en faire des papillotes... Eh! en effet, *bon Chevalier,* je les garderai dans mon portefeuille jusqu'au... jugement dernier, si!.... Mais!!...

PROLOGUE DES RUBRIQUES

DU

CENTENAIRE CANDIDALMA.

(1835.)

> « La pensée est pour moi comme une jeune fille;
> « Je veux que sur ses traits la virginité brille...
> « En elle tout est beau de sa propre beauté;
> « Elle n'a pas besoin d'un éclat emprunté...
> « Ainsi la poésie : alors qu'on la fait grande,
> « Il ne faut pas couvrir son corps d'une guirlande. »

(M. PONSARD, auteur de *Lucrèce*.)

A cent ans faire encor des vers !

S'écrie un jeune fou d'au plus soixante hivers :

Mon cher enfant, c'est de la prose,

Rimée... en dépit des pervers :

Ne me demandez pas, s'il vous plaît, autre chose;

Car vous auriez compté sans votre hôte... et pour cause.

Ainsi que mon frère jumeau,
Je n'ai jamais appris la *belle* poésie ;
De ses règles je me défie : ¹
Je n'en veux point... Je serais au tombeau,
Si j'avais eu la tuante manie
De faire mieux... Aussi mon chalumeau,
Comme celui de mon Sosie,
Ne siffle que des airs qu'un pâtre comprendrait,
Tant ils sont dénués de merveilleux, de grâce,
A la manière du Parnasse,
Où l'on prescrit d'être obscur, par décret
De Boileau-Despreaux, ou de son maître Horace. ²
Lecteurs, vous auriez beau lui faire la grimace,
Le Centenaire est ainsi fait...
Mes enfants, à son âge on ne change plus guère,
Que pour passer, hélas! de la vie à la mort :
Si ses vers rocailleux, sans règle et sans'effort,
Malgré les grands faiseurs, pouvaient encor vous plaire,
Il ne se plaindrait pas, à cent ans, de son sort.

Lisez donc mes vieilles *Rubriques,*
Comme on lit un pauvre journal,
Qui, chaque nuit, vous *broche,* bien ou mal,
Des nouvelles du jour, ou de *vieilles* chroniques...

Vieux ou nouveau, tout vous est bien égal ;

Car c'est un passe-temps, et non pas un régal,

Que de lire aujourd'hui nos combats politiques.

Eh bien donc, lisez-moi par curiosité ;

Ne voyez point de vers dans ma prose en cadence ;

Passez-moi, sans courroux, licence sur licence,

    Et ne songez... qu'à la société,

    Que je cherche à rendre meilleure :

Si je la pervertis, brûlez-moi tout à l'heure...

Car j'aurais trop vécu, si, par de tels écrits,

J'allais, près de voir Dieu, souiller mes cheveux *gris*...

J'aurais dû mettre *blancs*... c'est ainsi qu'on s'escrime

Lorsque l'on veut au vrai substituer la rime.

Voilà pourquoi, lecteurs, je me suis gendarmé,

Souvent, et trop souvent, contre un discours rimé

Qui sent trop l'alambic ; où l'auteur se démène

Comme un pauvre forçat, rivé dans son lien...

Si j'écrivais ainsi, j'en aurais la migraine ;

Et c'est ce qui me fait prendre un autre moyen.

Je ne me donne pas une once de la peine

Que prend, pour être élu, l'académicien...

Mon vers coule... au hasard ; j'y fais entrer, sans gêne,

Les mots les plus communs, pourvu qu'ils disent bien

Tout ce que je veux dire, et complètent ma phrase.

L'enjambement est parfois de mon soutien ;
Victor Hugo l'adore, et son faible est le mien...
Vive le romantisme, il sait dompter Pégase ! [3]
Jamais, du grand jamais, je ne tombe en extase
Sur un vers fait au moule, où je ne comprends rien. [4]
Tel est votre vieux Centenaire ;
Tel est son frère Saint-Vincent,
Qui valent bien le même taux pour cent ;
Et qui, durant le cours de leur longue carrière,
En vérité, n'ont jamais su mieux faire.

Adieu, jeunes amis, poètes ou rimeurs !
Pleurez, riez, grognez, ayez de l'indulgence...
A vous permis. Je vais en diligence,
Chez le meilleur enfant de tous les imprimeurs,
Porter notre double bagage...
Comme on dit, au petit bonheur !
Tant pis pour nous si nous faisons naufrage !..
J'en rirai de grand cœur. [5]

LE CENTENAIRE CANDIDALMA.

NOTES

Du prologue des Rubriques.

---

¹ De ses règles je me défie :

Notre vieillard est au moins sincère ; car je n'ai jamais
vu poète, jeune ou caduc, se soustraire si cavalièrement à
la rigueur, à la richesse de la rime : je ne crierais nullement
au miracle, si, quelque beau jour, il faisait rimer ensemble
hallebarde et *miséricorde.*

² De Boileau-Despreaux, ou de son maître Horace.

Tout beau ! père Candidalma ; le rigoureux Boileau et l'ingénieux Horace n'ont jamais *décrété,* prescrit l'*obscurité,* ou
le *pathos :* soyez *simple* ou sans *merveilleux,* tout à votre
aise ; mais n'insultez pas ces grands hommes, ou je dirai
qu'en effet, vous ne les avez pas compris. Est-il drôle ce
diable de Centenaire !

³ Vive le romantisme, il sait dompter Pégase !

C'est encore de l'ironie : personne au monde n'est moins

romantique que ce vieux paresseux... Lisez plutôt ses *Rubriques,* ou les *Bluettes* de son cru.

⁴ Sur un vers fait au moule, où je ne comprends rien.

Le vieux entêté n'en démordra point : il ne veut ni règles, ni césure; et puis il ose dire que le *goût* de **M.** Victor Hugo *est le sien...* Ne te gênes pas ! archi-Nestor, va !.. Quelle audace ! ! !

⁵ J'en rirai de grand cœur.

Je crois qu'en effet, le plus court est de rire d'un gaillard comme çà... Pour ma part, je trouve que la critique ne saurait avoir rien de mieux à faire; et je lui en donnerais volontiers l'exemple, en finissant ces cinq notes, déjà beaucoup trop sérieuses. J'ajouterai seulement que, puisque Mons Candidalma va porter lui-même son double bagage chez *le meilleur enfant de tous les imprimeurs,* nos deux frères jumeaux avaient donc l'intention de se faire imprimer, avant *d'avoir tourné l'œil.* Cette pensée me soulage; car j'ai moins de remords...

UN ÉLECTEUR ET UN ÉLIGIBLE.

Bluette.

———

Qu'il faut donc que nous soyons bêtes !
Me disais-je dimanche, en lisant les journaux...
(Je consacre ce jour à lire des sornettes,
Employant ma semaine à d'utiles travaux...
 Ou bien à faire des *Bluettes*...)
 Qu'il faut donc que nous soyons bêtes,

Pour gaspiller ainsi notre argent à cela !

    Comme on est rempli de lumière,

    Après une journée entière,

Perdue à débrouiller le fatras que voilà !

Si j'étais Chambre, ou Roi, l'âme bien enflammée

De l'amour du pays, surtout de son honneur,

    De sa gloire, de son bonheur,

    Ou de sa haute renommée,

Je ne conserverais que *le grand Moniteur,*

    Et *le Moniteur de l'armée;*

Puis, je supprimerais le reste, de bon cœur...

Cette réflexion *dimanche* m'est venue,

  En parcourant les divagations

  Des *trois partis,* sur *les élections.* [1]

    Leur systématique bévue

Plaît pourtant aux niais de toutes les façons...

Quoi ! ce triumvirat de farceurs politiques,

Fraudant sur tous les points, pour avoir des *élus,*

    Ses intrigues sont des vertus !

Et le pouvoir chargé des affaires publiques,

Muselant les fraudeurs... ont dit : *C'est un abus!..* [2]

Vous vous moquez de nous, cohortes décrépites
  De radicaux, ou d'hypocrites,
  D'ambitieux et de menteurs...
Vous croyez nous *flouer;* nous connaissons vos *rites,*
  Et tous vos *sermons* imposteurs...
Ou, si vous étiez francs dans tout ce que vous dites,
Il faudrait, sur ma foi, vous nommer des tuteurs.

Laissons le journalisme, en châteaux en Espagne,
Décorer follement ses petites maisons;
Laissons *les trois partis* battre assez la campagne,
Pour s'unir, et rêver un jour *deux trahisons :* [3]
Ce triple accouplement, ce sera la montagne,
  (Vraiment j'en ris),
Accouchant dans le nord, au sud, dans la Bretagne,
  D'une souris.

. . . .

  J'avais oublié ma *Bluette;*
    Commençons-la :
  Allons, Messieurs, que l'on s'apprête...
    Nous y voilà.

L'ÉLECTEUR, L'ÉLIGIBLE.

L'ÉLIGIBLE.

Combien de voix ?

L'ÉLECTEUR.

La mienne... Et tu peux y compter,
Si...

L'ÉLIGIBLE.

Mais...

L'ÉLECTEUR.

Si...

L'ÉLIGIBLE.

Mais...

L'ÉLECTEUR.

Si...

L'ÉLIGIBLE.

Mais...

L'ÉLECTEUR.

Laisse-moi te conter
La chose...

L'ÉLIGIBLE.

Parle donc.

L'ÉLECTEUR.

Ce n'est pas l'embarras... 4
Voici le fait; écoute, et ne me trouble pas.

L'ÉLIGIBLE.

Accouche.

L'ÉLECTEUR.

Tu sauras que mon vote en vaut mille.

L'ÉLIGIBLE.

Mais, mon cher, tu me prends donc pour un imbécile?

L'ÉLECTEUR.

Ce n'est pas l'embarras... Venons au fait : dis-moi,
As-tu fait, hautement, *profession de foi ?*

L'ÉLIGIBLE.

On sait, en général, tout ce que je professe :
En loyal député je tiendrai ma promesse. [5]
Demandez ; vous verrez, Messieurs les Electeurs,
Si sur vingt candidats il en est de meilleurs :
L'inflexible Martel n'est pas plus incroyable ;
Je joûrai comme lui, ventrebleu ! jeu sur table. [6]

L'ÉLECTEUR.

Ce n'est pas l'embarras... Un bureau de tabac
Peut-il m'être octroyé par toi... là, sans micmac ?

L'ÉLIGIBLE.

Si tu me fais nommer, je t'en promettrai mille.

L'ÉLECTEUR, *à son tour.*

Mais, mon cher, tu me prends donc pour un imbécile ?

L'ÉLIGIBLE, *de même.*

Ce n'est pas l'embarras...

L'ÉLECTEUR.

Laisse là mon *dicton :*
Veux-tu que l'on t'envoie à Paris, tout de bon?

L'ÉLIGIBLE.

Pourquoi le demander, puisque... Monsieur s'en doute?

L'ÉLECTEUR.

J'en suis même certain... *c'est pour la frime;* écoute :
Ce n'est pas l'embarras... Parlons plus nettement;
Tu vas avoir cent voix, mon cher; voici comment :
Sur deux cents électeurs qui forment le collége,
Cent prennent du tabac; trente ont le privilége
D'être infirmes, goutteux, et ne s'y rendront pas;
Je promets à *mes cent... ce n'est pas l'embarras...*

Quand j'aurai mon bureau, de leur donner *la chique,*
Et *la fume,* ou *la prise,* à moitié prix...

L'ÉLIGIBLE, *à part.*

Bernique!..

L'ÉLECTEUR.

Tous voteront pour toi... Puis, tu me fais nommer...
Ce n'est pas l'embarras... Avant de consommer
Cet acte politique, il faut que tu m'assures...

L'ÉLIGIBLE, *avec enthousiasme.*

Ami, tu sais combien mes doctrines sont pures :
Si tu peux aspirer à ce chétif bureau,
Moi, je ne veux quitter mon modeste hameau
Que pour me *consacrer* à quelque sinécure,
Bien humble... que ce soit recette, ou préfecture,
Ça m'est égal... le bien du pays avant tout :
Dès le premier signal, il me verra debout...
Fais−moi nommer : je jure à ton oncle, à ton père,
A tous les électeurs, comme à toute la terre,
Que ton bureau sera mon premier appétit;
Et, quant à moi, tu sais ce que je t'en ai dit :

Vois; mon ambition n'est, certes, pas trop grande...
Allons, mon ami, fais ce que je te demande.
Au reste, tu pourras assurer nos votants,
Que pour vous, où pour moi, j'emploîrai bien mon temps;
Que je ne voterai pour tous les ministères,
Qu'autant qu'ils soigneront, avant tout, nos affaires.
Telle est, mon brave, ma... *profession de foi...*
Fais-*nous* représentants du pays... ou de toi.

L'ÉLECTEUR.

Ce n'est pas l'embarras, je t'en reconnais digne,
Par ton indépendance... A quel titre, à quel signe,
Peut-on mieux reconnaître un loyal député?
C'est ainsi que *la Charte est une vérité.*
Vole, cher honorable, où l'avenir t'appelle,
Couvre-toi, *sans broncher,* d'une gloire immortelle;
Rêve à notre pays, mais songe à mon bureau,
Et fais-toi receveur, ou préfet... c'est très-beau!
J'en ai vu plus de quatre approuver à la Chambre,
Et le droit de visite, et les lois de septembre;
Puis racheter cela par des bienfaits divers,
Que l'on pourrait louer en prose comme en vers...
Ce n'est pas l'embarras.

L'ÉLIGIBLE.

Je ferai mon possible
Pour suivre ces avis, auxquels je suis sensible.

L'ÉLECTEUR.

Je ne puis te donner que les sages conseils
Que suivent, à l'envi, plusieurs de tes pareils.

L'ÉLIGIBLE.

C'est bien : je remplirai mon mandat comme un homme
Qui fait tout ce qu'on veut, ou va le dire à Rome.

L'ÉLECTEUR.

Pas mal, mon candidat : ces mots sont éloquents;
Ils ont de la valeur; ils sont très-*conséquents* : [7]
J'aime ta diction, bien qu'elle soit commune,
Et je crois voir Martel lui-même à la tribune...
Oui, Martel tout craché.

L'ÉLIGIBLE.

Tu me flattes.

L'ÉLECTEUR.

Non pas.

L'ÉLIGIBLE.

Cette comparaison...

L'ÉLECTEUR.

Ce n'est pas l'embarras...

Nos deux amis à ces mots s'éloignèrent,
Et sur la place ensuite se quittèrent,
Tous deux d'accord, l'un de l'autre enchantés,
Fiers de servir ainsi nos libertés...

Je ne sais point s'ils se dirent encore

D'autres douceurs, que le public ignore;

Mais ce qu'il sait, ou ce qu'il doit savoir,

C'est que c'est là le fidèle miroir

Des électeurs, comme des éligibles,

En général... Jugez, âmes sensibles,

Si c'est la France, ou bien les électeurs,

Qu'on représente au palais des clameurs; [8]

Et dites-moi, dans cette triple guerre,

Si l'on a tort, quand on est *Ministère,*

De rechercher d'autres élections?

Logeons les fous aux petites maisons :

Laissons couler et la Seine et la Manche,

Sans nous troubler pour un vaisseau qui penche,

Ou va sombrer, au dire des journaux...

Prenez, Messieurs, les timons des vaisseaux,

Et nous verrons si vous êtes habiles

Au gouvernail, comme aux guerres civiles...

Quelle pitié!!... cherchez la fraude ailleurs;

Si vous l'osez, grondez les électeurs...

Non; vous voulez, pour avoir des faussaires, [9]

Lier les mains à tous les ministères :

Les trois partis n'implorent, pour tout bien,

Que *des tribuns, un despote,* ou... quoi?.. *rien...* [10]

Mon ostrogo ne voudrait que des places...
Pauvre petit !.. prends garde à tes échasses.

Huit jours plus tard, le collége assemblé
Donna sa voix à l'*ostrogo,* troublé
De son bonheur, surpris de sa victoire :
Puis, il partit, comme on dit, *pour la gloire...*
Mais je ne sais (*ce n'est pas l'embarras*),
Ou ce qu'il fit, ou ce qu'il ne fit pas;
Le positif est qu'il n'a point de place,
Ni de bureau pour son cher protecteur :
Il sollicite encor... c'est un malheur;
Car le pouvoir le reçoit avec grâce;
Mais on le berne; et, ma foi, c'est le cas...
L'électeur dit : *Ce n'est pas l'embarras !!!*

CANDIDALMA.

NOTES

D'un Electeur et un Eligible.

---

¹ Des *trois partis,* sur *les élections.*

Allusion aux jérémiades de certains journaux, au sujet
de la proposition de MM. Lacrosse, de Beaumont et Fey-
rand, sur les élections. Ainsi Candidalma semble avoir lu
dans l'avenir, longtemps avant sa dernière heure : c'est sans
doute l'apanage des centenaires d'être doués d'une seconde
vue. Les deux jumeaux nous en donnent de fréquentes preuves, en parlant de faits qui n'ont eu lieu qu'après leur funeste et double décès.

² Muselant les fraudeurs... ont dit : *C'est un abus!..*

Où trouver le gouvernement représentatif, si lorsque les
élections sont faussées par d'aveugles citoyens, ennemis d'un
ordre établi, il n'est pas même permis au pouvoir d'agir en
sens contraire, pour conserver cet ordre, et reconquérir la
vérité du droit électoral ?

³ Pour s'unir et rêver un jour *deux trahisons :*

L'alliance des partis les plus opposés, pour renverser, au

sein même des Chambres, ce qu'on y jure de maintenir, est la faiblesse la plus monstrueuse des temps modernes.

4 . . . . *Ce n'est pas l'embarras...*

Cette phrase burlesque est le tic familier d'un électeur bien connu...

5 En loyal député je tiendrai ma promesse.

Assurance banale de tous les candidats à la chambre élective.

6 Je joûrai comme lui, ventrebleu! jeu sur table.

Il est ici question d'un éligible qui promettait beaucoup, et ne tenait pas grand chose : on cite *une banque à ses frais,* dont neuf cents électeurs ont été les crédules *dindons.*

7 Ils ont de la valeur; ils sont très-*conséquents* :

Conséquent, pour signifier ce qui a de l'importance; barbarisme de nos provinces méridionales.

8 *Qu'on représente au palais des clameurs;*

Candidalma veut probablement désigner le Palais-Bourbon : cette irrévérence était-elle permise à son grand âge? Les lecteurs en jugeront : quant à moi, je m'en lave les mains.

9 Non ; vous voulez, pour avoir des faussaires,

Faussaires !.. le mot est trop énergique, si l'on peut nommer autrement, après la glorieuse révolution de Juillet :

Celui qui prête serment à Louis-Philippe, et qui veut Henri V ;

Celui qui prête serment à Louis-Philippe, et qui conspire pour la République ;

Celui qui prête serment à Louis-Philippe, et qui appelle au trône Louis-Napoléon...

Pasquinades honteuses, qui ne sont des mœurs d'aucun peuple civilisé. Qui pourra donc blâmer *le Centenaire?* ce ne sera, certes, pas moi...

10 Que *des tribuns, un despote,* ou... quoi?.. *rien...*

Cette réticence semble indiquer l'espérance des insensés, qui pensaient à couronner le neveu de Napoléon : à quoi pouvait, en effet, aboutir ce fol espoir?.. A RIEN.

LES HOMMES D'ARGENT.

Rubrique. [1]

(1836.)

———

J'ai passé ma jeunesse à faire des ingrats :
De ce rôle de dupe, à la fin, je suis las...
Ma main sera toujours ouverte à la misère ;
Mais aux richards heureux je veux faire la guerre...
Rien de trop personnel : des généralités
Attaqueront le vice et ses iniquités.

L'égoïsme, l'orgueil, les intérêts sordides
Se verront immolés dans mes vers homicides.
La probité sans tache, et les cœurs généreux,
Seuls, n'exciteront pas mon esprit pointilleux :
L'auguste vérité, mais la vérité crue,
De ma bouche, aujourd'hui, sortira toute nue.
N'en déplaise à Boileau, je laisse à Juvénal
Le soin de châtier, d'un style un peu brutal,
Un sexe à qui je dois mes heures les plus belles...
Hélas ! elles ont lui comme ces étincelles
Qui, dans l'obscurité, ne brillent qu'un instant...
Si ces heures m'ont fui, je m'en souviens pourtant;
Et je n'en dois pas moins de la reconnaissance
A ce beau sexe aimant, qui, de la malveillance
De mes sots ennemis, me consola parfois.
Je n'oublirai jamais tout ce que je lui dois :
Il m'a tendu la main sur la terre où nous sommes;
Je le loûrai toujours... je ne m'en prends qu'aux hommes.
Mais il est aujourd'hui plus d'un cœur féminin
Parodiant Jésus, quand il se fit humain :
Et lorsqu'à certain point la femme *se fait homme,*
L'indulgence n'est pas acquise à ce fantôme...
D'une fière *Lionne,* impudique et fumant,
Je ne suis plus l'ami, l'avocat, ni l'amant :

Sous ce masque hideux, je ne vois plus la femme,
Et je la châtirai, sans parjurer mon âme. [3]
Mais ne présumez pas que, pessimiste altier,
J'aille prendre à partie un peuple tout entier...
Non, non; je n'irai point, en fougueux misanthrope,
Foudroyer follement et la France, et l'Europe :
Je sais fort bien qu'il est, et dans tous les états,
Des hommes généreux, comme il est des ingrats;
Que la vertu n'est point une vaine chimère,
Quoiqu'en ait dit Brutus... aussi je la révère!..
Mais en ce jour, morbleu! mes vers n'en diront rien...
Car il ne s'agit pas ici d'hommes de bien :
Aurais-je donc pour eux entrepris la satire?
C'est pour *les malfaiteurs* que je prétends écrire : [4]
D'un encens tout nouveau je viens les parfumer;
Des tombeaux quelquefois j'irai les exhumer,
Afin qu'au pilori leur généalogie,
De leurs purs descendants soit l'exacte effigie.

Commençons tout d'abord par ces hommes de sacs,
Fléaux des gens d'honneur qui tombent dans leurs lacs,
Dont la nauséabonde et criminelle usure,
Bien que propre aux humains, n'est pas dans la nature...

La nature commande, à qui naît pour souffrir,
D'assister son semblable, ou de le secourir :
Il n'appartient qu'à l'être enrichi de rapine
D'éviter son prochain, quand il voit sa ruine.

Un de ces jours, j'entrai chez *un homme d'argent;*
Son accueil fut oblique, et rien moins qu'obligeant :
Je m'expliquai d'abord son embarras sordide,
Et voulus m'amuser aux dépens du perfide...
Mais, à son nez, je fus assez sot pour m'asseoir :
— Mon cher ami, je suis charmé de vous revoir !
A ce ton patelin, aussi faux que son âme,
A ce prompt changement on comprendra l'infâme.
Alors je me levai... mais il était trop tard :
L'homme d'or, cher lecteur, est fin comme un renard :
L'arabe devina qu'on ne demande guère
Un service d'argent qu'avec une prière
Bien humble, bien soumise, et qu'on la fait *debout.*
Je ne suis son ami, ni sa dupe, après tout :
Je n'en ai point été, ce jour-là, pour ma course,
Non; je ne heurte plus *l'ami jusqu'à la bourse :*
Je le connais au front, aux yeux, à sa pâleur,
Et je me garde bien de le frapper au cœur.

Ces gens n'ont d'amitié que sur le bout des lèvres :
Leurs plus beaux sentiments!.. porcelaines de Sèvres
Que le plus léger choc va réduire au néant :
Pour vous en assurer, ayez besoin d'argent.

Un digne magistrat, pauvre et plein de droiture,
(Il en est dans ce cas) faisait triste figure ;
Quelques-uns lui devaient ; mais il devait aussi :
Un jour, d'un débiteur il reçoit, Dieu merci!
Trois mille francs d'effets, à quatre jours de vue :
« Quel bonheur! se dit-il; n'ai-je pas la berlue?
« Et j'ai demain au soir mille francs à payer !
« Ce n'est qu'après demain que chez le financier [5]
« Je dois me présenter ; mais pour un jour... j'espère
« Eviter un protêt, grâce à son ministère. »
Mon bon homme de juge est chez le receveur :
— Voici quelques effets, payables au porteur.
— Fort bien ; ils sont très-bons. Asseyez-vous, de grâce.
— Qu'allez-vous faire? — *Ami*, ce qu'il faut que je fasse.
— Quoi! de l'escompte? Il est quatre heures, et demain...
— Reprenez vos billets ; venez demain matin.
— Mais ce soir un protêt, Monsieur, pourrait me nuire.
— Voici vos mille écus ; mais il faut en déduire

Vingt sous d'escompte. —Allez, vous ne les aurez pas; [6]
Car chez mon créancier, je m'en vais de ce pas.
Ce dernier fut moins turc que le grec de finance,
Et de son débiteur attendit l'échéance.

Peut-être, en m'écoutant, quelqu'habile filou
Dira : S'il parle ainsi, c'est qu'il n'a pas le sou.
Crois-tu donc, par ce mot, vilain, calmer mon ire?
Si je te ressemblais, je ferais ma satire :
Me soustraire aux regards serait mon premier soin;
Car je préfère vivre au-dessous du besoin,
Etre pauvre, en effet, que de passer ma vie
Ainsi que toi, gredin, nourri d'ignominie.
Tel est *l'homme d'argent;* eût-il par son refus
Du noble magistrat compromis les vertus,
Son cœur, cuirassé d'or, n'eût pas été plus tendre...
Un protêt! pour dix sous il l'aurait laissé pendre.

— Vous êtes mon ami, dira l'homme de bien.
— *De tout mon cœur,* dit l'autre... (Hélas! il en est rien) :
De protestations, douces comme des songes,
Vous êtes régalé; de suaves mensonges

Vous bercent tour à tour; c'est tout sucre et tout miel :
Parlez d'emprunt d'honneur; ce n'est plus que du fiel.

Tirlire fait la banque, et mieux encor peut-être;
Il reçoit un beau group; il est dit : *Pour remettre...*
Ce group est cacheté, secret et ficelé,
Inviolable aux yeux, sacré comme un scellé;
Il est pour une dame aussi sage que belle;
Le port est de deux francs. A rompre la ficelle,
A violer la cire, on hésite un instant...
Mais tout *est délicat* pour *un homme d'argent* :
On brise le cachet; sans honte, on ose dire :
J'ai retenu le port. Tel est Monsieur Tirlire... 7
Ne soyez point galant, avide agioteur,
Mais, pour Dieu, conservez un peu plus de pudeur.

Nous naissons tous méchants, dit la fable ou l'histoire;
Je n'en crois pas un mot; mais dussé-je le croire,
Je nie, à tout jamais, qu'on naisse *homme d'argent* :
On naît ambitieux; Dieu fit le conquérant;
Mais un vrai financier, bien nourri de ce vice,
N'est que l'élève impur de la seule avarice.

On ne naît point ainsi... Car la jeunesse enfin,

Si docile aux travers, souffre avec *un vilain :*

Ce n'est que par l'attrait d'un exemple barbare,

Qu'elle se laisse aller aux penchants de l'avare :

Elle entrevoit que l'or mène à tous les plaisirs,

Satisfait tous les goûts, comble tous les desirs;

Et, pour en amasser, elle se laisse prendre

Aux piéges d'un larron que je voudrais voir pendre :

Elle suit ses conseils, mais elle est dans l'erreur;

L'aspect de la vertu cache un vice trompeur.

L'homme d'argent prospère, et l'on fait son éloge;

A sa capacité jamais il ne déroge;

Il est juif le matin; mais il est juif le soir;

Rien de plus régulier ne se peut concevoir :

C'est l'être invulnérable, et son froid caractère

Lui donne ainsi, pour masque, une vertu sévère.

Sans passion, sans âme, il n'est touché de rien,

Et tous *les besogneux* vous en diront du bien...

Il n'est pas étonnant qu'il trompe la jeunesse.

Si la cupidité n'est que de la sagesse,

Pour être sage, alors, tous les moyens sont bons :

Voilà pourquoi l'usure enfante *des catons.*

Tout homme généreux est traité de prodigue;

Le ladre d'économe, et cette horrible intrigue

Fait que, contre nature, un hideux financier

Est toujours assuré d'avoir son héritier...

C'est que, sous les dehors d'une vertu sévère,

On crie à ses enfants : Imitez votre père ;

Qu'on dit de lui qu'il est rangé, sobre, frugal ;

Qu'il saura conserver, au moins, son capital ;

Que s'il couve son or, c'est pour en faire usage...

(A dix pour cent par an, l'effronté personnage !)

Qu'il veille jour et nuit, mais par humanité ;

S'il donne un sou, l'on dit qu'il fait la charité...

Oh ! qu'il ne sème point dans des déserts arides !

Comme dit Juvénal, le *chien* des hespérides, [8]

Et celui qui garda si bien la toison d'or,

Etaient moins vigilants, moins assidus encor...

J'en connais *un,* vraiment, pris au-dessus du torse,

Pendant son court sommeil, d'un lourd collier de force,

Avec un fil de fer solide, et conduisant

De sa couche à la caisse où gît son cher argent ;

Et si, durant qu'il dort, une mouche le pique,

Il s'éveille en sursaut, et court voir sa relique.

Nuit et jour il s'agite, et le gueux vole tant,

Qu'il croit qu'on n'est créé que pour en faire autant.

S'il gourmande un commis, c'est que cet inhabile

Accepta quelques fonds à trente francs par mille :

Il le chasse parfois; car tout *homme d'argent*
Ne doit donner que deux, et prendre dix pour cent.

Ajoutez que le peuple, en son élan vulgaire,
Traite de vénérable et d'honnête corsaire
L'escroc dont il s'agit... Un pareil ouvrier
Est pour faire fortune, en effet, le premier;
Mais comment? à tout prix, ainsi qu'on le présume;
En ne quittant jamais les soufflets, ni l'enclume :
Par suite, n'adorant que la richesse, ou l'or,
Peut-il croire qu'un pauvre est heureux sans trésor?
Non : « rien n'est satisfait que le cœur des avares;
« D'autres bonheurs, dit-il, sont ou nuls, ou si rares!..»
Et ce père sensible exhorte son enfant
A marcher sur les pas de *tout homme d'argent,*
En mettant à profit la raison paternelle...
A ces conditions il brise sa tutelle.

Homme aveugle! dirai-je à ce père insensé; 9
Pourquoi donc pour ton fils parais-tu si pressé?
Quoi! déjà le ravir à sa simple innocence?
Va, bientôt il saura culbuter ta science :

Autant, dans nos combats, le Grand Napoléon
L'emporte sur Bulow, Blucher et Wellington,
Autant l'élève ici surpassera le maître :
C'est un banquier fini que tu vas voir paraître...
Epargne sa jeunesse : en ton coffre endormi,
Attends que ce cher fils, un peu mieux affermi,
Ait changé de nature; attends qu'il se réveille;
Qu'il prenne un peu de barbe, et se rase à merveille :
Tu le verras alors, fier de ta passion,
Bravant Dieu, la morale et la religion,
Faire pâlir ta fraude, en brodant tes maximes,
Te vaincre en avarice et surpasser tes crimes...
(Quel autre nom prêter aux noirceurs d'un banquier,
Doublement harpagon, doublement usurier,
Qui fait payer l'argent qu'il prête, ou qu'on lui donne? ¹⁰
Qui prend, jouit et prend, et qui toujours friponne?)
Oh! l'héritage est sûr; *l'enfant* en aura soin :
Bientôt tu le verras servir de faux témoin,
Et vendre le parjure à vil prix... Son épouse,
Si sa dot porte envie à sa fureur jalouse,
Epiant son sommeil, comme il l'étranglera! ¹¹
Par ce chemin plus court, il se procurera
Tout ce qu'en parcourant l'un et l'autre hémisphère,
Tu lui dis d'aller *prendre* aux deux bouts de la terre.

5

Ces crimes-là, mon vieux, s'enfantent sans travail ;
Et d'un pareil vaisseau tu tiens le gouvernail.
Tel maître, tel valet ; mais ton fils, passé maître,
Ira plus loin que toi, sans doute, et non peut-être.
Oh ! jamais, diras-tu, je ne lui suggérai
De pareilles horreurs. Ces leçons, à ton gré,
N'en ont pas moins germé dans cette tête ardente ;
Et l'exemple d'un père est un fruit doux, qui tente,
Vois-tu : quiconque allume en un trop jeune cœur
L'appât de l'or, fomente en sa bouillante ardeur
Un odieux penchant par des conseils sinistres,
Fait de nos passions d'obéissants ministres :
Il brise tous les freins ; ses avis dangereux
Lâchent la bride entière à des coursiers fougueux :
C'est en vain qu'on voudrait ralentir son allure,
Le cheval perd la tête, emporte sa monture...
Tant il est excessif, l'homme croit, en effet,
Ne jouir jamais trop du mal qu'on lui permet.

Et c'est pourtant ainsi qu'un escroc de finance
Elève *ses petits,* dès leur plus tendre enfance :
Quand il leur dit : Fermez votre bourse aux amis,
Vos cœurs à la misère, et tout vous est permis ;

C'est dire (et je me crois son fidèle interprète) :

Trompez, pillez, volez; que rien ne vous arrête,

Pour posséder les biens que je chéris autant

Qu'autrefois Héloïse adora son amant.

Ainsi, de père en fils, tous ces filous d'escompte

Ne sauraient décliner... les gueux en auraient honte.

Rapin naquit d'un père aussi ladre que lui,

Qu'il supplante, à coup sûr, en rapine, aujourd'hui.

Son fils Rafle est déjà bien digne des galères;

Mais il n'est pas encore au niveau de ses pères...

Il me paraît pourtant doué d'un tact plus sûr,

Et, pour les surpasser, n'attend que l'âge mûr. [12]

C'est depuis que l'argent est une marchandise,

Que la fureur de l'or, parmi nous, est permise;

Et qu'un homme d'usure est cent fois estimé,

Comme l'homme de bien par la gloire animé.

Nos ancêtres jadis, sous de pareils auspices,

Donnaient-ils des diners à cinq ou six services?

Eh! non; chaque repas était simple et frugal;

Pour tout convive alors l'accueil était égal.

Aujourd'hui, dès le seuil, trois laquais en livrée,

D'un cri sourd, ou perçant, ont marqué votre entrée;

Par un éclat de voix, le *beau* nom de Rothschild
Va vous fendre la tête et répondre au nombril ;
Tandis qu'un pauvre diable, à peine on vous l'annonce ;
Vous entendez *Maurice,* et c'est ce brave Alphonse.
Aujourd'hui l'œil du maître examine, en entrant,
L'invité le plus riche, et pour *l'homme d'argent*
Est la première place. Un noble personnage,
Un brave militaire, un duc et pair, un sage,
Ne s'assiéront qu'après cet honnête usurier :
De votre amphitrion il est le créancier...
Pourquoi n'aurait-il pas cette première place ?
Dans l'antre du crésus, qui sait ce qui se passe ?
Qu'il soit né juif ou turc, grec ou mahométan,
Sait-on combien, au juste, il usure par an ?
Sait-on combien il a ruiné de familles ?
Il est riche ! après tout, ce sont des peccadilles...
Place au parvenu d'or ; arrière, magistrats ;
Arrière, gens d'honneur, ou marchez sur ses pas :
Richesses, triomphez !.. Et toi donc, qui naguère
Arrivas à Paris les pieds dans la poussière,
Courage ! place-toi ; ne cède point ton rang,
Puisque notre seul culte est celui de l'argent. [13]

CANDIDALMA.

NOTES

Des Hommes d'Argent.

———

¹ Si j'avais suivi l'ordre tracé par *le Prospectus* de notre triple *pastiche,* après *les Prologues,* nous aurions d'abord offert au public une *Férule,* et non une *Rubrique ;* mais celle-ci s'est trouvée sous ma main, dans le double portefeuille de nos deux jumeaux, et je l'ai jetée la première au *moule...* Heureusement qu'il n'y a pas grand mal à cela ; car j'aurai probablement, en vingt mois de temps, plus d'une distraction de ce genre : c'est Baour-Lormian, ou Lormian-Baour ;

« . . . . mais il n'importe guère

« Que Baour soit devant, que Baour soit derrière. »

² Je le loûrai toujours... je ne m'en prends qu'aux hommes.

Nous allons dire, dans la note suivante, comment le Centenaire est disposé à suivre son archi-galante intention.

³ Et je la châtîrai, sans parjurer mon âme.

Candidalma fait très-bien de nous donner une raison quelconque de cette défection à sa promesse, de ne jamais critiquer les dames; car il ne les épargne pas toujours, le vieux malin.

4 C'est pour *les malfaiteurs* que je prétends écrire :

Malfaiteurs; au propre : Tout être humain qui fait le mal.

5 « Ce n'est qu'après demain que chez le financier

Il faut voir la note de la soixante-cinquième page, où l'épouvantable agiotage sur l'argent donné, comme sur l'argent reçu, est mis dans tout son jour.

6 Vingt sous d'escompte. — Allez, vous ne les aurez pas;

Un franc! pour moins d'une journée : c'est 15 ou 18 pour 100 par an.

7 *J'ai retenu le port.* Tel est Monsieur Tirlire...

Candidalma m'a donné ce trait pour historique, au moment de rendre l'âme : on dit bien la vérité alors... mais si je l'avais vu, je ne le croirais pas.

8 Comme dit Juvénal, le *chien* des hespérides,

Le lecteur comprendra sans peine que, lors même que *le dragon* eût pu entrer dans cet hémistiche, le Centenaire n'en aurait pas moins dit *le chien;* il est si bizarre et si plein de son sujet!

⁹ Homme aveugle! dirai-je à ce père insensé;

Tous ces divers passages sont imités de Juvénal : notre auteur séculaire s'en gène si peu, qu'il ne fait le plus souvent que traduire; du reste il n'est pas défendu de s'emparer ainsi des anciens : c'est un plagiat bien anodin, autorisé par Boileau, et dont ce grand satirique a donné, maintes fois, le digne exemple.

¹⁰ Qui fait payer l'argent qu'il prête, ou qu'on lui donne?

C'est ainsi que l'on vous fait payer escomptes et commissions pour l'argent que vous déposez, et dont on jouit douze ou quinze jours; comme pour l'argent qu'on vous avance, dont vous ne jouissez guère. Et des receveurs des finances se livrent à ce honteux trafic!.. Demandez plutôt à M. ci, à M. ça...

¹¹ Epiant son sommeil, comme il l'étranglera!

Juvénal, satire xiv.

¹² Et, pour les surpasser, n'attend que l'âge mûr.

Tout cela me semble encore imité de Juvénal, satire première.

[13] Puisque notre seul culte est celui de l'argent.

Il y a cent à parier contre un que ce brave Candidalma n'avait jamais le sou : de là sa sainte colère... O pauvre nature humaine! tu montres partout le bout de l'oreille.

Et puis, faire rimer *rang* avec *argent!* que vont dire les puristes? *Quos ego!!!*

UNE JEUNE FILLE.

Bluette. [1]

Elle est jolie, et dans l'âge d'aimer ;
Mais à quinze ans, s'ignorant elle-même,
Sans redouter le moment où l'on aime,
Elle va plaire, et craint peu de charmer.

Regardez-la cette fille naïve,
Aux grands yeux noirs, aux regards enivrants :
Rien ne l'émeut ; rien ne la rend pensive ;
Rien n'a prouvé qu'elle a déjà quinze ans...

Déjà!.. ce mot la fait encor sourire,
Lorsqu'on lui dit : *Tu n'es plus un enfant*...
Car aujourd'hui, son cœur, trop innocent,
Ne peut prévoir, ni rêver, ni prédire
Ce qui demain la menace, ou l'attend.

Regardez-la : c'est l'oiseau qui voltige,
Sans se douter d'un seul piége tendu;
Regardez-la : c'est la fleur sur sa tige,
Tendre bouton, par l'âge défendu.
Mais l'oiseleur, dans un instant, peut-être,
Prendra l'oiseau, pour la cage grandi;
Mais cette fleur, espoir d'un étourdi,
Va de sa tige au matin disparaître.

Fille aux yeux noirs, le même sort t'attend :
En te voyant croître et devenir belle,
L'amour te veille... il joue, il fait l'enfant;
Mais vient le jour, où, du bout de son aile,
Sans te le dire, effleurant ta candeur,
De veine en veine il filtre, il s'insinue...
Puis il arrive enfin jusqu'à ton cœur...
Là c'est un maître... Adieu, pauvre ingénue,

Ton innocence! adieu ton doux printemps !
Le calme fuit... A peine elle a seize ans !
Son sein palpite, il s'anime, il s'enflamme...
C'est bien l'amour !.. c'est ce tyran de l'âme ;
On le devine alors qu'il n'est plus temps :
Pour le bannir il faut n'être point femme ;
Et l'on est femme alors qu'on a seize ans.

Comme l'oiseau, la voilà déjà prise
Au piége adroit, à son âge tendu...
Elle en rougit, tout émue... et surprise
De ce qu'un cœur est si mal défendu :
Elle n'est plus maîtresse de sa vie ;
(Pour l'esclavage éclot la puberté...)
Comme la fleur, à sa tige ravie,
Elle a déjà perdu sa liberté.

Regardez-la cette fille naïve,
Aux beaux yeux noirs, aux regards pleins de feu :
Un rien l'émeut, un rien la rend pensive ;
Sa bouche est près d'échapper un aveu...

Seize ans ! ces mots ne la font point sourire,
Quand on lui dit : *Tu n'es plus un enfant;*
Car aujourd'hui, son cœur, moins innocent,
Peut tout prévoir, tout rêver, et prédire
Ce qui demain la menace, ou l'attend.

ENVOI A Mme ***.

O vous dont la fille adorable
De vos vertus ne peut déchoir,
Tant elle est de sa mère un fidèle miroir...
Vous qui sûtes aimer, dont le cœur admirable
N'en fut pas moins toujours esclave du devoir !..
Vous avez combattu ; vous saurez me comprendre...
Votre Berthe ne croira pas
Qu'une *jeune fille* ici bas,
Parce qu'il faut *aimer,* dès qu'elle devient tendre,
Soit, en lisant mes vers, plus docile à se rendre...
Vous avez combattu; vous ne le croirez pas.

Vous laisserez, aux *mamans susceptibles,*

Le soin d'interpréter, à rebours, mes avis :

Je montre le danger aux jeunes cœurs sensibles...

(Je m'y connais, depuis un siècle que je vis);

Je rends les droits chemins à leurs yeux plus visibles;

   Ils suivront ceux que vous avez suivis.

Votre angélique enfant peut, sans frayeur, me lire;

Elle apprendra de vous à soumettre l'amour...

Je ne crains rien pour elle; et, si j'en crois ma lyre,

Berthe suivra vos pas jusqu'à son dernier jour.

LE CHEVALIER.

NOTE

D'une Jeune Fille.

---

[1] « Le sujet de cette *Bluette* (dit le Chevalier), me fut
« donné sur une grande feuille de papier blanc, pliée en forme
« de lettre, et m'arrivant de Paris, par la poste... » On n'a ja--
mais su de qui cela venait. Quant à moi, je n'y ferai point
d'autres notes.

SUR L'OSTENTATION ET LA VÉRITABLE BIENFAISANCE.

Férule.

(1836.)

Ange plus que parfait, votre cœur généreux,
Qui connaît le bonheur de faire des heureux,
Voudrait savoir de moi ce qui fait que l'on pense,
Assez logiquement, que la reconnaissance
Est si rare ici bas : j'ai trop peu de talent
Pour bien vous satisfaire... et j'écris en tremblant.

6

J'ai promis autrefois, si j'ai bonne mémoire, '
De chanter les bienfaits, de célébrer la gloire
Du *charitable humain,* dont l'*utile* loisir
Est de *faire le bien* : cette tâche à remplir
M'eût coûté peu de soins; il suffisait de dire,
En montrant mon héros : « Son grand cœur ne respire
« Que pour rendre à la fois tous les cœurs fortunés;
« Des noms des malheureux, à gémir condamnés,
« Ses registres sont pleins, et toutes les gazettes
« Retentissent partout des aumônes *secrètes,*
« Qu'il répand à grands flots... Son esprit *bienfaisant*
« Crie à tout un public : *Sois donc reconnaissant!* »
Ce tableau, peu complet, aurait eu le suffrage
Des bienfaiteurs du jour, que l'orgueil encourage...
Il eût flatté les grands, censuré les petits...
Ce n'est plus là mon but : de ces bienfaits *maudits,*
Quelqu'utiles qu'ils soient, je méprise la source;
Je pensais qu'en secret on déliait sa bourse,
Pour secourir le pauvre, il n'importe en quel lieu,
N'eût-on dans un désert pour témoin que son Dieu.
Toute ma vie, hélas! j'ai cherché ce prodige...
Qu'il est rare à trouver!.. Ce contre-temps m'afflige!
Je cherche encor en vain; mais je sens à mon cœur,
Qu'on usurpe autrement le nom de bienfaiteur.

La crainte des ingrats flétrit la bienfaisance ;
Elle abolit les droits de la reconnaissance.
Tel est mon sentiment, Louise, et je crois fort
Que c'est le vôtre aussi... mon cœur n'a donc pas tort.
Par là je n'entends point flatter l'ingratitude ;
Car j'ai, pour la flétrir, d'autres vers à l'étude :
Je prétends que l'orgueil, l'oubli, la haine, rien
Ne doit préoccuper celui qui fait le bien.

Un philosophe anglais, ami de Pope, et sage, ²
Ecrivait qu'un bienfait peut n'être qu'un outrage ;
Je suis de son avis : le fier ostentateur
N'en prodigue pas un qui ne vous blesse au cœur :
Superbe et fat, en vous il ne voit qu'un gagiste,
Et vous met sous les pieds, alors qu'il vous assiste.
Voyez ce vaniteux appeler ses valets,
Pour répandre, *en livrée,* un ou plusieurs bienfaits :
Juste, après leur retour, on va se mettre à table.
— Eh bien ! que vous a dit ce pauvre misérable ?
Demande-t-il, tout haut, devant ses conviés.
— Il doit de Monseigneur venir baiser les pieds.
— Et cet autre?.. attendez... je crois fort qu'on l'appelle...
— Monseigneur, c'est un père avec sa demoiselle,

Victimes de malheurs honorables, dit-on :

Cet honnête vieillard, on l'appelle Hamilton.

Et ce nom vénéré passe de bouche en bouche...

Ainsi l'ostentateur flétrit tout ce qu'il touche.

Grand Dieu! voilà comment on croit faire le bien!

Ne m'humiliez pas, ou ne me donnez rien :

Respectez ma droiture, autant que ma misère...

Ou ne vous vantez plus du *talent* de bien faire.

Cet homme haut placé, pour lustrer son crédit,

De mille emplois vous fait un scandaleux débit...

Ah! que vous payez cher la place qu'il vous donne!

D'abord sa vanité ne le cache à personne;

De tous les feux sacrés, Dieu vous eût-il pourvu,

Ce vil blasphémateur dit qu'à lui tout est dû.

Ignorant, médiocre, *illustre* personnage,

Tu crois donc la vertu faite pour le servage?

Apprends que la vertu, quand on lui fait du bien,

Ne reçoit qu'un hommage, et ne doit jamais rien.

N'es-tu pas trop heureux, être moins qu'ordinaire,

D'avoir rouvert parfois une noble carrière

Aux talents, au génie? En leur offrant ton or,

De pareils protégés baise les pieds encor...

Et cesse de vouloir, en ton extravagance,

Forcer les demi-dieux à la reconnaissance;

Mesure leur hauteur et ta capacité :

Ne sois pas insolent, mais humble à leur côté;

Et ne vas pas te croire un pompeux personnage,

Pour avoir, donnant peu, reçu bien davantage. [3]

Je ris, lorsque je vois ces riches potentats

Gémir de leurs devoirs, et crier aux ingrats :

Sachez donc, malheureux, qu'il faut un autre zèle,

Pour de l'ingratitude avoir la clientèle;

Qu'il faut savoir donner, pour conquérir ce droit :

Sondez bien votre cœur; voyez ce qu'on vous doit.

Prêteur, sois convaincu que lorsque tu lui prêtes,

L'ostentateur jamais ne te paira ses dettes...

Dans son aveuglement il se ruinera,

Pour qu'on parle de lui; le temps te l'apprendra.

Il croit insolemment, quand sa vanité donne,

Qu'il ne frustre l'avoir, ni le lot de personne...

C'est commode! On gaspille ainsi le bien d'autrui,

Et l'on nomme cela bienfaisance aujourd'hui.

Si du moins vous saviez purifier l'offrande,

En cachant le secours que le besoin commande,

Riches manqués! mais non; vous vous vantez encor,
Lorsqu'il n'est pas à vous, de répandre cet or.
Ce n'est pas de la sorte, ami de ma vieillesse,
Trop délicat *Mathieu,* qu'aux pauvres en détresse,
A des parents gênés, tu prodigues tes dons :
Le mystère toujours voile tes actions. 4

Tel un parfait amant, qu'un pur amour enflamme,
Renferme avec délice, et nourrit dans son âme
L'adorable secret, le feu mystérieux
Qui de tous les mortels l'a fait le plus heureux;
Et cherchant des forêts l'asile le plus sombre,
L'arbre le plus touffu, pour couvrir de son ombre
La timide bergère enchaînée à son sort,
Au bruit qui la perdrait, doit préférer la mort...
Tel le vrai bienfaiteur doit aimer le mystère :
Autant que ce berger ménage sa bergère,
L'être que nous servons veut se voir protégé;
Car le plus susceptible est toujours l'obligé.
L'embarras qui le trouble est-il donc comparable
Au bonheur, sans pareil, d'assister son semblable?
Ce plaisir est céleste... Ah! ne devrait-on pas
En remercier Dieu, sans penser aux ingrats?

Mais, froids ostentateurs, votre impie habitude
De n'agir que pour vous... voilà l'ingratitude.
Si vous aviez songé que Dieu vous regardait,
Quand votre orgueil voulut simuler un bienfait,
Vous n'auriez pas osé parler de récompense,
Ou, plus purs, vous eussiez fait l'aumône en silence.
Avez-vous, en offrant l'obole au pélerin,
Pris l'instant où tout seul il suit votre chemin?
Non; vous avez choisi le jour, l'heure où la foule
Peut bien vous remarquer, et lentement s'écoule.
Citez-moi quelque trait qui vous honore un peu,
Tout désintéressé... j'accepte votre aveu :
Est-ce l'aumône faite à la porte d'un temple?
Vous suffit-il alors du ciel qui vous contemple?
Ménagez-vous, hélas! l'amour-propre, l'honneur
De celui dont la faim exige un protecteur?
Non, non!.. j'en ai la preuve : Il faut que vos aumônes
Soient inscrites, morbleu! sur le front des personnes
Que votre orgueil oblige, et que mille témoins
Fassent rougir le pauvre, esclave de vos soins;
Que, bien humilié par vos dons homicides,
Son cœur reste flétri dans ses besoins timides :
Alors vous grossissez vos glorieux présents,
Non pour Dieu, mais selon le nombre des passants.

Misérables! combien l'intérêt vous égare!..

Eh! que l'ingratitude ici bas serait rare,

Si ceux qui font le bien savaient le faire mieux;

S'ils n'en voyaient jamais le prix que dans les cieux!

Tout meurt, hors le plaisir, fruit de la bienfaisance :

Il est doux d'inspirer de la reconnaissance;

Mais le prix des bienfaits en nos cœurs est inné :

Il ne reste au mourant que ce qu'il a donné...

Ce mot est de Sénèque, et j'en crois ce grand homme.

Cette philosophie, à Paris comme à Rome,

Devrait être comprise... Or, si l'on s'enrichit

En donnant en silence, à quoi bon tant de bruit?

Les bontés qu'on publie ont le triste avantage

De faire à l'hypocrite un masque à son visage.

Le bien qu'on a vaut moins que celui qu'on a fait...

Puis l'aumône cachée apprivoise au bienfait

Le mortel le plus fier, le cœur le plus farouche;

Et la reconnaissance est bientôt, dans sa bouche,

La plus douce vertu dont son âme ait besoin.

Pour percer le mystère, il n'épargne aucun soin :

Plein d'admiration, comme on paye une dette,

Loin de taire vos dons, chaque jour il répète,

Qu'il doit son existence à l'être généreux,

Autant que délicat, qui se cache à ses yeux.

Plus il vous cherche en vain, plus son esprit s'enflamme,
Et, sans être connu, vous êtes dans son âme...
Exigez de cet homme un froid remercîment :
Il ne vous doit plus rien, après ce compliment.
Si vous le laissez faire, à votre modestie
Sa gratitude alors sacrifira sa vie ;
Son cœur est à son aise, et vous la possédez
Bien mieux, que s'il apprend que vous la commandez.
L'éclat ajoute-t-il à cette gratitude?
Oh! non!.. mais, lui laissant sa douce inquiétude,
Vous direz avec moi, grâce à votre secret :
Oui, oui, le bienfaiteur a tort d'être indiscret.

Charitable Louise, il faut que ce qu'on donne
Soit utile aux humains, et ne blesse personne :
Or, c'est blesser les cœurs soulagés, secourus,
Que de prôner partout les services rendus.
En imposant le joug de la reconnaissance,
La vanité nous guide... adieu la bienfaisance!
Le silence est contraire à cette ambition :
Notre amour du prochain, c'est l'ostentation.

Ce n'était pas ainsi que le bon Malesherbes
De son parc négligé faisait trier les herbes,

Quand mille infortunés, dont il était l'appui,

Ne croyaient recevoir qu'un salaire de lui. [5]

Le temps seul a redit au toit de la misère,

Que le pauvre a perdu son bienfaiteur, son père :

Le manteau de Guillaume est aujourd'hui connu...

Bienfaiteurs, imitez une telle vertu :

L'art de donner est moins facile qu'on ne pense,

Et n'a pas droit qui veut à la reconnaissance.

J'entends d'illustres fats, dans leur ambition,

Taxer mes vérités d'exagération;

M'appeler rêve creux; crier au *doctrinaire;*

« Je vais paralyser le desir de bien faire. »

Disent-ils... et pourquoi? parce que, dans mes vers,

Je montre, en les prisant, leurs cœurs bien découverts;

Et que leur charité, dont ils parlent sans cesse,

N'est qu'une humiliante et mondaine largesse.

Mais, me diront le monde et ses indifférents,

Selon vous, il n'est donc point de cœurs bienfaisants?

Dans la force du terme il en est peu sans doute :

Pourtant il en existe, et parfois, sur ma route

J'en ai cru rencontrer... ce sont du moins des cœurs

Qui m'ont paru formés pour de vrais bienfaiteurs.

Du meilleur des humains, si je n'étais le frère... [6]

Sa modeste bonté me prescrit de me taire ;

Mais on sait qu'un beau jour, en courant, j'écrivis

Qu'un autre Lamoignon, sous un autre Louis,

Prouvait, par son exemple, aux hommes de notre âge,

Qu'obliger en silence est la vertu du sage...

ET D'UN. J'en ai connu de pareils jusqu'à trois :

Est-ce beaucoup, ou peu ? mais c'est beaucoup, je crois.

Sans trop tastigoter sur pareille matière,

Il faut s'enorgueillir de ce trio sincère.

Poursuivons ma revue... ah ! voici LE SECOND :

C'est un original ; tant mieux !.. Comte Digeon, [7]

Permettez qu'en ces vers ma mémoire publie

De vos nombreux bienfaits la centième partie.

Ce cœur de l'âge d'or... ce sage, avec son cœur,

Ne voyage qu'à pied, dans sa bizarre humeur ;

Et sur lui sa voiture ayant toujours l'avance,

Il herborise ainsi tous les hameaux de France.

Un jour, de vers Cahors, si je m'en souviens bien,

Dans un chemin bourbeux, ce noble citoyen

Trouve un roulier chargé, corps et bien dans la boue,

Et son plus beau cheval pris et mort sous la roue.

Que faire ? de ses bras il veut l'aider en vain ;

Le roulier furieux : *Passez votre chemin :*

Ce ne sera pas vous, quand le ciel me ruine,

Qui me soulagerez — peut-être — votre mine...

(Notre comte, en habit fait du siècle dernier,

N'avait l'air, en effet, d'un grand, ni d'un rentier :

On l'eût pris pour un pauvre à la cour de Christine).

Le coche ajouta donc ces mots : *A votre mine,*

Vous m'avez plutôt l'air d'un chercheur d'embarras;

Filez! — Mon cher ami, je ne m'en irai pas,

Que vous ne m'ayez dit ce qu'un cheval semblable

Peut coûter à la foire? — *Ah! va-t'en donc au diable!*

Avec trente louis il faudrait s'en passer,

Vois-tu? — Prends-en quarante, et vas le remplacer.

Entre les mains du coche il a remis sa bourse,

Et fuit à toute jambe. Au milieu de sa course,

Il rencontre une femme... arrivée au bourbier,

Où *sacrait* tout à l'heure un insolent roulier,

Elle trouve à genoux, prosterné vers la terre,

L'homme reconnaissant, qui n'a plus de colère;

Qui vient d'offrir au ciel des pardons et des vœux,

Pour... (on ne sait son nom...) pour l'homme généreux.

Tout s'éclaircit alors. Le reste est une histoire :

La bonne action seule était dans ma mémoire.

Lorsque l'on donne ainsi, l'on oblige à propos...

C'est que pour bien donner on est toujours dispos.

Qu'aurait fait dans ce cas tout riche moins bon homme?

Il eût dit au roulier : « Tu vois bien cette somme,

« Elle n'est plus pour toi, tu n'es qu'un malotru. »

Le comte injurié poursuivit sa vertu.

Vous voyez, malgré tout, belle et bonne Louise,

Que quelques bienfaiteurs le sont avec franchise.

Je crois donc qu'en ce jour on peut encor trouver

Trois cœurs sans égoïsme... Et pour mieux achever

Cette esquisse imparfaite, il faut, ma jeune amie,

Vous en désigner un qui, dans l'ignominie

Du coup qui l'a frappé, précipite à jamais

Ses lâches ennemis, honteux de leurs succès.

« Sur les rives du Lot, la ville que j'habite [8]

« Possédait un préfet, dont le rare mérite

« Ne le saurait céder qu'à ses hautes vertus.

« Il fut disgracié! ses bienfaits inconnus,

« Dans la prospérité, répandaient, en silence,

« Chez les êtres souffrants, le sourire, l'aisance.

« On pouvait soupçonner les heureux qu'il faisait;

« Mais rien n'était certain... et lui seul jouissait.

« Au jour de sa disgrace enfin la bombe éclate;

« Sa charité paraît; une seule âme ingrate

« Ne peut être comptée. *On trompe ainsi les rois...* »
« S'écriaient, à l'envi, cent bouches à la fois.
« Le sage satisfait, apaise un tel murmure...
« Il part... on ralentit le pas de sa voiture;
« Près de le perdre, on veut encor le retenir :
« Il est parti... tout pleure!.. et, dans le souvenir,
« Sa mémoire, à jamais conservée et bénie,
« N'en déplaise aux méchants, illustrera sa vie. »

Voilà, ma chère enfant, tout ce que mon cœur sait
De l'ostentation, comme du vrai bienfait :
Ce dernier, ce me semble, a son prix dans lui-même :
Il faut faire le bien pour s'estimer... et j'aime
Ce passe-temps. Celui qui s'occupe d'ingrats,
Joue à la bienfaisance, et ne la conçoit pas.
Comme un joueur de bourse attend à la grand'porte,
Pour savoir ce que *hausse,* ou *baisse* lui rapporte;
Ainsi l'ostentateur, le front haut, l'œil errant,
Calcule, en obligés, ce qu'un bienfait lui rend.

. . . .

Je n'en dirai pas plus, par pitié pour les hommes;
Il faut les ménager dans le siècle où nous sommes.

LE CHEVALIER.

NOTES

Sur l'Ostentation et la véritable Bienfaisance.

---

¹ J'ai promis autrefois, si j'ai bonne mémoire,

J'ai trouvé, dans les papiers du Chevalier de Saint-Vincent de Paule, un fragment d'épître sur la bienfaisance, entreprise en 1755 : le frère de Candidalma avait alors près de vingt-cinq ans. Cet ouvrage n'a jamais été terminé.

² Un philosophe anglais, ami de Pope, et sage,

C'est sans doute de M. de Bolingbroke que le Chevalier veut parler... si je ne me trompe.

³ Pour avoir, donnant peu, reçu bien davantage.

On trouvera peut-être les dix vers qui précèdent un peu rigoureux, même un peu lestes, mais l'auteur a cru devoir rabaisser, comme elle le mérite, cette morgue, plus que ridicule, plus qu'injuste, plus que brutale, avec laquelle des protecteurs, et *des faiseurs de bien*, traitent habituellement leurs protégés, leurs obligés. Vraiment, si on ne châtiait pas, de temps à autre, une telle insolence, surtout de la part des *parvenus*, elle nous conduirait infailliblement à la dégradation de l'espèce humaine. Que parce qu'un homme, qu'il soit prince ou valet, vous a rendu service, il se persuade être au-dessus de vous... c'est le comble de la dépravation et de l'extravagance.

4 Le mystère toujours voile tes actions.

Le Chevalier se plaît à rendre ce faible hommage au plus serviable de ses cousins germains, négociant à Libourne, ami de son frère et le mien.

5 Ne croyaient recevoir qu'un salaire de lui:

Ce vrai sage, ce vertueux ami du roi martyr, faisait faire et défaire, tous les mois, les allées de son parc, planter, arracher et replanter des arbres insignifiants, pour occuper les pauvres et les nourrir; puis, dans sa naïve, charmante et sublime bonté, il disait, en rentrant le soir pour jouir du sommeil du juste : Du moins on ne dira pas que je donne. *Faiseurs de bien,* tâchez de vous mettre à la hauteur de tant de délicatesse. Honneur au Chevalier de Saint-Vincent de Paule, pour avoir rappelé ce trait de bienfaisance.

6 Du meilleur des humains, si je n'étais le frère...

Il me semble que c'est moi qui parle, dans ce vers et les cinq qui suivent...

Il ne sera peut-être pas hors de propos de placer ici deux ou trois citations de l'Evangile :

« Aimez vos ennemis, faites du bien à ceux qui vous haïs-
« sent, faites du bien et prêtez, sans en rien espérer : alors
« votre récompense sera très-grande, et vous serez les en-
« fants du Très-Haut, parce qu'il est bon aux ingrats et aux
« méchants, — Lorsque vous ferez l'aumône, que votre main
« gauche ne sache point ce que fait votre main droite, afin
« que votre aumône ne soit point dans le secret, et votre
« père (Dieu), qui voit dans le secret, vous en rendra la
« récompense... »

Ces quelques lignes sublimes et mystiques peuvent servir de règle invariable à tous les cœurs vraiment généreux, qui désirent faire le bien pour le bien, ou sans ostentation, comme LES TROIS BIENFAITEURS offerts pour modèles par le Chevalier.

? C'est un original; tant mieux !.. Comte Digeon,

Toute la France a connu l'incroyable, incessante et *origi-nale* philanthropie de ce parfait modèle des hommes géné-reux et bienfaisants.

8 « Sur les rives du Lot, la ville que j'habite

C'est à Cahors, que le frère puîné de Candidalma habitait alors, qu'il écrivit cette anecdote, au sujet d'un préfet, homme de bien, M. le comte de Chamisso, chevalier de la Légion-d'Honneur, ancien page de Louis XVI, fonctionnaire distin-gué, administrateur éclairé, chéri de tout son département. M. de Chamisso avait des idées aussi élevées que libérales

7

sur l'avenir, les besoins et la prospérité du pays : un tel administrateur ne put convenir à **M.** de Villèle : ce malencontreux ministre fit la faute de le destituer, au commencement de 1822; et le meilleur des hommes alla mourir à Paris, vers la fin de cette même année. J'intercale, avec bonheur et tristesse, ces quelques vers du Chevalier dans sa *Férule*, en souhaitant au grand financier de Toulouse le plaisir de les commenter, *sans grincer des dents*, s'il a des remords... Amen !

9 . . . . *On trompe ainsi les rois...*

Historique, comme tout le reste.

N. B. Cette *Férule* est adressée à une jeune dame qui en avait donné le sujet au Chevalier de Saint-Vincent de Paule, aux eaux de Bagnères, en 1817 ou... 18. C'est, du moins, ce que constate une remarque placée en tête de l'ouvrage. Il paraît que l'auteur ne s'est mis à l'œuvre que dix-sept ou dix-huit ans après.

L'ONDE QUI BRULE A LA FONTAINE DES INNOCENTS,

LE DIMANCHE 16 JUIN DE L'AN DE GRACE 1844.

Bluette. [1]

Paraissez sur la place, ô vous jeunes et vieux,
Et tout ce que Libourne aura de curieux :
Unissez-vous ensemble, et formez une armée...
Notre *abreuvoir* s'enflamme !.. il s'écoule en fumée !
Phénomène bien rare, incroyable et nouveau,
Car on nous surnommait *la fontaine sans eau...*

(Tout calembour à part...) Voyez la médisance!
Quand la fontaine brûle, et... fume en abondance...
Je divague... Accourez, et daignez convenir
Qu'il valait bien, ma foi! la peine d'accourir.

Le tumulte est au comble, et l'incendie... extrême;
Le peuple est tout ému; la police en est... blême;
Car c'était le beau jour de la procession,
Soit de la fête-Dieu, soit de l'Ascension...
Je suis fort peu fixé sur ces très-saintes fêtes;
Ma tête est, pour ceci, la dernière des têtes...
Mais je pense qu'en mai l'Ascension a lieu;
Ce qu'*on chauffait dimanche* est donc la fête-Dieu. [2]
L'autel est préparé : l'on attendait le prêtre;
En cortége nombreux il va bientôt paraître :
Il croit se rafraîchir, mais, hélas! au lieu d'eau,
Il n'aperçoit dans l'air qu'un immense flambeau...
(Comme je vous l'ai dit), notre *abreuvoir* qui brûle.
Le lévite effrayé, recule, cule... cule...
Une jeune *novice*, en ce même moment, [3]
L'encourage, et lui dit (je ne sais trop comment) :
« Bon prêtre, ne crains rien, ce ne sont que des flammes,
« Qu'a produit notre source... Il faut que tu t'enflammes :

« Signe-toi bien des fois, suspends ton encensoir ;

« Je vais t'improviser un nouveau reposoir. »

Elle dit... et JUSTINE, en Vesta consommée,

Comme un vrai papillon, maîtrise... la fumée.

Un noble agent du roi *la sert* de tout son cœur

(Sans calembour aussi...) et s'en tire en vainqueur :

Vous n'avez jamais vu mieux illustrer la toge ;

De Venise on dirait le véritable doge :

Quand chacun lui criait : « Tout beau ! tout beau ! tout beau ! »

Il nageait dans le feu comme un canard dans l'eau.

De la sainte police un brave commissaire,

Sans aucun jeu de mots, entre ses bras la serre...

(Je veux dire Justine ; on la trouve partout !)

Repousse au loin la foule, et s'anime, et *craint tout* :

Il cherche un chemin sûr au sein de l'incendie,

Et, si près de la mort, ne songe qu'à la vie.

Le noble agent royal en fait au moins autant,

Toujours digne de lui !.. ça le rend si content !

JUSTINE... il faut la voir courir de l'un à l'autre :

Laissez-la faire, allez ; c'est *une* bonne apôtre !

Ce trio conquérant arrache du saint lieu

Planches et pots de fleurs, tout ce qui plaît à Dieu :

Tableaux, *petits Jésus,* mousselines, guirlandes,
Accomplit du curé demandes sur demandes...
L'autel est rétabli; LE VERBE est immolé...
Mais la fontaine, hélas! n'en a pas moins brûlé.

ILS ont sauvé la ville, et la soif les dévore;
Ce taquin d'abreuvoir leur fait défaut encore...
Faute d'eau? je ne sais : Justine en cherchait bien;
Mais de deux robinets elle ne tira rien.
L'intention, lecteur, n'en était pas moins bonne;
Et ce beau dévoûment mérite une couronne...
Honneur donc à Justine; honneur aux magistrats,
Qui s'exposent toujours... et qui ne brûlent pas!
On m'a même redit qu'à l'aspect d'un naufrage,
Avec moins d'un pied d'eau, leur noble ardeur surnage,
Et qu'on a vu tirer ce brillant coup d'archet,
Lorsqu'on était assis sur un banc de Suchet.

Nous n'avons donc plus d'eau, grâce à cet incendie;
Nous en avions... un peu, malgré la calomnie;
Et c'est un grand malheur que *ce chic,* que *ce peu,*
Si merveilleusement, ait tout à coup pris feu!

A mon sens, L'ÉCHEVIN raisonnait à merveille,
Quand il voulait tirer la fontaine en bouteille :
On en aurait encor grande provision...
(D'eau). Mais, dans ce conflit, qu'a fait la garnison ?
(Demande un E......et, amoureux de JUSTINE). 6
Cornichon! du sinistre elle est si peu voisine...
Elle fut impassible, et ne s'y rendit point ;
Pensait-elle que l'eau s'enflammât à ce point ?
On n'est pas jusque-là *bécasse,* mes lectrices,
Le chasseur ne prend pas du foin pour des... saucisses :
Une autre fois, peut-être, on s'y conformera,
Et nous irons au feu... lorsque l'eau brûlera... 7

Quant à nos trois héros, y compris l'héroïne,
La France ne doit point être ici trop mesquine ;
D'où je conclus qu'il faut donner à tous les trois,
Sans en excepter un, la croix, la croix, la croix...
Amen, ainsi soit-il, et cætera, pantoufle...
Qui crie à la faveur, n'est qu'un brac... un maroufle :
Pour ses concitoyens, lorsqu'on cherche de l'eau,
Et qu'on n'en trouve pas... on est digne... c'est beau !
Même, quoiqu'il soit tard pour en mettre en bouteilles,
Au roi des échevins il faut plusieurs corbeilles

De fleurs... (comme écriraient Musset, Victor Hugo),
Et lui faire danser, sur la place, un congo; [8]
Afin qu'aux yeux de tous, ce beau jour lui rappelle
Qu'il dansait autrefois... comme une demoiselle
Du plus grand opéra... Car notre magistrat
N'a pas toujours été le premier avocat
Des lieux... où, quelque part qu'on se tourne et retourne,
On aperçoit toujours la ville de Libourne :
A Bordeaux c'était bien le plus fameux gaillard,
Le plus hardi lapin... dans un colin-maillard!.. [9]
L'univers vous répond que c'était un compère
Fait pour faire prévoir qu'il serait notre... *affaire...*
Sans calembour encor... bien que ses sentiments
Pour nous soient toujours ceux qu'on a pour ses enfants...
Bien tourné! cette fin doit plaire à tout le monde;
Et je termine ainsi mon poème *sur l'Onde.*

CANDIDALMA.

NOTES

De l'Onde qui brûle à la fontaine des Innocents.

C'est de l'autre monde que le Centenaire Candidalma m'a
expédié cette facétie, en toute hâte, et *franco*. Il paraît que
chez les bienheureux on sait tout ce qui se passe au milieu
de nous misérables humains, voire même les plus petits événements... que dis-je ? *une fontaine qui brûle* était bien faite
pour occuper très-agréablement l'attention d'un des patriar-
ches de MM. LES ELUS... Je n'aurais pas osé dire que *mes
jumeaux* en ont grossi la liste, si Candidalma, dans sa lettre,
en... je ne sais quelle langue, que j'ai traduite avec la dernière facilité... (il y a du magnétisme là dessous), si donc
Candidalma, dans sa lettre, ne m'apprenait (par post-scriptum et parenthèse), que le Tout-Puissant l'a chargé, en rem-
placement d'un archange dont j'oublie le nom, de manipuler
et conserver la foudre et les éclairs, la pluie, la grêle, etc...
(Honorable et saint emploi, *gratis pro deo*, qui occupe excessivement le grand âge de mon correspondant céleste, mais
qui le flatte infiniment : il me l'écrit aussi dans le même
idiome, que j'ai parfaitement compris). J'ai répondu de suite
à ce vieux *sauvé*, qu'en sa qualité d'ancien compatriote, il
aurait bien dû épargner mieux nos contrées qu'il ne l'a fait
la semaine ou l'avant semaine dernière, et réserver son tonnerre, ses éclairs, surtout sa grêle, pour... d'autres climats.
Je le prie, en même temps, d'être un peu plus raisonnable,

à l'avenir, en *Bluette* comme en grêle, si le bon Dieu le lui
permet, comme il doit nous être permis de l'espérer. Je ne
sais s'il me répondra que... Oui !

Dans tous les cas, je me flatte que le comité vignicole de
la Gironde trouvera, dans ses ressources, le moyen de me
faire décerner une médaille d'or, d'argent, de cuivre, d'un
métal quelconque, pour ma peine ; ou, au pis aller, de me
gratifier, à bon marché, d'une mention honorable... J'en
donne le choix pour une épingle. Au fait, avec de tels inter-
médiaires, entre le ciel et moi, je puis être *chiquocandarde-
ment* utile à notre infortuné département : un député peut se
rendre beaucoup moins intéressant, et faire extraordinaire-
ment moins de bien... c'est ce qu'il fait.

² Ce qu'*on chauffait dimanche* est donc la fête-Dieu.

Cette incertitude du vieux bonhomme canonisé est une
mauvaise plaisanterie : s'il est dans le paradis, comme il me
l'écrit, en me parlant de son emploi foudroyant et céleste, il
doit être mieux fixé que personne sur le jour de la fête-Dieu,
comme sur *celui de celle* de l'Ascension. Tout cela (il faut
le dire),

N'est que de la *frime*,
Pour trouver la rime,

et pour faire quatre ou cinq vers de plus, aux dépens du lecteur.

³ Une jeune *novice*, en ce même moment,

Novice ! tout cela est bon à dire ; Mlle Justine Talydet, Da-

lydet, ou Palidet n'est pas si neuve... ou sans expérience : elle
l'a bien prouvé par sa double ou triple habileté, dans ce mémorable et presque surnaturel désastre... tombé dans l'eau.

(illegible faded lines)

Mais de deux robinets elle ne tira rien.

Ici Justine ne s'est pas montrée digne des mêmes éloges ;
elle mérite même un léger reproche : n'attaquer que deux
robinets en un si pressant besoin ! la fontaine en a peut-être
trois, sans doute quatre : à sa place, j'aurais fouillé partout...
Il fallait, au moins, aller jusqu'au troisième... on pouvait y
trouver de l'eau, et, par cette main régénératrice (la main
de Justine), notre source aurait fait ce que jamais, peut-être,
elle n'a fait : elle eût donné *le pour-boire* à tout le monde.

[5] Lorsqu'on était assis sur un banc de Suchet.

Je n'ai rien compris à cette allusion : Qui s'est jeté à l'eau,
pour sauver des naufragés... qui se baignaient, au-dessous du
pont en pierre *libéré ?* Battez la caisse, sergent de ville. —
Personne ne répond. — Le père Candidalma aurait bien dû
nous envoyer, au lieu de grêle, d'éclairs et de tonnerre, une
note toute faite, à cet égard.

[6] (Demande un f.......et, amoureux de JUSTINE).

Mettez f.......et, à l'instar du maréchal de Toulouse, ou fre-
luquet plus congrûment (car il faut que le vers se fasse) ; à
vous permis, mes chers lecteurs... je suis autorisé, jusque-
là, à modifier le texte.

2 Et nous irons au feu... lorsque l'eau brûlera...

Ils ont raison ces braves militaires de 1844; il faut être
prévenu de ce qu'on fait, en toutes choses : l'eau brûle! c'est
bon à dire; mais il faut y regarder à deux fois pour le croire...
et la garnison buvait *la goutte,* en ce temps-là... or, *la goutte*
n'est pas de l'eau, si je puis m'y connaître.

8 Et lui faire danser, sur la place, *un congo...*

Congo, danse à deux, renouvelée des Grecs, et que, sans
être grec, M. l'Echevin dansait probablement bien dans sa
jeunesse. Je n'en sais pas davantage, et j'ignore, aussi complètement, où ce vieillard insensé à pu prendre toutes ces fa-
bles, qu'il nous donne pour des histoires. De quoi diable se
mêle-t-il, et va-t-il s'occuper au milieu de tous ses tonnerres
de?.. Est-ce une commotion électrique qui *le prend,* ou l'a-
gite?.. J'ai mieux aimé le croire que d'y aller voir.

9 Le plus hardi lapin... dans un colin-maillard!..

Colin-maillard!.. Ici je suis, vraiment, plus à mon aise...
Tra la, la, la! et cette note me sera facile. On m'a assuré que
l'honorable échevin, étant tout jeune homme, aimait beaucoup les jeux innocents; et le colin-maillard en est un, où
l'on joue toujours en aveugle : rien ne saurait être plus innocent; l'on ne sait pas plus ce qu'on fait... qu'un fou. Aussi,
dans les deux cas, au lieu de la loi, qui est trop sérieuse, on
ne peut qu'appliquer le proverbe si connu : *Pardonnez-lui,
grand Dieu, il ne sait ce qu'il fait.* Et j'ajouterai : N'exigez
de lui, tout au plus, que *la danse du congo...* Il y figurait si
bien!.. dans l'âge d'innocence...

LES HYPOCRITES.

Rubrique.

(1836.)

Si l'on me demandait : Qu'est-ce que tu préfères,
De vivre avec les ours, les lions, les panthères;
D'habiter les déserts, tout peuplés de serpents;
D'être sur un abîme, et toujours en suspens,
Pris de la fièvre jaune, attaqué par la peste,
Ou toute épidémie également funeste;

D'exister sans espoir, n'ayant ni feu ni lieu;

De te trouver sans cesse (à la garde de Dieu),

Entouré de rochers, et de mers sans limites...

Ou de passer ta vie avec les hypocrites?..

Je choisirais le reste, et finirais mes jours

Avec les léopards, les lions ou les ours.

De ces fiers animaux je pourrais me défendre;

Dans des rets destructeurs j'essaîrais de les prendre...

On peut voir des serpents, les reconnaître, et fuir;

Et tout gouffre entr'ouvert ne va pas m'engloutir.

Au milieu des écueils on échappe au naufrage;

Car je ne connais point d'océan sans rivage :

Les dangers les plus grands que vous pourriez citer,

Par un peu de prudence on peut les éviter.

Mais comment voulez-vous, grand Dieu! qu'on se défie

De la *douce, timide* et *tendre* hypocrisie?

De sa bouche découle un miel limpide et pur...

De la bien démasquer vous n'êtes jamais sûr.

N'importe; essayons-en; poursuivons mes faussaires

Comme je poursuivrais les ours, ou les panthères :

Mort à qui tombera dans mon piége tendu!..

Hypocrites, tremblez! vous m'avez entendu.

Quel est ce *puritain*, à la démarche grave,
Au maintien débonnaire, à l'air froid, au teint hâve,
La main dans son gilet, se caressant le cœur?
Est-ce un homme de bien? non; c'est un imposteur...
Ecoutez ses discours : « O temps ! ô mœurs !.. Ariste,
« Savez-vous bien pourquoi vous me voyez si triste?
« C'est que nos jeunes gens s'en vont de mal en pis,
« Et que, presqu'en plein jour, l'adultère est permis :
« La débauche, *vraiment*, court aujourd'hui les rues;
« Et les femmes n'ont plus qu'à sortir toutes nues...
« Le vice est *foudroyant*, gagne tous les états;
« Car la corruption va jusqu'aux magistrats :
« Il n'est plus de justice; on la vend, on l'achète;
« On passe pour prodigue en payant une dette.
« Le jeu, le rapt, le vol sont à l'ordre du jour;
« On viole un serment comme on trompe en amour..
« Si cela continue, il faudra que j'expire. »
Il dit, et, tout de bon, il gémit, il soupire...

Voyez ces actions : cent fois son médecin
Constata sa débauche, et, perdu de venin,
Profit de sa luxure, un infâme repaire
Organisa pour lui l'inceste et l'adultère.

Ce vieux voluptueux lui-même est magistrat :
Traqué par les huissiers, il leur vend son état ;
Ce sont les bons procès qu'à sa voix on redoute ;
Si l'argent s'en mêla, vous les perdrez, sans doute.
Ses dettes ?.. le bourreau ! jamais il n'en paya
Qu'avec l'or qu'un plaideur à son juge octroya.
C'est lui dont les serments, ou *les sauts* politiques,
Sont aussi variés que ses liens lubriques.
Au jeu comme au palais, ce n'est qu'un vrai filou ;
Il vole, il vole, il vole... et n'a jamais le sou.
Tant ses hideux penchants, sa fourbe, sa bassesse,
Inamoviblement coûtent à sa vieillesse.

Tel est notre censeur, hypocrite encroûté,
Qui *meurt*, si la vertu, les mœurs, la pureté,
Ne reviennent bien vite, et devant qu'il *expire*,
Calmer son pauvre cœur, qui *gémit* et *soupire*.

Voyez plus haut que lui, prenant à pleines mains,
Cet autre, trafiquant des intérêts humains ;
Son adresse hypocrite en mesures légales
Transforme, par arrêt, les plus honteux scandales :

Pense-t-il qu'aujourd'hui triomphe le bon droit,
Il remet à demain cet échec qu'il prévoit;
Corrompt deux *endormis,* chavire la sentence;
Celui qui gagnait perd... ou bien tout recommence : 4
On ordonne une enquête en un pays véreux,
Où les honnêtes gens sont rarement heureux.
Soyez persuadé qu'il prendra ses mesures,
Pour qu'un second arrêt confirme ses parjures :
Il n'appellera point l'affaire à contre-sens;
Il attend le retour de *ses deux complaisants,*
Pesant au poids de l'or la *suprême* justice,
Et, lorsque la vertu produit moins que le vice,
Disposés à *comprendre,* allant du blanc au noir,
Qu'obéir à leur chef est leur premier devoir.

Eh bien! un tel guêpier, ses dédales atroces
Sont-ils moins effrayants que les bêtes féroces? 5
Le tigre vous menace; il vous montre les dents;
Vous pouvez vous sauver, si vous êtes prudents;
Mais l'homme... *inamovible,* en son sacré repaire,
Vous mord en vous léchant, et, pis que la vipère,
Vous retient par la main, vous amuse, et vous perd
Dans son cabinet... noir, lorsqu'il dit qu'il vous sert...

J'ai donc raison de croire, alors que tout l'atteste,
Qu'il vaut mieux, au désert, être en proie à la peste.

Ah! que le front de l'homme est perfide et trompeur!
Admirez ce cynisme stoïque et frondeur,
Par lequel un *Judas,* chenapan de ruelles,
Dénigre nos *Lions* coureurs *de demoiselles!*
Ne penserait-on pas que ce cloaque impur
Dans le chemin du sage a marché d'un pas sûr?
Qu'il n'a jamais bronché dans la route glissante
Que de ces jeunes fous parcourt la fièvre ardente?
Je pardonne à ceux-ci leurs naïves fureurs;
Mais, pour Dieu, point de grâce à leurs aigres censeurs;
A ces *Janus* de boue, arlequins de coulisses,
Robustes charlatans, cariés par leurs vices,
Comme Alcide tonnant contre la volupté,
En traînant les lambeaux de leur impureté...
Crois-tu m'intimider? (s'écrie un sodomité
A son rival souillé), *n'ai-je pas ton mérite?* 6

L'homme droit, à coup sûr, peut rire d'un boiteux,
Le blanc du nègre, soit; le propre du morveux,

Le sobre d'un gourmand, le beau d'un vilain être...
Ce n'est pas généreux ; c'est naturel, peut-être :
Mais qui pourrait souffrir le traître, l'espion
Déclamant fièrement contre la trahison ?
Qui n'attesterait pas le ciel, l'onde et la terre,
Si quelque Eliçabide attaquait Lacenaire ?
Si tel ministre impur, faisant *suer* l'argent,
D'un trop sûr jeu de bourse accusait Talleyrand ?
Si cet autre, épousant l'enfant de sa maîtresse,
Mettait l'inceste en cause, oubliant sa tendresse ?
Que dire d'un filou qui crîrait *au voleur ?*
C'est le fourbe impudent qui sermonne un menteur.

J'étais, naguère, aux pieds d'une charmante femme... [7]
(Mon amitié pour elle est tout ce qui m'enflamme)
Un conseiller d'état, aussi laid qu'un affront,
Vidoq l'agioteur, le publiciste Eerffrond,
Monsieur Patripatra, sous-préfet de sa ville,
Qui, si vous le pesiez, en vaut, peut-être, mille ;
Un loyal député, non moins spirituel,
Que D** de C**, et même que Martel...
Ces cinq olibrius entrent chez ma voisine...
Je voulais m'esquiver : restez, me dit Corine,

Par un de ces regards parlant mieux qu'un discours...
Je restai : ce coup d'œil me fut d'un grand secours...
Je lui dois, en effet, plus d'un trait de satire.

« Eh bien, mon cher préfet, que pouvez-vous nous dire?
« Avons-nous, franchement, ou la guerre, ou la paix?
« De notre ministère approuvez-vous les faits?
« Monsieur Patripatra, de sa sous-préfecture
« Enflamme-t-il l'ardeur par sa noble posture?
« Que pense le savant, le guindé, le profond,
« Le bourru, le cynique et bilieux Eerffrond?
« Mais ne vous bornez pas aux *cancans* politiques;
« Ouvre-moi les comptoirs, Vidoq, où tu trafiques;
« Parle-moi du commerce, et de sa bonne foi...
« J'ai soif de discourir; et j'ai compté sur toi.
« Ce député loyal pourra nous dire ensuite
« (S'il peut enfin parler) les maisons en faillite. »

Nous allons voir comment ce rude *quinteti,*
Déjà si transparent, et si bien averti,
Se dévoila soudain, sans craindre l'infamie,
Dont la publicité frappe l'hypocrisie.

Comme le plus verbeux, le publiciste altier,
Sale *à faire plaisir,* [8] commença le premier :
« Madame, *je ne crains* ni la paix, ni la guerre;
Je ne crains pas le roi; *je crains* le ministère :
Et cette *crainte,* hélas ! d'une autre *crainte* encor
M'inspire *la terreur*... (quand je pense au trésor),
De *maux* pouvant se joindre aux *maux* épouvantables,
Qu'un Thiers peut ajouter aux *maux* de mes semblables...
Et je suis furieux de voir qu'en ces débats,
Le roi, comme son Thiers... — Ne vous écoute pas... »

Ce trait au publiciste a coupé la parole...
Pour la chasse aux canards il part sur sa gondole;
Et, depuis ce beau jour, on ne l'a plus revu.
Sa fausse politique, et sa fière vertu
N'ont jamais consisté que dans la folle rage
De primer, de trôner, ou d'être... *un personnage.*
De l'oubli, du dédain, en permanence, outré,
Il ne pourra mourir que d'un orgueil rentré.
Qu'importent Thiers, Molé, Guizot, à sa colère?
Qu'à le bien caresser s'abaisse un ministère;
Vous le verrez *vouloir* la guerre du Levant, [9]
Autant qu'il la blâmait deux jours auparavant;

Flétrir ses protégés, flatter ses adversaires...
Oui!.. Son cynisme alors enverrait aux galères
Ceux qu'il canonisait, et traiterait de saints
Ceux que naguère il a déchiré de ses mains.
Que pouvez-vous penser de ce grave hypocrite?
La bonne foi n'est pas son principal mérite;
Vous le voyez... eh bien! ce laid caméléon
A le front de parler de franchise... Oh! non, non;
Vous n'en eûtes jamais, audacieux zoïle,
De tout mérite vrai qui vous tourne la bile...
Petit ours mal-léché, belître dégoûtant,
Vous osez vous *frotter* même à Châteaubriand!
Qui vous donne ce droit? Votre esprit sans génie
N'est qu'un thème hargneux de longue hypocrisie.

Le préfet, soulevant son mufle de chacal,
Ses yeux couverts de poils, dit, d'un ton doctoral :
« Cet homme devient fou... c'est un énergumène
« Qu'il faudrait flageller deux, trois fois par semaine... »
— Serait-ce pour cela, digne et bon magistrat,
« Que pendant sa faveur, chaque jour, en vieux rat,
« Vous vous êtes glissé jusqu'au pied de sa couche,
« Pour flatter ses écrits?.. Et que de votre bouche,

« En public, et partout, son éloge éclatait?

« Ou bien est-ce qu'Eerffrond était craint du préfet? »

Le conseiller d'état n'attendit pas son reste,

Et, tout crochu qu'il est, pour sortir il fut leste.

Je riais de bon cœur... Corine, en ce moment,

Me souffla dans l'oreille : *Attendez un moment.*

Le loyal député cherche à parler, hésite,

Frappe son cœur trois fois : « Est-on plus hypocrite?

« (Ose-t-il dire enfin). Peut-on pousser plus loin

« Le... la... le... l'impudeur? les... je n'ai pas besoin

« (Je n'y suis point réduit), Madame, de vous dire

« Tout le... désagrément que ce préfet m'inspire :

« Où pourrait-on trouver un cœur de si bas prix? » [19]

— Là... là... juste à la place où vous êtes assis.

— Comment? — Voici : Depuis qu'une charte subsiste,

« Combien de fois... (allons, n'ayez pas l'air si triste),

« Combien de fois le cœur que couvre votre main

« A-t-il changé d'avis, à l'égard du prochain?

« Vous ne le savez plus? je m'en vais vous l'apprendre :

« Vous avez sous *Decaze* admis *le cinq septembre;*

« Vous avez sous *Villèle*, avec Patripatra,

« Comme un double vilain, soutenu *les ultra*.

« Vous perdez *Charles-Dix;* voici *dix-huit cent trente;*

« Presque *républicain,* vous restez dans l'attente,..

« PHILIPPE est adopté comme roi des Français ;

« Vous êtes *monarchique* alors plus que jamais.

— Mon pays avant tout. — Hypocrisie encore :

« De l'amour du pays l'intérêt se colore :

« Vous êtes député, pour en porter l'habit,

« Lequel chez l'étranger triple votre crédit.

« Faut-il vous croire? on peut, en aimant sa patrie,

« Abjurer des regrets, et lui donner sa vie ;

« Mais une fois élu pour défendre ses droits,

« A ses vrais partisans gardez-vous votre voix?

« Vous la vendez à tous, : vous l'avez accordée

« A tous les cabinets qui vous l'ont demandée.

« Selon le ministère, ou le chef du conseil,

« Vous êtes *droite ultra, gauche extrême,* au réveil.

« Avec le duc de Brogl' vous seriez *doctrinaire,*

« Sous Audillon-Barrot républicain *sincère,*

« Avec Thiers *libéral, constitutionnel,*

« Et *franc légitimiste* avec... l'aide du ciel.

« Autant que le préfet vous avez du génie ;

« Mais ne vous plaignez plus de son hypocrisie. »

Le député s'en fut comme il était venu,
Bafoué... mais content d'être un riche *ventru* :
Car il convient dehors, seul, au clair de la lune,
Que c'est le seul moyen de *chauffer* sa fortune.
Ah! que la France en a de ces représentants,
Patriotes zélés, tout aussi concluants ! ''

Le sous-préfet s'écrie, en soufflant comme un dogue :
« C'est pourtant moi qui l'aide, et qui l'ai mis en vogue :
« De l'entendre parler je rougis quelquefois;
« Mais dans l'urne, après tout, je lui donnai ma voix,
« Et lui créai, Madame, au tour de ballottage,
« Contre son concurrent, un éclatant suffrage. »
— Patripatra, mon cher, vous vous moquez de nous,
« Ou d'un tel député vous craignez le courroux :
« Car de *son concurrent*, de ce noble adversaire,
« Devenu tout à coup ministre de la guerre,
« Vous avez dit bien haut, depuis l'élection,
« Que dans l'urne, *en honneur*, vous aviez mis le nom,
« Et que tous vos amis en avaient fait de même...
« Qui de vous ou de moi résoudra ce problème?
« Comme il est mon parent, il vient de me prier,
« Vous croyant son ami, de vous remercier,

« Et de savoir de vous, par quelle convenance
« Il pourrait s'acquitter de sa reconnaissance :
« Que lui répondre, après votre dernier aveu? »

Patripatra devint plus rouge que le feu...
Nous crûmes qu'il allait mourir d'apoplexie :
Soit que ce fût encore un trait d'hypocrisie,
Il s'évada honteux, mais au fond, satisfait
D'être, à tout prix, *quand même,* un très-bon sous-préfet.

« A toi, brave Vidoq; parle avec la franchise
« Que ma vieille amitié, pour le moins, autorise :
« Dis-moi la pureté de ces négociants
« Qui font notre richesse. » — Eh! c'est à mes dépens,
« Ma respectable amie : on ne voit, en affaires,
« Que des accapareurs, que des roués corsaires,
« Qui font monter, descendre et remonter les prix,
« Comme *un joueur de bourse exécute à Paris.*
« L'agiot à présent n'est qu'une escroquerie...
« Et j'en suis le dindon chaque jour de ma vie.
— Tu me confonds, Vidoq! comment donc se fait-il
« Que tu deviennes riche? As-tu dans le Brésil,

« Au Mexique, au Pérou, quelque mine féconde?..
— Je n'ai rien... à mon tour, je dupe tout le monde. »

Et Vidoq disparut. — Ah! dis-je, celui-là
N'est pas un hypocrite. — Il l'est comme cela :
Par cet aveu bizarre, il sait qu'il fera rire,
Et qu'on ne croira pas tout ce qu'il vient de dire...
C'est autant de gagné. Tartufe, en vérité,
A beau dire qu'il est couvert d'iniquité,
Et le plus grand pécheur du monde; que sa vie
N'est qu'un voile trompeur, tissu d'ignominie :
Orgon ne le croit pas... Mille bénins fripons,
Pour les absoudre ainsi trouvent d'autres Orgons,
Qui dans l'aveuglement de Madame Pernelle,
Croient à peine leurs yeux, et sont trompés comme elle.

— Eh! l'enfer, m'écriai-je, et le ciel en courroux,
N'allument pas leurs feux, n'acèrent pas leurs coups,
Pour frapper à l'instant ces fourbes déicides,
Ou pour marquer au front la race des perfides?
Que dis-je? on ne croit plus aux décrets de Minos,
Eternels comme Dieu, bien que toujours nouveaux;

A nos mânes errants sur la rive infernale,
Prêts à passer le Stix dans la barque fatale;
A ce dernier séjour des douleurs, des remords
Inutiles et vains... C'est pourtant sur ces bords,
Incrédules esprits, qu'il vous faudra descendre;
Là qu'un long châtiment devra vous faire attendre
Cet arrêt solennel d'un équitable Dieu,
Méconnu par votre âme, en tout temps, en tout lieu...
O France! ô mon pays! qu'importe que ta gloire
Aux confins de la terre ait conduit la victoire,
Hélas! si, dans ton sein, nos secrètes noirceurs
Font rougir les vaincus des vices des vainqueurs?

J'étais exaspéré!.. Corine alors m'arrête;
Et fixant la pendule : « Allez, mauvaise tête! »
Je saluai Corine, admirant sa raison,
Et, pour rimer ces vers, revins à la maison.

CANDIDALMA.

NOTES

Des Hypocrites.

— — —

¹ C'est au retour d'un assez long voyage dans le midi, venant de visiter Toulon, Marseille, Lyon, Nîmes, Montpellier, Perpignan, Toulouse, etc., etc., que le père Candidalma composa cette virulente *Rubrique*. Il faut qu'il ait trouvé une nuée d'hypocrites sur son chemin, pour s'être ainsi monté la tête. Il est probable, ensuite, qu'il réunit sur quelques têtes imaginaires tous les travers qu'il a reconnus et constatés en voyageant : tantôt c'est un magistrat, un préfet, un négociant, un publiciste, un député (que sais-je?) qu'il met en scène, et je crois avoir acquis la conviction que ce sont plutôt les divers états mal remplis, hypocritement exploités, qu'il critique, en les groupant, d'après ses observations cosmopolites, que ce ne sont des individus d'une localité, plutôt que d'une autre, qu'il a voulu châtier.

Quoi qu'il en soit, je n'ai pas cru devoir me permettre de rien toucher à cet opuscule, daté de 1836. L'auteur n'était pas entièrement guéri d'une violente fièvre typhode; il n'est pas surprenant qu'il eût de l'ardeur dans la tête. Puis à cette époque il avait à se plaindre de tant *de riens* qui se croyaient *quelque chose*, que son humeur ne m'étonne pas du tout... Que tous les lecteurs sentent et fassent comme moi.

Du reste, j'ai trouvé cette remarque dans les papiers de Candidalma :

« Le sujet de cette *Rubrique* m'a été donné le 10 août 1836,
« par une dame dont je m'honore d'être l'ami, *en tout bien*
« *tout honneur,* à un grand bal improvisé par mon préfet...
« du Rhône, des bouches de ce dernier, des trois Pyrénées,
« de la Haute-Garonne, des Landes, de Lot-et-Garonne, de
« la Gironde, des deux Charentes, ou de la Dordogne, choi-
« sissez... Bal magnifique, où mes cent six ans ne dansèrent
« pas du tout... et pour cause... *Vous m'entendez bien.*

« Le lendemain, 11 août, avant de sortir de mon lit, ma
« besogne était faite, et... Corine fut contente. »

J'ajouterai à cet avertissement du père *farceur :* Je souhaite cordialement, pour lui, que tous ses lecteurs soient aussi satisfaits que Mme ***... ou son honorable Corine.

¹ Hypocrites, tremblez! vous m'avez entendu.

A-t-il la tête montée ce brave Centenaire? Je serais curieux de savoir quelles sont, dans sa course furibonde de notre midi, les villes principales qui ont le plus échauffé sa bile. J'ai cherché dans ses remarques, mais je n'ai rien trouvé qui pût m'éclairer à cet égard : cependant j'ai cru y voir que ses plus longs séjours ont été à Lyon, Toulouse et Marseille.

³ *Inamoviblement,* coûtent à sa vieillesse.

On serait tenté de croire que c'est de certains capitouls que veut parler ici Candidalma; et cependant ses remarques ne sembleraient pas le confirmer. Il est plus raisonnable de penser que, par ces deux *quidams* imaginaires, l'auteur n'a voulu vigoureusement censurer que les juges qui s'écartent de la bonne voie... *Honni soit* donc *qui mal y pense!*

⁴ Corrompt deux *endormis,* chavire la sentence ;
  Celui qui gagnait perd... ou bien tout recommence :

Si les remarques du Centenaire, au bas de sa *Rubrique,* sont authentiques, ce dernier trait aurait été raconté, comme historique, par un plaideur du département des Landes.

⁵ Sont-ils moins effrayants que les bêtes féroces ?

La haine du vieillard, pour les hypocrites, est toujours à son comble ; et, sur ma foi, je la lui pardonne : quelle peste que ces gens-là ! !

⁶ *Crois-tu m'intimider?* (s'écrie un sodomite
  A son rival souillé), *n'ai-je pas ton mérite?*

Ce passage est une imitation de Juvénal, ou d'Horace : je ne me souviens pas au juste, en ce moment, duquel des deux. Cherchez, amis lecteurs... vous en aurez bien le temps.

⁷ J'étais, naguère, aux pieds d'une charmante femme...

Il est hors de doute, d'après de sérieuses observations trouvées en marge du manuscrit, que cette dame aussi spirituelle que jolie, habitait la ville de Lyon lorsque ces vers furent composés... Comment donc?.. je m'y perds...

⁸ Sale *à faire plaisir*, commença le premier :

Expression singulière, mais qui peut donner une juste idée du cynisme d'un homme malpropre.

⁹ Vous le verrez *vouloir* la guerre du Levant,

Hélas! ce n'est pas seulement au publiciste des Bouches-du-Rhône, de Lyon, de Montpellier, ou de la ville que vous voudrez, que peut s'adresser cette raillerie : combien de pamphletaires qui ont tonné contre notre guerre d'Afrique, et qui, après le succès, ou les avantages politiques qu'elle nous assure, la préconisent aujourd'hui !

¹⁰ « Où pourrait-on trouver un cœur de si bas prix? »

J'ai, ma foi, connu un député qui bredouillait justement comme cela, non pas à la tribune, où il n'est monté de sa vie, mais dans les salons, comme chez lui. Il est, du reste, possible que ce soit là *le héros* de Candidalma, s'il est de Lyon, de Marseille, de Montpellier, de Nîmes, de Toulouse, ou... de toute autre ville.

¹¹ Patriotes zélés, tout aussi concluants !

« Tiens! (s'écriait un ventru), je voudrais bien voir que les

« affaires du pays m'empêchassent de faire les miennes : il
« faut, au contraire, que le bien public se marie à mon bien-
« être, ou... il n'y a plus de bien public. »

Eh bien, il était naïf ce brave représentant de nos intérêts :
rien d'étonnant s'il eût ajouté, avec Louis XIV : L'ÉTAT
C'EST MOI.

¹² Prêts à passer le Stix dans la barque fatale;

Voici que la colère rend ce pauvre vieil ami dévot et my-
thologique en même temps : passons-lui cette fantaisie,
puisque ça l'amuse. Dès qu'il a traversé *le Stix,* il peut bien
avoir fait connaissance avec *Minos.*

¹³ Et, pour rimer ces vers, revins à la maison.

Il me paraît alors évident que le Centenaire composa cette
Rubrique à Lyon; car, en 1836, Mme Corine y habitait la
place Belcour, n°... cela vous reste à savoir, mon bien-aimé
lecteur.

Il serait fort difficile d'avoir la clé des personnages mis en
scène dans cette *Rubrique,* et ce ne sera pas le singulier iti-
néraire donné par le Centenaire, dans la première note, de
son cru, qui pourra nous mettre au courant... J'en ai, d'impatience, jeté douze fois ma langue aux chiens, de département en département, où ce diable d'homme m'a fait courir
la poste, sans sortir de chez moi... Ouf!..

Du reste, je crois fermement, si je n'en suis pas sûr, que
l'auteur, jadis outragé, a fait allusion, dans sa *Férule,* à un
certain préfet du Rhône, dont il parlera plus tard, dans *les*

Calomniateurs : il est bon d'envoyer, autant que possible, chaque paquet à son adresse. Pour tous les autres personnages mis en scène, je n'en saurais donner la clé.

UN JEUNE GARÇON.

Bluette.

Il a vingt ans... à l'entendre, il est homme;
Déjà sa vie est le fruit de l'erreur;
Et cette erreur, à Paris comme à Rome,
Le fait agir sans consulter son cœur.
Il conçoit Dieu, comme il comprend le monde,
Imaginés pour ses menus plaisirs;
Et ni le ciel, ni cette boule ronde
Ne doivent point entraver ses desirs.

Fils du caprice, il en a l'héritage ;
Il vieillira sans connaître l'amour ; [2]
Car aujourd'hui ce petit personnage
Pense qu'aimer c'est n'être heureux qu'un jour...
On était fille autrefois à cet âge :
Un sang pudique inondait, tour à tour,
Du jeune gars le cœur et le visage...
Mais dans ce siècle il ne sait plus rougir :
Toute candeur de son âme est bannie ;
Rien d'innocent ne saurait plus surgir
A son beau front... sa carrière est finie ;
Et cette fleur, au souffle du zéphir,
Avant d'éclore, est fanée, ou ternie...
Elle pouvait avoir un sort si beau !
D'où vient le mal ? oserai-je le dire ?
Du père, hélas ! de la mère en délire,
Qui m'en ont fait un prodige au berceau. [3]
Notre phénix n'ira point au collége,
Pour voir ternir ses dispositions ;
Mais dès quinze ans il lèvera le siége...
(Vous en serez pour vos illusions,
Aveugle mère !.. et mon cœur s'en afflige).
Avant ce temps, toutes les passions
Dérouleront à ses yeux leur prestige...

Il peut choisir : au logis paternel,
Comme au théâtre, en tous lieux, *ce prodige*
Disposera de la terre et du ciel...
Son choix est fait : c'est le dévergondage,
L'oisiveté, naturelle à cet âge,
Le jeu, *la fille,* et l'attrayant plaisir
De se voir libre, et de désobéir
A des parents qui l'ont trop tôt fait sage,
Ou trop *savant,* trop vite *grand garçon.*
C'est, en effet, bien à mourir de rire
De voir les soins prodigués au *mignon,*
Pour promptement en faire... *un polisson;*
Singe de l'homme, avant qu'on puisse dire
Si ce dauphin n'est plus un nourrisson...
Il est, vraiment, encore à la bavette,
Qu'au *savoir-vivre* on le dresse déjà :
Il dit à peine ou *maman,* ou *papa,*
Qu'en vrai *dandi,* de la demi-courbette,
Pour saluer, il se tire à ravir...
Est-il gentil! (vous dit la salle pleine
De gens blasés qui n'ont plus qu'à mourir);
Que des parents doivent s'enorgueillir
De posséder un pareil phénomène!
Et, sous les yeux d'une mère trop vaine,

L'enfant ne fait que croître et *s'embellir*...
Il est savant!.. dit un fat hors d'haleine,
Qui va chercher un livre à parcourir :
Présumez-vous que ce soit La Fontaine,
Que, pour lui plaire, on fait lire au marmot?
Vous vous moquez; c'est du trop terre-à-terre :
Le petit aigle a lu tout Walter-Scot,
Et sait par cœur les romans de Voltaire... 4
Sans s'y tromper, vous assure son père.
Que voulez-vous qu'il apprenne de plus?
En blouse il est accompli, dit la mère;
Bientôt nos soins deviendront superflus.

Et de là vient qu'à l'heure du reflux,
En grandissant le poupon dégénère.
A dix-huit ans de l'homme il est au bout;
Alors à vingt sa course est terminée;
Par ses auteurs sa vie est condamnée,
Dès vingt-cinq ans, à n'être rien du tout.

Toute candeur de son âme est bannie,
Rien d'innocent ne saurait plus surgir
A son beau front : sa carrière est finie;

Il n'eut jamais la pudeur de rougir :
Et cette fleur, au souffle du zéphir,
Avant d'éclore, est fanée, ou ternie. [5]

ENVOI A Mme ***.

Vous avez gâté votre enfant...
Vous allez me chercher querelle :
Et votre Eugène, triomphant,
Se rira de ma bagatelle...
Aglaé, j'en serais marri ;
Le mal n'était pas sans remède :
Près de vous encor j'intercède,
Comme auprès de votre mari ;
Venez tous les deux à mon aide :
Louez moins cet enfant chéri,
Et qu'il travaille davantage...
Donnez-lui bonbon sur bonbon,
Car c'est là le goût de son âge ;
Mais traitez sa jeune raison

Avec le plus simple langage,
Ou dans un style *à son usage;* [6]
Et n'en faites point *un Lion,*
Avec quatorze ans... c'est dommage!

LE CHEVALIER.

NOTES

D'un Jeune Garçon.

———

¹ Il a vingt ans... à l'entendre, il est homme;

Telle est la conviction de tous nos gamins; non pas seulement à vingt ans, comme l'écrit le Chevalier, mais de quinze à dix-huit.

² Il vieillira sans connaître l'amour;

Le Chevalier veut probablement dire ici le véritable amour, qui ne saurait jamais éclore dans un cœur prématuré par la débauche.

³ Qui m'en ont fait un prodige au berceau.

Si tous nos jeunes marmots étaient de cette force, on pourrait, en effet, supprimer tous les colléges. Heureusement que nous n'en sommes pas encore réduits là... grâce à quelques bons pères et à plusieurs bonnes mères de famille.

⁴ Et sait par cœur les romans de Voltaire...

Il n'est que trop vrai que la faiblesse de beaucoup de parents encourage, chez *ces marmots,* des lectures qui ne devraient leur être confiées que dans l'âge mûr : de là vient, trop souvent, leur dégoût, plus tard, pour la lecture des livres utiles... c'est que c'est infiniment plus ennuyeux que les romans, qui ont charmé leurs premiers loisirs.

⁵ Avant d'éclore, est fanée, ou ternie.

Le Chevalier est sans doute sévère dans cette *Bluette;* mais qui oserait nier qu'elle renferme de tristes vérités?

⁶ Mais traitez sa jeune raison
Avec le plus simple langage,
Ou dans un style *à son usage;*

Malgré la galanterie du bon Chevalier, il y a de l'ironie dans ces petits vers, qu'il adresse à une femme charmante, qui n'avait d'autre défaut, dit-il quelque part, que d'élever son garçon, dès l'âge de douze ans, comme on faisait un jeune page de la cour de Louis XIII, et de lui parler toujours le langage des dieux... Ah! les jolis petits phénomènes qu'on fait avec ça!.. c'est à donner mal aux nerfs.

CONTRE LES INGRATS.

Férule.

(1836.)

———

Naguère je tonnais contre l'*ostentateur*, ,
Dont la jactance égare et l'esprit et le cœur;
Mais si j'ai critiqué sa fière bienfaisance,
Je n'ai point voulu nuire à la reconnaissance,
Ni donner, ventrebleu, carte blanche aux ingrats.
J'ai promis, au contraire, en vidant ces débats,

De faire un jour la guerre à ces âmes hideuses,
Qu'un service dévoile, en les rendant heureuses ;
Qui n'ont de souvenir que dans l'adversité ;
Qui se glacent au vent de la prospérité...
Leur tour est donc venu : mes vers impitoyables
Vont tenir ma promesse, et frapper les coupables.
Mon cœur ne nîra point, puisque je l'ai prouvé,
Que certain bienfait peut être désavoué ;
Mais c'est par la critique, et non par la personne,
Qui jouit des secours, n'importe qui les donne :
Il n'est pas digne d'elle, envers *tout bienfaiteur,*
De ne pas conserver *la mémoire du cœur...*
Mot heureux ! qu'un muet a trouvé dans son âme,
Qu'un ingrat n'entend pas, ou que peut-être il blâme ;
Ce mot ingénieux le condamne à jamais...
Sans cœur, comment ne point oublier les bienfaits?..
Que dis-je? ce n'est pas que l'ingrat les oublie ;
Car il s'en souvient *trop.* Examinez sa vie ;
Et qu'il devienne riche ; il se tient toujours loin
De l'homme généreux dont il n'a plus besoin ;
Craint le *vice versâ;* puis, son orgueil l'oppresse ;
Il est *trop* convaincu qu'il vous doit sa richesse :
Il ne peut le nier qu'en vivant loin de vous...
S'il osait, de vous voir il aurait du courroux.

Manant! du bienfaiteur tu crains donc la présence?..
Il t'évite à son tour; mais vois la différence :
Il te fuit, pour ne point t'exposer à rougir;
Tu le fuis, pour ne pas avoir à le bénir.

Il est de par le monde une autre ingratitude,
Dont tout homme puissant contracte l'habitude,
Et qui n'en est que plus ignoble, à mon avis :
C'est celle qui lui fait oublier ses amis,
Sous le prétexte usé *que sa délicatesse*
L'empêche de songer à ce qui l'intéresse,
Ou qu'il doit arrêter les élans de son cœur,
Pour ne rien accorder, dit-il, *à la faveur...*
Le fourbe! l'impudent! c'est si peu son système,
Qu'il n'use son crédit qu'au profit de lui-même.
Parlons de bonne foi, mon cher contemporain :
Depuis quand tel goujat retire-t-il sa main,
Si vous lui présentez, comme avant sa puissance,
Celle qui le soutint dans les jours de souffrance?
Depuis qu'il est ministre, ou simple député,
Il ose remarquer *votre importunité.*
Dinez-vous avec lui, c'est au bout de la table...
Vous voyez bien, mon cher, que c'est un misérable. »

Un quidam me doit tout; il n'était rien sans moi,
Et le voilà préfet, tribun, ministre, ou... roi,
Dieu me pardonne!.. Après, vous supposez qu'il pense
Aux devoirs, au plaisir de la reconnaissance?
Comme le roi de Prusse. Ivre de sa grandeur,
Il voue au froid oubli son premier bienfaiteur.
Il croit, de bonne foi, qu'avec sa sinécure
Il a changé de cœur, d'esprit et de nature...
Apprends, grand idiot, fusses-tu duc et pair,
Ou sorti de l'anus de maître Jupiter;
L'empereur t'eût-il fait son maréchal de France;
Apprends, ton lot fût-il la suprême puissance,
Que tu dois t'incliner devant tout être humain
Qui vint à ton secours, en te tendant la main;
Et qui, par amitié, te servit, et fut cause
Que de rien avec toi l'on a fait quelque chose.

Du petit sous-préfet jusqu'au grand chancelier,
Ainsi tous les ingrats se vantent d'oublier.
Anathème sur eux! et que le ciel, propice
A toute âme sensible, après moi les punisse,
Le jour où devant Dieu tous ces rois détrônés,
Comme leurs bienfaiteurs, paraîtront consternés!

L'ingratitude est bien un travers d'égoïste,
Mais je ne pense pas être trop rigoriste
En la cherchant ailleurs. Dans les cœurs envieux,
Chez les esprits jaloux, elle frappe mes yeux :
Ces êtres sans besoins ont un tel caractère,
Qu'ils paraissent gémir du bien qu'un tiers peut faire ;
Et le pays dût-il tout à votre faveur,
Leur dépit est si grand, ils en ont tant d'humeur,
Qu'au lieu de vous bénir et de vous rendre hommage,
Vous devenez l'objet de leur sot persifflage.
Ils soufflent aux ingrats l'art de se réjouir
De vos moindres revers, du premier déplaisir
Dont viendra vous frapper le sort, ou la fortune...
Ah ! cette ingratitude est pour moi si commune,
Que j'en pourrais citer plus de cent traits divers...
Je vais vous en offrir un exemple en ces vers. [3]

Un noble plébéien s'éleva de lui-même,
De mérite en mérite, auprès du rang suprême :
Accablé de faveurs, il les distribua,
En s'oubliant toujours, au pays qu'il aima,
A ses concitoyens, à sa ville natale :
Amis comme ennemis, tous d'une part égale

Reçurent le tribut; car ses royaux bienfaits,
Du pays tout entier dotaient les intérêts...
Chacun lui devait donc de la reconnaissance...
Eh bien! qui le croirait? Ce berceau de l'enfance,
Dont il a fait trente ans la gloire et le bonheur,
Qui lui doit tout enfin... l'abreuve de douleur!!!

. . . .

Chacun semble jouir d'un revers qui l'accable...
Et ce cœur généreux, et cet homme honorable,
Qui s'oublia toujours, qui ne dormit jamais
Sans rêver au pays quelques nouveaux bienfaits,
S'exile par devoir sur la côte étrangère,
Et la seule amitié pleure de perdre un frère!
Et la ville, où trente ans il a si bien vécu,
Dans son délire ingrat, croit n'avoir rien perdu!

. . . .

Insensés! doutez-vous que tant de jalousie,
De regrets éternels ne soit un jour suivie?
Vous gémirez alors que ce grand citoyen
N'ait jamais eu de vous que le mal pour le bien.

Pareille ingratitude est cent fois plus cruelle
Que celle qu'un peu d'or rend toute personnelle :

Elle ne peut vibrer que dans un cœur pourri,

Et tout ingrat pareil devrait être flétri...

Je suis sévère? eh bien! formulons une enquête :

Qui de vous du pays a constaté la dette?

Qui de vous l'a soldée? ou qui de vous enfin

Déclare en être quitte, un registre à la main?

Comptons bien : vous, d'abord, ministres de l'église,

Parlez sans jésuitisme, ou bien avec franchise :

Ne lui devez vous rien à ce noble pécheur?

N'a-t-il fait nulle offrande au temple du Seigneur?

Répondez!.. Et vous tous, magistrats de la ville

Comme des neuf cantons, à vos placets docile,

A-t-il jamais manqué de surpasser vos vœux?

Vous demandiez un pont, et vous en avez deux.

Vous vouliez augmenter vos routes vicinales,

Et vous en possédez, grâce à lui, trois royales.

L'hospice, l'abattoir, sont dus à son crédit...

Il fut pour vous un ange, et vous l'avez maudit!..

Visitez vos bazars, votre bibliothèque;

Inscrite en mille endroits sa légale hypothèque,

Vous, ses frères ingrats, va vous faire rougir,

Aux regards étonnés des siècles à venir.

Ne m'accusez donc pas d'une rigueur extrême,

Vous qui savez offrir la haine à qui vous aime...

Je n'ai pas ce talent; mon style moins brutal,
Sans faiblesse et sans peur, rend le mal pour le mal.

D'autres petits ingrats, qu'un peu moins je méprise,
Sans nier les bienfaits dont on les favorise,
De les taire avec soin, de les dissimuler
S'efforcent sans remords; ils semblent reculer
Devant les embarras de la reconnaissance :
On ne mérite ainsi que de l'indifférence.

Quelques esprits honteux, que vous avez sortis
De l'état déplorable où les avait blottis
Leur capacité mixte, ou leur caste grossière,
Ont, avec vos bienfaits, oublié leur misère :
Et jamais un sourire, une lettre de cœur
Ne vous transmit ces mots : *Je vous dois mon bonheur*.

Ailleurs, aux vaniteux la gratitude pèse;
On fuit son bienfaiteur pour le mettre à son aise...
C'est pousser un peu loin (malgré ce que j'ai dit),
Au détriment du cœur, l'attention d'esprit.

Oh! que j'aime bien mieux, là-bas, dans la prairie,

Suzanne, hier si pauvre, aujourd'hui bien nourrie,

Disant avec délice, à tout passant nouveau :

« Monsieur, voici ma vache, et voilà bien son veau :

« Je les avais perdus... jusques à la chaumière,

« Notre évêque est venu... plus de maux sur la terre

« Dites au monde entier, redites au vallon,

« Que Dieu passe toujours où passe Fénélon... »

Et dans son doux sommeil Suzanne encore y pense :

Rien ne fait mieux dormir que la reconnaissance.

Il n'en est pas ainsi quand on a des remords :

Le cœur le plus glacé, la nuit songe à ses torts.

Peut-il être un sommeil plus pénible et plus rude

Que celui qu'en tout temps trouble l'ingratitude?

Ni dédommagement, ni compensation

Ne console l'ingrat; aucune illusion

Ne lui sert de motif, ni ne le justifie;

Insensible sans but, c'est lui qu'il mystifie;

Car les cœurs généreux le prennent en pitié,

Et lui seul méconnaît l'honneur et l'amitié.

Honte donc aux ingrats, puisque leur impudence

Abuse, sans danger, de toute bienfaisance!

Et si la charité ne peut intervenir,

En les montrant au doigt cherchons à les punir.

Chez les cœurs paresseux, souvent l'ingratitude
Vient aussi se loger; et l'on prend l'habitude,
Pour n'avoir pas l'ennui *de se ressouvenir*,
De nier qu'on ait eu d'autres cœurs à bénir.
Puis, si le bienfaiteur un jour vient à paraître,
On a tout à fait l'air de ne pas le connaître...
Je crois même, vraiment, qu'on ne le connaît plus :
Cela peut s'appeler des ingrats résolus.
Je pourrais bien trouver d'autres coupables âmes;
Mais j'ai promis un jour de ménager les femmes.

Le véritable monstre est un enfant ingrat...
Ce sujet est pénible, autant que délicat;
Mais il faut l'avouer, afin d'être sincère,
Plus d'un monstre pareil a renié son père,
Laissé pâtir les flancs auxquels il doit ses jours;
Et leur race ici bas se propage toujours!!!
Je connais quatre fils qu'un père pensionne; [5]
Ils ont chacun dix fois... non pas ce qu'il leur donne,
Mais bien chacun dix fois ce qu'il possède en tout :
Eh bien! tous les trois mois ils le poussent à bout,
Pour toucher leurs quartiers... c'est en vain qu'il implore,
Prouve qu'au boulanger, lui vieillard doit encore...

Ils sont tous sans pitié : l'huissier de l'avertir,
Qu'à défaut de paîment, *on ira le saisir.*

Là repose une mère... Elle s'est dépouillée,
En faveur de sa fille, alors émerveillée
Du généreux parti qu'on prit à son égard...
Et cette mère est morte à l'hôpital, plus tard. [6]
Sans doute les enfants se doivent à leur père;
Il faut savoir souffrir pour soulager sa mère :
C'est juste et naturel... Mais je ne permets pas,
Qu'à cause de leurs droits ces vieillards soient ingrats.
J'oserai les blâmer si leur cœur est blâmable;
Contre tous les ingrats je suis impitoyable...
Aussi bien qu'eux, morbleu! je suis père à mon tour :
Parce que, grâce au ciel, un fils me doit le jour,
Irai-je, si depuis je lui dois l'existence,
Le frustrer, en tyran, de ma reconnaissance?
Ce serait me montrer indigne d'un tel fils...
A ce devoir sacré tout mortel est soumis :
Age, ni parenté, ni titre, ni couronne,
Selon moi, ne saurait en exempter personne :
Les pères, ni les fils, les rois, ni les sujets,
Ne peuvent donc, sans crime, oublier les bienfaits.

J'ai fini... Je dois faire un retour sur moi-même :
A quelques bienfaiteurs j'ai lancé l'anathème...
Je ne m'en dédis point : leur ostentation
Force à l'ingratitude... Ainsi j'avais raison.
J'ai dit que la vertu d'un grand homme, d'un sage,
Commandait le bienfait comme un tribut d'hommage,
Et je maintiens mon dire : il est bon de savoir
Qu'en servant le génie on remplit un devoir ;
Qu'en décorant de fleurs l'autel de la sagesse,
Croire en avoir le prix serait une bassesse...
L'exiger est ignoble, insensé, criminel :
C'est avoir du regret de seconder le ciel. 7
Il est des demi-dieux que Dieu prête à la terre,
Qui ne sont point soumis à la règle ordinaire :
On oblige *gratis* Racine ou Fénélon,
Qui dirait sans faillir : J'ai secouru Newton !
La reine d'Albion se fût déshonorée, 8
Si d'une telle aumône elle se fût parée.
Je puis sacrifier à ces exceptions,
Me livrer sans péril à mes convictions :
Laissez-moi mon respect, mon culte fanatique,
Pour tout esprit inné qui tient du séraphique...
La jeune France a tort, dans son langage outré,
De ne pas s'incliner devant *le feu sacré*...

Le nombre des élus que ma muse en dispense
Ne saurait jamais nuire à la reconnaissance :
Le génie est si rare, il est tant négligé,
Que, dans ce sens, à peine on cite un obligé.
On doit peut redouter dans le siècle où nous sommes,
Sur cet article-là, de flatter les grands hommes :
Le danger est minime, et je ne risque pas,
Avec de tels motifs, d'absoudre trop d'ingrats.

LE CHEVALIER.

NOTES

Des Ingrats.

---

[1] Naguère je tonnais contre l'*ostentateur*,

Férule sur l'ostentation et la véritable bienfaisance.

[2] Vous voyez bien, mon cher, que c'est un misérable.

Il n'est que trop ordinaire aux grands du monde, souvent parvenus au premier rang par l'appui *des petits,* de traiter ceux-ci comme des parasites, ou des importuns, afin de les dégoûter de venir les voir. Telle est, à quelques heureuses exceptions près, la reconnaissance des hommes puissants, ou *des parvenus.* Pitié! pitié! pitié!

[3] Je vais vous en offrir un exemple en ces vers.

Je rends mille actions de grâces au Chevalier, d'avoir ainsi vengé de la plus incroyable, de la plus *niaise* ingratitude, l'homme le plus généreux de la terre : cette hommage si mérité se trouve plus convenablement placé sous sa plume que dans ma bouche... Et je sais bien pourquoi. Honni soit qui mal y pense !

⁴ C'est pousser un peu loin (malgré ce que j'ai dit),
  Au détriment du cœur, l'attention d'esprit.

Voir la *Férule* citée dans la première de ces notes, où l'auteur se récrie contre l'exigence des ostentateurs, mais paraît toujours fort éloigné d'encourager l'ingratitude, à l'égard des cœurs véritablement généreux.

⁵ Je connais quatre fils qu'un père pensionne;

Le Chevalier, dans ses remarques, donne ce trait comme historique : heureusement pour ma tâche, il a eu horreur de nommer les masques.

⁶ Et cette mère est morte à l'hôpital, plus tard.

Historique encore, dit l'auteur, avec la même réserve : à son exemple aussi, je ne fais qu'ajouter que cette action contre nature est bien le digne pendant de l'autre. (Cinquième note, qu'on vient de lire).

⁷ C'est avoir du regret de seconder le ciel.

Le Chevalier a probablement voulu dire qu'en servant les grands hommes on devient le digne ministre de Dieu, qui les protége, comme de futurs élus.

[8] La reine d'Albion se fût déshonorée,
Si d'une telle aumône elle se fût parée.

L'auteur poursuit son idée : si c'est servir ou seconder le ciel que favoriser le génie, un tel bienfait n'a pas besoin de récompense ici bas; elle est sûre là haut.

Quand au trait historique, nous ne savons si c'est par ordre du roi d'Angleterre ou de la reine, que le grand trésorier Hallifax nomma le grand physicien grand maître des monnaies du royaume : Voltaire assure qu'Isaac Newton avait une aimable et jolie nièce, nommée Mme *Conduit,* qui plut beaucoup à maître Hallifax, et qu'il est probable que la nomination de l'oncle arriva sans obstacle. Au milieu de ses sublimes pensées avait-il de mauvaises et malignes idées ce M. François-Marie-Arouet de Voltaire?

UN CAFARD.

Bluette.

J'étais à me baigner, un soir, dans la Garonne ;
(C'est un petit plaisir qu'en été je me donne) :
La lune était cachée... et propice à l'amour ;
Moi, vieux, je n'y voyais pas plus que dans un four.
Tout à côté de moi *ma femme* était assise ;
Par décence elle avait conservé sa chemise...
Heureusement pour elle... il était un peu tard :
J'entends crier Claudine : « Ah ! le vilain *cafard !* »

Je me tourne, et crois voir voguer, au loin, sur l'onde,
Une perruque, ô ciel! plutôt grise que blonde.
« Mon épouse! — Halte-là! — Ma femme!.. (t'as raison);
Quelle mouche te pique? — Eh! c'est ce vieux grison,
Notre voisin, qui... — Quoi? — qui près de moi se frotte...
Mon vieux, je t'en supplie, approche-moi ma cotte. »
Je lui donne sa jupe, et nous nous habillons :
Pendant un bon quart d'heure, ensemble, nous bâillons.
Au bout de ce quart d'heure : « Eh! dis-moi donc, Claudine,
(Ton effroi me revient. — *Mon vieux,* je te devine).
— Qu'entends-tu par ces mots : *Ah! le vilain cafard!*
Le voisin t'aurait-il *circonduite...* à l'écart?
On en dit tant de bien! sa piété... — Grimace!
Parlons jusque chez nous de ce gros boniface.
— Fait comme dit, *ma femme.* » Et puis, chemin faisant,
Nous eûmes tous les deux ce colloque amusant :

MON VIEUX, MA FEMME.

MA FEMME.

Mon vieux, que penses-tu de Monsieur Patenôtre,
Notre voisin? [3]

MON VIEUX.

L'on dit que c'est un *bon apôtre.*

Presque saint; mais pour moi je le fréquente peu :
Il va trop à l'église.

MA FEMME.

Y va-t-il bien pour Dieu?

MON VIEUX.

On le dit... il se peut qu'un vrai zèle l'enflamme.

MA FEMME.

Et s'il ne priait Dieu que pour avoir ta femme.

MON VIEUX.

Pas possible.

MA FEMME.

Mon vieux, c'est pourtant comme ça :
Tout à l'heure, dans l'eau, Patenôtre était là.

MON VIEUX.

Près de vous?

MA FEMME.

Près de moi.

MON VIEUX.

Ma surprise est extrême.

MA FEMME.

Pourquoi donc, s'il vous plaît?

MON VIEUX.

Se peut-il qu'il vous aime?

MA FEMME.

Tout comme vous m'aimez.

MON VIEUX, *toujours surpris, mais plus tendrement.*

Il était près de toi!
Il n'a que soixante ans, au plus, de moins que moi;
Claudine, il ne se peut... ses goûts sont dérisoires.

MA FEMME.

Sur mon épaule nue a-t-il vu des nageoires?
M'a-t-il, pour une carpe, enfin, prise aujourd'hui?
Possible... mais il m'aime, et c'est, ma foi, bien lui

Qui...

MON VIEUX.

Quoi?

MA FEMME.

Qui m'a...

MON VIEUX.

Quoi donc?

MA FEMME.

Oh! rien... mais je t'assure
Qu'il n'y reviendra pas.

MON VIEUX.

Dis-moi, je t'en conjure,
Ce qui t'est arrivé?

MA FEMME.

Moins que rien... l'insolent
Est allé boire un coup dans l'humide élément;
D'un soufflet appliqué, non pas d'une main forte,
De notre bain public je l'ai mis à la porte.

11

MON VIEUX, *respirant.*

Brave femme!

MA FEMME.

Voilà ce qui fait qu'à l'écart,
Est sorti de ma bouche : *Ah! le vilain cafard!*

MON VIEUX.

Que je reconnais bien la moitié de moi-même!

MA FEMME.

Cela n'empêche pas que Patenôtre m'aime,
Et qu'il faut le punir...

MON VIEUX.

Mais comment?

MA FEMME.

Le voici :
Imprime, sans rougir, cette *Bluette*-ci.

MON VIEUX.

Oh! tu peux y compter, ma chère et digne *épouse.*

MA FEMME.

Appelle-moi ta femme.

MON VIEUX, *peut-être encore amoureux.*

Oui!.. (tant d'amour *me blouse*); [4]
Ma femme!.. embrassons-nous.

MA FEMME, *l'embrassant.*

Si ça te rajeunit...
Mais ne sois plus jaloux.

MON VIEUX, *de même.*

Qu'il soit fait comme dit.

MA FEMME.

Embrassons-nous, mon vieux.

(*Ils s'embrassent encore.*)

MON VIEUX.

C'est doux!.. ma mignonnette,
On ne peut mieux, je crois, finir cette *Bluette.* [5]

CANDIDALMA.

NOTES

D'un Cafard.

----

¹ Tout à côté de moi *ma femme* était assise;

J'avais oublié de dire aux lecteurs que nos deux jumeaux
étaient mariés (avant de mourir, sans conteste), avec de
jeunes poulettes qui n'avaient guère que le quart de l'âge
de leurs époux centenaires, quand ils les prirent, par suite
d'une tendresse mutuelle... (Tout dépend des goûts, puisque l'amour est aveugle...) La compagne chérie du Chevalier est encore inconsolable; elle peut avoir maintenant
vingt-six ans; celle, non moins adorée, de Candidalma, n'en
a que vingt-cinq... (*il faut des époux assortis*). La première, du nom d'HONORINE, demeure rue du Pas-Saint-
Georges, n°... je l'ai oublié; l'autre ayant nom CLAUDINE,
comme vous voyez, habite la façade des Chartrons, n°... je
ne m'en souviens pas. C'est ici et là que je vais prendre des
renseignements utiles, lorsque j'en ai besoin, et passer al-
ternativement mes soirées d'hiver, pour nous entretenir des
défunts. C'est la vertu même de toute part : j'ai beau faire...
(j'ai les cœurs de Claudine et d'Honorine dans la main...) j'ai
beau faire, rien au monde ne peut les consoler... En voilà
des veuves! en voilà des femmes! et jolies! il faut les voir...
comme des anges, quand ils sont beaux. Avis aux amateurs,
pour avoir un, deux, trois... cinq ou six pieds de nez.

² « Mon épouse ! — Halte-là ! — Ma femme !.. (t'as raison);

Par cette interruption, au seul mot d'*épouse*, Claudine rappelle à son mari la *Bluette* à venir de son beau-frère le Chevalier, sur UNE ÉPOUSE, et Candidalma s'en souvint bien vite. *A bon clerc il ne faut que demi-mot.*

³ Mon vieux, que penses-tu de Monsieur Patenôtre,
   Notre voisin?

Ce M. Patenôtre, le voisin, demeurait aussi façade des Chartrons, numéro... à côté de celui dont je ne me souviens pas justement. Ce vieux cafard s'est noyé à une seconde tentative de pêche à la carpe.

4 . . . . Oui !.. (tant d'amour *me blouse*);

Licence poétique pour dire : Me trouble, ou m'égare. Allusion encore à la *Bluette* sur UNE ÉPOUSE.

⁵ On ne peut mieux, je crois, finir cette *Bluette.*

Certes on pouvait en dire davantage sur les cafards; mais cela dépassait peut-être le cadre d'une *Bluette :* Candidalma n'en dit-il pas assez, avec cette joyeuse facétie, pour qu'on sache tout ce qu'on doit attendre d'un faux dévot? Les patenôtres et leurs semblables sont, en affaires sérieuses, privées ou politiques, de même qu'en intrigues amoureuses, hypocrites ou doubles comme tous les tartufes, *faux comme des jetons.*

LES MAITRES ET LES DOMESTIQUES.

Rubrique.

(1837.)

Les mauvais maîtres font les mauvais domestiques;
Cet axiome est vrai; j'admets peu de répliques...
Aimez-les, payez-les, et dans vos intérêts;
Ne les soupçonnez pas; mais gardez vos secrets :
En leur confiant trop, on devient les complices
De leurs moindres défauts, ainsi que de leurs vices.

Soyez justes pour eux, et réparez vos torts;
C'est bien facile à vous, car vous êtes les forts.
Faites-les, à leur tour, s'excuser d'une offense,
Ou mettez-les dehors... craignez double insolence.

Je m'en vais essayer de peindre, trait pour trait,
Le mauvais maître, ainsi que le méchant valet...
Ne vous hérissez pas, en me trouvant sévère,
Car je veux être juste, humain, loyal, sincère :
Je le serai sans doute... et c'est à vous de voir,
Si vous avez toujours rempli votre devoir.

Quelle charmante femme a dressé les oreilles,
M'entendant proférer des sentences pareilles? [2]
Croit-elle que ma muse ira lui reprocher
Un seul instant d'humeur? ou que j'irai chercher
Jusque dans son boudoir les causes d'un caprice,
Qui la fait *bougonner* contre tout son service?
A Dieu ne plaise! Elle a le droit d'être en fureur...
Mais quand il est passé ce noble instant d'humeur,
Et qu'il est reconnu qu'à tort on s'est fâchée,
Dites, vous croiriez-vous de faiblesse entachée,

Si le plus doux sourire allait, de votre part,
Consoler l'affligé? Que faut-il? un regard,
Pour réparer ce tort, dont on souffre, sans doute :
Daignez-vous l'accorder?.. permettez que j'en doute.
Eh bien, cette fierté devient un tort nouveau :
On vous aurait bénie; on vous boude... Est-ce beau
De mépriser ainsi le sort de pauvres diables,
Dont votre froid dédain fera des misérables?..
Oui, certes, et j'entends, par ce mot, des vauriens.
Ils ne sont pas traités même comme des chiens... [3]
Car si nous corrigeons parfois leur maladresse,
Ces chiens, en faisant mieux, sont sûrs d'une caresse...
Que dis-je? injustement si je frappais Mylord...
Ah! je l'embrasserais pour réparer mon tort.
Mais pourquoi n'en vouloir qu'à cette belle dame?
A tout maître je peux chanter la même gamme.
En vîtes-vous jamais un sur mille, entre nous,
Se condamner, tout haut, d'un injuste courroux?
Dire une fois : *J'ai tort, consolez-vous; courage!*
Servez-moi toujours bien : je double votre gage?
C'est pourtant le moyen d'avoir de bons valets :
Le rebours de cela fait les mauvais sujets.
Le mépris les conçut, la honte les enfante;
Leur dépit vient du maître, et la chose est constante.

Sans motif vous pourriez gronder tout serviteur,
Et vous n'auriez pour lui jamais un mot flatteur!
Vous voulez, à tout prix, qu'il aime, qu'il respecte
Un tyran qui le traite en créature abjecte!
Et qui ne daigne pas lui dire : « Mon garçon,
« Je t'ai grondé tantôt sans rime, ni raison...
« N'y pensons plus!.. » Pour vous ce n'est donc qu'une brute
Que, pour un peu d'argent, on chasse, on persécute?..
Et vous voulez avoir d'honnêtes serviteurs?
Vous mériteriez qu'ils fussent tous voleurs...
S'ils ne le sont pas *tous*, ce n'est pas votre faute.
Ils n'auraient pas, d'ailleurs, la parole si haute,
Si, plus juste avec eux, mais ne leur passant rien,
Vous étiez tour à tour leur juge et leur soutien,
Selon leurs actions, et suivant leur service...
Ou blâmez, ou louez; mais justice, justice!
Gardez-vous strictement (méditez ces conseils),
De les faire rougir aux yeux de leurs pareils;
Un gros mot dégradant, tel que *brute, imbécile*,
Finit par les blaser sur tout reproche utile.

C'est à Paris surtout qu'on gâte les valets,
En les traitant toujours comme de vrais laquais :

On les *bourre* sans cesse, on tempête, on querelle...
Tous servent assez bien ; mais pas un n'est fidèle.
C'est le vice du maître : il peut les alarmer ;
On craint celui qui *grogne,* on ne saurait l'aimer.
Aussi, peu de maisons font de vieux domestiques.
Ce n'était pas ainsi que ces nobles *antiques,*
S'attachaient pour la vie à de bons serviteurs,
Qui leur servaient d'amis sur la terre aux douleurs :
Ces braves gens rentrés, dès les portes de France,
Ont repris leur première et douce obéissance ;
L'intimité forcée a fait place au respect ;
Le maître, avec douceur, redevient circonspect,
Se montrant, s'il le faut, indulgent ou sévère ;
Et tout rentre, au retour, dans l'état ordinaire.

Aujourd'hui *nos seigneurs,* boursouflés *parvenus,* 4
Pour les servir six mois n'ont que des inconnus,
Qui ne les suivraient pas *sur la terre étrangère,*
A moins d'être achetés par un double salaire.
M'en citerez-vous un qui vous servit *gratis,*
Comme au temps de l'exil, ou de *quatre-vingt-dix ?*
Et cependant alors l'aveugle confiance
Du maître à son valet combla peu la distance,

Bien qu'en ces graves temps, les revers, les malheurs
Unissant leurs destins, rapprochassent leurs cœurs :
L'un et l'autre savaient qu'un valet ne peut être,
Sans danger pour tous deux, confident de son maître.

Je me vois ramené tout naturellement
A mon but principal : c'est de prouver comment,
S'il est pernicieux d'être injuste, intraitable
Envers ses serviteurs, *sans amende honorable,*
Il est, dans ma pensée, encor plus dangereux
D'avoir trop d'abandon, d'entrainement pour eux ;
De les entretenir sous le sceau du mystère,
Comme si leur silence était bien nécessaire...
Ne leur donnez jamais cette importance-là ;
Dès qu'ils sont confidents, tout leur respect s'en va. [5]

C'est aux dames surtout que ce discours s'adresse :
D'une femme-de-chambre on n'est plus la maîtresse ;
Sur son obéissance il ne faut plus compter ;
Et sa discrétion est fort à redouter,
Lorsqu'on la traite *en sœur,* ou quand on lui confie
Ce qu'à peine on peut dire à sa meilleure amie.
De l'époux de Madame elle ose quelque jour,
Auprès de celle-ci compromettre l'amour,

Pour peu qu'on l'initie aux secrets du ménage ;
Car toute sa conduite est un espionage.

De chez vous, tôt ou tard, on la verra sortir ;
Mais sa langue, au dehors, vous fera repentir
De votre confiance imprudemment placée :
S'oublier à ce point c'est donc être insensée...
Je vous le dis, Madame, avec conviction ;
Et rien ne vous absout d'une telle action :
Vous en auriez pu faire une assez bonne fille ;
Elle ne sera plus qu'un vrai trouble-famille...
Heureuse encore, hélas ! si votre intimité
Ne lui confia pas quelque incongruité,
Que tout mari *déchu* pardonne... s'il l'ignore.
Mais une fois dehors, espérez-vous encore
Que cette confidente aura tû vos secrets ?
Comme vos souvenirs ses *cancans* sont discrets :
Votre dépit *lui vu,* sa haine vaut la vôtre ;
Et vous vous déchirez, à coup sûr, l'une et l'autre.
Tel est le résultat de ce penchant bâtard,
Qu'au cœur d'une servante on accorde au hasard.

Pour les hommes l'écueil est moins grave sans doute ;
Cela n'empêche pas qu'il faut qu'on le redoute ;

Car j'ai vu des valets devenus familiers,

Au point, dans un débat, de parler les premiers...

Ou, comme *à deux de jeu* dans tout ce qu'on peut dire,

De donner des raisons, d'insolemment sourire,

D'être avec leur patron toujours en désaccord,

Et de finir ainsi : « Monsieur, vous avez tort. »

Souvent même ce nom de *Monsieur* se supprime :

Les drôles ont pour vous à peine un peu d'estime.

C'est votre faute encore : on perd son ascendant,

Quand on gâte un valet comme on gâte un enfant.

Gardez-vous à jamais de servante-maîtresse, 6

C'est la peste au logis, et je vous le confesse :

Les curés en font foi : dans quel temps a-t-on vu

La duègne d'un seul avoir quelque vertu,

Et ne pas posséder tous les défauts ensemble?

Le valet-maître est moins dangereux, ce me semble...

Mais dans votre maison ne vous enchaînez point;

Restez-en souverain; j'insiste sur ce point :

Assez de gâtes-sauce ont soif d'un peu d'empire; 7

Sachez mieux éviter les traits de ma satire.

Revenons maintenant à la sage douceur,

Dont on n'use jamais envers un serviteur :

Au lieu de le reprendre, on tempête, on s'emporte,
Sans cesse menacé d'être mis à la porte,
Mais demeurant toujours, il s'habitue ainsi
A vous désobéir, sans le moindre souci.

Le danger est moins grand, s'il est vraiment coupable;
Votre empire est détruit, s'il n'est pas condamnable.

Vous êtes soupçonneux très-souvent à l'excès :
Sur l'infidélité vous faites un procès,

Comme si vous sentiez une main dans vos poches...
Eh bien, mon cher patron, vos terreurs sont fort gauches.

Le vol est un délit dont il faut être sûr,
Avant d'en soupçonner, peut-être, un homme pur.

Prenez garde surtout aux défauts de mémoire :
Ils vous rendent suspects, car l'on ne sait qui croire.

Vous criez à Bertin : « J'ai laissé tant d'argent
Sur ma table. — Monsieur, je n'ai rien vu. — Comment?

— Rien; et je cherche en vain. — Qu'est-ce que cela prouve,
Bertin?.. vous comprenez qu'il faut qu'il se retrouve. »

De ce soupçon direct Bertin peut-il douter?

— Mais s'il est innocent, qu'a-t-il à redouter?

— Qu'a-t-il à redouter!.. La demande est honnête!

Vous ne lui croyez donc, ni cœur, ni sang, ni tête?
Songez bien qu'au contraire il aura sur le cœur,
Dans la tête et le sang, d'être pris pour voleur.

L'argent ne paraît point, mais son maître l'oublie,
Ou paraît l'oublier; car il a l'infamie,
Après l'avoir trouvé dans sa bourse un matin,
De ne pas accourir rendre hommage à Berlin.
Madame en fait autant pour l'huile, ou le fromage,
Et jamais, ayant tort, ne répare l'outrage.
Ignorez-vous qu'alors ce fidèle garçon,
Peut, ainsi dégradé, devenir un fripon?
Quel avantage a-t-il, au fait, d'être honnête homme,
Puisque sans la goûter, il a mangé la pomme?
Pour ne plus vous confondre, ou vous faire mentir,
Il se rendra voleur; comptez-y... Quel plaisir
D'avoir ce titre-là, grâce à votre colère!
Soupçonnez-le à votre aise : à présent il espère
Pouvoir justifier votre injuste soupçon;
Car il vous volera, Madame, tout de bon. [8]

J'aurais bien d'autres torts à reprocher aux maîtres,
Envers leurs serviteurs, traités comme des traîtres;
Mais j'en ai dit assez, pour faire concevoir
Qu'être juste et sévère est le premier devoir
De celui qui désire avoir un bon service;
Que c'est rendre aux valets un salutaire office,

De les reprendre à froid ; de ne leur commander
Que ce qu'humainement on peut leur demander ;
De ne leur passer rien, et de ne leur permettre
Que ce qu'un bon valet mérite d'un bon maître...
Mais j'oserai prescrire encore à ce dernier
De ne point avec l'autre agir en familier ;
Et de savoir pourtant, lorsqu'à tort il l'accuse,
Faire au pauvre garçon une honorable excuse.

Pour sa femme-de-chambre, on aura la bonté,
Madame, d'en agir ainsi de son côté ;
Comme de répéter ce refrain sans répliques :
« Les mauvais maîtres font les mauvais domestiques. »
Puissé-je, en même temps, tout fier de mes leçons,
Vous avoir démontré que les bons font les bons !

CANDIDALMA.

Des Maîtres et les Domestiques.

Les mauvais maîtres font les mauvais domestiques ;

C'est fort heureux qu'on ne puisse pas dire : *Et vice versa;*
mais Candidalma me permettra bien d'affirmer qu'il est des
vauriens de valets qui sont capables de changer l'humeur des
trop bons maîtres. Il nous dira peut-être quel est le remède
à cette contagion. — Prenons patience...

Quelle charmante femme a dressé les oreilles,
M'entendant proférer des sentences pareilles?

En général, me dira-t-on, les femmes gâtent plutôt les serviteurs, que ne le font les hommes : je veux bien croire à
cette règle générale; mais je me trouve une terrible exception,
dans mon ménage; car ma femme, *qui s'y entend,* me dit
toujours que je ne sais pas me faire servir, mais que *je me
laisse servir.* Ce brave Centenaire aurait bien dû m'inspirer
ses leçons plus tôt : je suis si *gna-gna!*

[3] Ils ne sont pas traités même comme des chiens...

C'est peut-être de peur de tomber dans ces excès d'indiffé-

rence coupable, que je ne sais pas *me faire servir*... A tout
pécheur miséricorde !

⁴ Aujourd'hui *nos seigneurs,* boursouflés *parvenus,*

Ces vers, ceux qui précèdent et ceux qui suivent procla-
ment une triste vérité : nous ne faisons plus de *vieux domestiques,* comme en faisaient nos pères. Il est bien singulier que les siècles du féodalisme l'emportent, à cet égard,
sur notre siècle libéral. Quelle réflexion philosophique pourrait surgir de cette bizarre anomalie ! Je me sens incapable de
la traiter aujourd'hui : j'en ferai l'essai plus tard, si l'occasion
s'en présente.

⁵ Dès qu'ils sont confidents, tout leur respect s'en va.

Il est souverainement imprudent de confier ses secrets à
son valet, ou à sa femme-de-chambre. Les circonstances où
l'on y est forcé sont, heureusement, fort rares. Cela n'arrive
que trop souvent; et il y a mille à parier contre un que de
telles confidences décèlent quelque chose qui cloche dans le
ménage. Cependant, il faut bien l'avouer, les femmes sont
plus susceptibles de cet abandon désordonné que MM. leurs
maris... d'où cela vient-il? Je suis encore trop galant, ou
trop bien élevé, pour le dire.

⁶ Gardez-vous à jamais de servante-maîtresse,
  C'est la peste au logis, etc.

Je suis tout à fait de l'avis de notre vieillard; car, en
outre que cela *sonne fort mal,* je vous défie d'être maître

chez vous. Demandez plutôt à notre maire, à notre bon vieux curé, à votre paisible voisine, à votre... à l'univers entier. *Une servante-maîtresse!* un petit tigre, au quart apprivoisé, vous vaudrait mieux, fallût-il lui laisser les griffes : en lui donnant régulièrement ses repas carnivores, vous en feriez plutôt un mouton que du bipède féminin dont nous parlons : gardez-vous comme de la peste des *servantes-maîtresses*.

7 Assez de gâtes-sauce ont soif d'un peu d'empire ;

Je ne sais si l'auteur veut parler des cuisiniers qu'on appelle *chefs* : je le croirais volontiers ; car rien n'est bouffi d'orgueil et d'ambition comme ces gargotiers-là. Si vous n'y mettiez bon ordre, ils gouverneraient votre maison comme votre bouche. De là, sans doute, *la soif d'un peu d'empire* qu'on signale dans cette *Rubrique*.

8 Car il vous volera, Madame, tout de bon.

Il n'est point impossible de se persuader que des soupçons injurieux, réitérés à tort et à travers, peuvent avoir les plus funestes résultats sur vos serviteurs, et qu'il s'en trouve d'assez mal disposés pour ne pas vous démentir... avec le temps. Accuser à faux est non-seulement un tort, c'est une action aussi dangereuse qu'injuste, qui peut produire sur les basses classes de la société (presque toujours les moins éclairées), les plus déplorables effets. Les conseils de Candidalma doivent donc être salutaires aux maîtres comme aux domestiques.

UNE JEUNE FEMME.

Bluette.

Pour l'homme tout amour qu'est UNE JEUNE FEMME?
Le trésor des trésors, le vrai besoin de l'âme :
C'est la reine des fleurs qui vient d'épanouir,
Dont le parfum l'enivre, et dont il va jouir :
C'est le vrai paradis, c'est le ciel sur la terre;
Il en sera le dieu dès qu'il saura lui plaire.

Telle est LA JEUNE FEMME... ange de pureté,
Et que je n'aurais pas la triste cruauté
De choisir, tout exprès, ou fragile, ou *douteuse* :
Je la prends infaillible, aimable et vertueuse;
A seize ans, mariée à l'amant de son choix...
Elle est aimée, elle aime, et suit les douces lois
Que Dieu lui prescrivit en la créant si belle...
Femmes, imitez-la ; je vous offre un modèle.

Sara naquit à Dôle, et de nobles parents :
On ne l'occupa point, de soins indifférents,
Dès qu'elle put comprendre, et percevoir, et lire,
Dans les yeux d'une mère, attentive à l'instruire,
Tout ce qui constitue une fille d'honneur...
Complaire à cette mère est son premier bonheur.
Malgré son noble sang, aux détails du ménage,
Déjà naïvement s'est plié son jeune âge :
Mais, après qu'elle a fait ce travail du matin,
On amène au salon ce joli chérubin,
Bien bichonné, chaussé, peigné, mis à la mode...
Déjà tout l'embellit, et rien ne l'incommode :
Sa jeune instruction marche et suit cet accord;
Son amabilité se déroule à plein bord,

Et rien n'est oublié par cette institutrice,
Qui lui donna la vie et qui fut sa nourrice.
Autant j'ai critiqué le garçon damoiseau,
Qui fait le petit homme, encor frêle roseau ;
Autant j'aime à l'enfant que Dieu créa femelle,
Dans toute son allure un air de demoiselle...
Non, rien n'est plus coquet, plus ange, plus *charmant*
Que cette tendre vierge au bras de sa *maman*,
Souriant, sans danger, à tout homme qui passe,
Et ne faisant jamais rien au monde sans grâce...
Telle était, à dix ans, la fille du Jura ;
Au giron maternel, telle grandit Sara.

A douze ans et demi, l'enfant de la montagne
Est conduite à Paris... sa mère l'accompagne.
Elle perdit son père, hélas ! dès le berceau ;
Au fond de l'Algérie il trouva son tombeau...
Et ce dernier adieu du vaillant capitaine
Mit le comble aux douleurs de sa veuve incertaine :
« Le destin des combats t'est plus cruel qu'à moi...
« Bonne mère ! je meurs avec gloire... hélas ! toi,
« Tu vivras dans les pleurs... que dis-je ? de la peine
« Aux soins de notre enfant que l'amour te ramène ;

« Tu devras l'adorer désormais pour nous deux...

« A mon dernier soupir, Adèle... JE LE VEUX.

« Je meurs en t'écrivant... Adieu, ma chère Adèle!

« Que Sara soit un ange... et... ne vis que pour elle. »

Sa veuve a bien rempli ce vœu de son époux;

Car de notre Sara les anges sont jaloux.

Quand elle quitta Dôle, un jeune ami d'enfance,

Complice de ses jeux et de son innocence,

Un sien cousin germain, de deux lustres de plus,

Aussi croissait à Dôle, en charmes, en vertus;

Et de se séparer la douleur fut bien grande!..

Mais, à l'instant fatal, il fit cette demande,

A sa tante, en pleurant... (la mère de Sara) :

« Si je revois un jour nos vallons du Jura,

« Digne *de lui*, de vous, et presque digne d'elle,

« Me la donnerez-vous?.. AU REVOIR! lui dit-elle. »

Et l'on se sépara... sans doute pour longtemps!

Mon élève fut mise en pension trois ans,

Et revint accomplie au giron de sa mère.

Produite dans le monde, elle est sûre de plaire :

Qui la garantira de l'attrait du plaisir?
Sa mère? sa candeur?.. non, c'est un souvenir :
Les avis maternels ont tout pouvoir sur elle;
Bien grande est sa candeur!.. Mais elle se rappelle
Ces deux mots qu'une tante a dit à son cousin :
Au revoir!.. et son cœur, promis avec sa main,
Est tellement d'accord avec la sympathie
Qui fit parler sa mère, alors qu'elle est partie,
Qu'il n'est plus dans le monde une séduction
Dangereuse pour elle; aucune illusion
Faite pour la troubler. Elle danse, et s'amuse;
Sans danger elle plaît; car sa beauté l'excuse...
Mais vient-il à l'esprit d'aucun admirateur
D'accuser d'artifice, et même de rigueur,
Ce trésor d'une mère, ange de modestie,
Qui ne redoute rien, de rien ne se défie;
Qui parle à tout le monde, et tout haut, en riant,
Comme lorsqu'elle était la plus jolie enfant?
Le fat le plus épris ne saurait que sourire,
Devant tant d'abandon, de *son cruel martyre*. [3]

Pendant deux ans encor, ce cœur naïf et pur,
Folâtra dans Paris, d'un pas tranquille et sûr :

Puis à l'âge d'aimer, l'enfant de la montagne
A Dôle est revenu... sa mère l'accompagne.

Un jeune capitaine est aussi de retour :
Dans le cœur de Sara s'est replacé l'amour...
Gîte heureux! dont jadis il fit *un poste* aimable,
Redoute d'un enfant, pour tout autre imprenable.
Le jeune homme a grandi, tout comme a fait Sara :
Avec elle il revoit les vallons du Jura ;
Au foyer de sa tante il a repris sa place...
A Dieu, comme à l'amour, Sara va rendre grâce.

C'est alors qu'à seize ans elle épousa Berlin, 4
Cet ami de mon choix, cet ami clandestin,
Dieu de ce paradis, de ce ciel sur la terre...
Sara lui plaît toujours comme elle sut lui plaire :
Cette rose d'amour ne saurait se flétrir ;
C'est la reine des fleurs qui vient d'épanouir.
Leurs jours coulent heureux, filés d'or et de soie ;
D'une mère idolâtre ils font toute la joie.
Sara, mère à son tour, aujourd'hui, comme avant,
De sa chaste nourrice est le portrait vivant.

De petits rejetons, frais comme la rosée,

A son beau sein nourris, ne l'ont point épuisée.

Elle est bonne, elle est belle, ange... parfaite enfin,

Et toute à ses enfants, et toute à son Bertin.

Pour l'homme tout amour qu'est UNE JEUNE FEMME?

Le trésor des trésors, le vrai besoin de l'âme :

C'est la reine des fleurs qui vient d'épanouir,

Dont le parfum l'enivre, et dont il va jouir :

De tout ce qui séduit, c'est le pur assemblage,

L'embroisie ici bas, nectar du mariage...

Telle est LA JEUNE FEMME, ange de pureté,

Et que je n'ai pas eu la triste cruauté

De choisir, tout exprès, ou fragile, ou *douteuse* :

Je l'ai prise infaillible, aimable et vertueuse;

A seize ans, mariée à l'amant de son choix :

Elle aime, elle est aimée, et suit les douces lois

Que Dieu lui prescrivit en la créant si belle...

Femmes, imitez-la; je vous offre un modèle.

LE CHEVALIER.

NOTES

———

[1] Femmes, imitez-la ; je vous offre un modèle.

La jeune et charmante femme qui a fait l'admiration du Chevalier, est l'heureuse compagne de ce Bertin, incomparable ami des deux frères, mais infiniment moins âgé qu'eux ; et... voilà tout.

[2] . . . . plus *charmant*
Que cette tendre vierge au bras de sa *maman,*

Voilà encore deux rimes qui donneront, peut-être, des attaques de nerfs aux poètes classiques, romantiques, etc. Que voulez-vous que j'y fasse ? Candidalma, dans *un Prologue,* vous a prévenu *de son faible en poésie,* sans vous dissimuler celui de son frère.

« Ils vallent bien le même taux pour cent. »

[3] Le fat le plus épris ne saurait que sourire,
Devant tant d'abandon, de *son cruel martyre.*

Il est certain que rien ne déconcerte ces hardis *entrepre-*

neurs de bonne fortune, comme la naïveté constante et pure d'une jeune fille, qui s'exprime comme elle agit, sans crainte, sans audace, et avec un imperturbable instinct d'innocence : c'est bien en pareil cas, en vérité, que le vice est irrésistiblement forcé de rendre hommage à la vertu.

4 C'est alors qu'à seize ans elle épousa Bertin,

Revoir la première note, si, par hasard ou naturellement, on l'avait oubliée.

LES HOMMES DE BOURSE.

Férule.

(1837.)

Quelle divinité du ciel ou de l'enfer,
Quel ange, quel démon, si ce n'est Lucifer,
M'apprendra les secrets, les terribles mystères
Qu'un cuistre ruiné, sans craindre les galères,
Met en œuvre à la bourse, aux cris de mille agents,
Qui se pillent entre eux, en face des sergents?

Comment bien dévoiler toutes ces turpitudes,

Des grands et des petits tendres sollicitudes,

Qui font qu'on abandonne un état, sans retour,

Pour se faire *joueur*, à tant pour cent par jour?

Eh! ne faudrait-il pas avoir passé sa vie

Dans cet antre *légal* de la publique orgie,

Pour en montrer à nu tous les vices cachés,

Et pour faire aux marchands honte de leurs marchés?

A moins d'être affidé de cette bande noire,

Comment, sans s'égarer, en écrire l'histoire?

Oui, je crois qu'il faudrait, et je dois l'avouer,

Pour bien remplir sa tâche, être escroc, et *jouer*... '

Je ne suis, Dieu merci, rien moins *qu'homme de bourse*:

Je crains, mon cher lecteur, de mal remplir ma course.

Je l'essaîrai pourtant, puisque je l'ai promis :

Et puissé-je être utile à d'imprudents amis!

Aidez-moi, trafiquants, ou financiers honnêtes,

S'il en est; bons huissiers, prêtez-moi vos tablettes.

Venez à mon secours, vous tous qui dans ce jeu,

Compromîtes parfois jusques au Cordon-bleu...

Inimitable Mars, toi qui, malgré ton sexe,

Te lanças tout entière en ce tripot complexe,

Dis-moi pourquoi la bourse, à coup sûr, à pas lent,

Vingt fois au dernier sol réduisit ton talent?

Niais des fonds publics, venez!.. car la misère
De vos enfants sans pain maintenant vous éclaire...
Aux bandits gorgés d'or je ne demande rien :
J'implore *les rasés*, ou ceux qui n'ont plus rien :
De leurs aveux tardifs j'enrichirai mes rimes...
Les complices souvent ont constaté les crimes.

Quand un agent de change est celui du pouvoir,
(Mais connu, bien connu...) du blanc comme du noir,
A la bourse il dispose; et la hausse, ou la baisse
Vont dépendre de lui, pour peu qu'il ait d'adresse.
Dans ses brutales mains est le sort *des niais;*
Ceux-ci, le cou tendu, suivent ses moindres faits :
Il vient vendre à tout prix, sur un faux bruit de guerre,
Fort peu de chose, allez!.. Tandis qu'on délibère,
La rente baisse, baisse : on rachète en son nom;
Et d'une bourse à l'autre il gagne un million.
Est-ce bien là gagner? non; c'est un mot pour l'autre;
C'est jouer à coup sûr, surtout s'il est l'apôtre
Ou d'un premier ministre, ou d'un ambassadeur :
Il exploite, en tout sens, sur un traité menteur,
A qui perd gagne, ou non : l'oreille du ministre
Lui rend tout favorable; et tout devient sinistre

Pour *les niais,* croyant ne jouer qu'au hasard,

Et qui pour leur salut, viennent toujours trop tard.

Quel est le plus véreux de cet agent de change,

Ou de l'homme d'état? c'est celui qui *s'arrange,*

Ou s'engraisse le mieux à ce vrai guet-apens;

Qui ruine le peuple et vit à ses dépens :

C'est l'homme à portefeuille, en vendant le mystère,

Faux ou vrai, qui fit croire à la paix, à la guerre.

On devrait mettre en cause un ministre pareil...

Et surtout s'il était président du conseil!

Tel est le boute-en-train qui, du haut de l'échelle,

Propage ce trafic de ruelle en ruelle :

Il n'est pas de commis, d'histrion sans crédit,

Qui ne vienne à la bourse y rêver un profit...

Des *agents* du pouvoir *il croque* les figures,

Tout crotté dans Paris, s'attache à leurs voitures;

Et sur le marche-pied, se tenant aux laquais,

Il implore de l'œil cet espoir de succès :

D'un ministère à l'autre, on vole *aux capucines;* [3]

Et le drôle s'accroche à toutes les berlines :

Sur la fatale place il arrive avec eux,

S'associe à leur sort, et suit les mêmes jeux.

De sorte qu'au lieu d'un, mille escrocs insolvables
D'autant de bons rentiers feront des misérables.
L'un met le télégraphe à contribution ; 4
Cet autre, à l'improviste, expédie un pigeon ;
Et, par une nouvelle heureuse, ou de détresse,
Sait gagner à la hausse, aussi bien qu'à la baisse.
Quelqu'un est ruiné... c'est le sort de la peur ;
Mais celui qui n'a rien n'a jamais de frayeur.

Voyez-vous quelque terme à cette ignominie,
Si les secrets réels de la diplomatie
Sont vendus? certes, non; je n'y vois point de fin,
A moins qu'un bon décret n'arrête un tel larcin.
Mais (vont se récrier les écumeurs de bourse)
Ce serait arrêter le soleil dans sa course;
La rente en discrédit tomberait promptement;
Le trésor, affamé par un remboursement,
Inattendu, subit, à faire banqueroute
Se verrait exposé. — Bien! complète déroute!..
Croyez-les sur parole, et laissez-les voler;
Ou le crédit public va soudain s'envoler.
Mais ne voyez-vous pas qu'avec des lois propices,
Ces vils agioteurs perdraient leurs bénéfices;

Ou qu'ils seraient réduits au point triste et *fatal*
De ne pouvoir jouer que sur un capital?
Or, pour qui n'en a pas, la réforme est cruelle!
Point de loi!.. poursuivons!.. c'est une bagatelle.

Si l'on daignait répondre, et sérieusement,
A ces forbans de bourse, on leur dirait : Comment!
Si, par dehors les fonds, exotiques sangsues,
Vous n'en sucez le cœur, les rentes sont perdues?
Si votre jeu se borne à l'échange légal,
Et beaucoup moins chanceux d'un réel capital,
Le trois, le cinq pour cent sont coulés sans ressource?
Si l'on n'y pille pas, c'en est fait de la bourse?
Vous vous moquez de nous, sans doute... Allez, marauds,
Achevez de duper *les niais,* ou les sots,
Et de leur faire, en tout, croire à vos balivernes,
Ou que les... (vous savez) sont vraiment des lanternes;
Mais tout homme sensé ne verrait qu'un bienfait
Dans la loi qui bientôt vous prendrait au lacet :
Les rentes, après vous, plus stables et plus sûres,
Et, par suite passant en moins de mains impures,
Acquerraient au commerce, aux rentiers, au trésor,
Bien plus de confiance et de crédit encor :

Les fonds seraient pour tous une exacte boussole ;

Et la bourse, sans vous, deviendrait une école,

Où l'on pourrait, *peut-être,* apprendre, en général,

L'art d'un peu moins *gagner,* pour être plus loyal.

Mais non ; la bonne foi de la bourse exilée,

Ne saurait y rentrer : elle s'en est allée,

Dès qu'elle a reconnu, sans doute à ses dépens,

Que l'astuce est le dieu d'un pareil guet-apens ;

Et que nul n'est heureux que celui qui l'implore.

Au bras de son amant voyez la belle Isaure :

Fièrement on la mène au haut de l'escalier...

C'est là qu'on se sépare... et l'on entend crier :

Quarante mille francs, engagés à la hausse.

A coup sûr, vous aurez une nouvelle fausse...

Et le journal du soir répand un bruit de paix.

Forte hausse. Que fait l'amant d'Isaure, après ?

Il achète à la baisse, en cent mains différentes,

Au moment de fermer, deux millions de rentes...

Le lendemain l'on sait que le fameux traité, [5]

Par l'amiral Nappier vient d'être exécuté ;

Ou bien que des consuls, de leurs quatre puissances,

Ont au pacha d'Égypte adressé les jactances :

Les fonds perdent dix francs : Isaure et son amant,
Informés dès la veille, en gagnent tout autant.

Maintenant calculez le nombre des crédules
Qui, la veille et le jour, ont reçu des férules :
Dites-moi si jamais Cartouche et Camalet,
Avant d'être pendus, en avaient autant fait?
Inimitable Mars, voilà comment ta vie,
Malgré ton beau talent, à la bourse est flétrie :
Que n'as-tu, comme Isaure, en affaire, en amour,
Eté plus clairvoyante et mieux choisi ta cour?
Tu serais à présent dix fois millionnaire...
Mais que dis-je, ta part est toujours la première;
Riche, ou pauvre, ton nom n'est-il pas immortel?
Et tu peux, sans rougir, le porter dans le ciel.

Quant à ce sac-à-corde, avec sa *galantine*, [6]
Ils n'éluderont pas la justice divine...
Mais avant ce grand jour, que j'aurais de plaisir,
Si par un bon carcan je les voyais flétrir!
Que je serais heureux, si, par un tel exemple,
Je pouvais voir encor purifier le temple,

Ouvert par le pouvoir à tant d'iniquités!..
Prétend-on jusque là pousser nos libertés,
Grand Dieu! Mais ces horreurs surpassent la licence.
Venez tous voir un peu ces gibiers de potence,
Circuler, le front haut, dans la salle aux ébats...
Quel scandale! (les gueux ne le redoutent pas) :
Comme un vol d'étourneaux, la troupe vagabonde
Hurle, siffle, mord, prend, se repaît à la ronde :
La plupart sont plumés, les autres triomphants...
La bourse dégradée admire ses enfants!

Juste ciel! n'est-il point d'agiot moins féroce?
Et, sans choix, faudra-t-il condamner tout négoce?
Je ne le pense pas : dans ce siècle d'argent,
Pour *les gagne-petits* je puis être indulgent :
Soyez adroit, mais vrai, vigilant, mais sincère
Sur les chances du gain que le sort peut vous faire ;
Jouez sans artifice, et d'esprit, et de cœur,
Sinon, tout jeu de bourse est vraiment une horreur ;
Un insigne repaire, un coupe-gorge infâme,
Contre qui, par ma voix, toute pudeur réclame...
Encor s'il arrivait que ces gueux parvenus
Dans leur riche bourbier restassent inconnus ;

Qu'un peu de modestie, ou qu'une juste honte
Les fit vivre humblement... Mais par eux tout s'affronte,
Tant leur audace est égale à leur improbité;
Et leur ambition parle d'égalité!..
L'égalité, bon Dieu! mais le ciel ne l'a faite
Que pour la race humaine également honnête :
La fourbe ne saurait, comme la bonne foi,
En jouir parmi nous... Vous êtes hors la loi!
L'égalité! de vous elle s'est affranchie.
Du loup et de l'agneau la vive antipathie
N'égale pas la mienne envers et contre ceux
Qui, sans avoir un sol, prospèrent à ces jeux,
Au risque, s'ils perdaient, de chercher dans la fuite,
Le droit, qu'ils n'avaient pas, de se dire en faillite;
Contre tous ces forçats des bagnes échappés,
Criminels clandestins que les lois ont frappés...
Quoi, brigand! le dos noir encor des étrivières,
Qu'en tes premiers excès tu reçus aux galères,
Aux yeux des gens de bien tu ne te caches pas?
Par tes airs de grandeur, de luxe, de fracas,
Crois-tu m'en imposer? Dis-moi par quels services,
Par quels actes humains, dépouillés d'artifices,
Ta vie a mérité de s'illustrer ainsi?
Eh! quoi! ce misérable, à ma porte transi,

Hier encor peut-être, et demandant l'aumône,
Aujourd'hui des honneurs partage la couronne!
Et de ses trains nombreux il use le pavé
Qui le conduit au Louvre!!... Oh! n'ai-je point rêvé?
Non : la première place est la sienne au théâtre;
Là du riche forban le public idolâtre
L'a pris pour quelque chose, et lui décerne un nom :
Il s'appelait Vidoq, on le nomme Dudon...
Que sert de courir sus et de faire la guerre
Aux filous de Paris, si celui-là prospère?
Cette phrase me frappe : *On le nomme Dudon...*
— Dudon! que dites-vous? Est-ce un cosaque? — Non :
C'est vraiment un filleul de marquis, de baronne,
Noble comme un pierrot, qui dans nos champs moissonne.

On pourrait me taxer d'exagération,
Si je ne stipulais aucune exception :
Je crois que des joueurs il en est un sur mille,
Qui mérite un peu moins de m'échauffer la bile...
Grâce pour ce phénix, si l'on peut le trouver;
Et puisque le contraire est encore à prouver,
Qu'il soit bien entendu que je ne veux proscrire
Aucun des cas fortuits dont un joueur s'inspire :

Si l'air est à la paix, respirez-le à plein nez ;

Courez-en la bordée, et vous abandonnez

Aux chances de succès que la paix vous présage :

Si l'air est à la guerre, à son désavantage,

Opposez franchement vos spéculations ;

Mais ne vous sauvez point par mille trahisons ;

N'inventez pas la paix, n'inventez pas la guerre ;

Ne vous servez jamais, surtout, du ministère...

Vous vous avilissez en le déshonorant :

Vous êtes en horreur à tout être souffrant ;

Le pays s'en émeut, vous maudit sans scrupule,

Applaudit à ces vers, et bénit ma *Férule*.

Le Chevalier.

NOTES

Des Hommes de Bourse.

––––

[1] . . . . être escroc, et *jouer*...

A la bourse, ce jeu de dupes et de fripons.

[2] Quand un agent de change est celui du pouvoir,

Lorsque le Chevalier écrivait ces vers, des hommes haut placés avaient eu, sans doute, des reproches à se faire; mais il faut se hâter de le dire, à la louange des gouvernants, et à l'avantage des gouvernés, ce honteux trafic, un peu trop assuré, a beaucoup perdu de son intensité depuis cette époque... fort heureusement!

[3] D'un ministère à l'autre, on vole *aux capucines;*

Autrement dit, au ministère des affaires étrangères.

[4] L'un met le télégraphe à contribution;
Cet autre, à l'improviste, expédie un pigeon;

Historique : procès des frères BLANC.

⁵ Le lendemain l'on sait que le fameux traité,

Le traité de Londres, du 15 juillet 1840... Et cette *Férule* a été composée en 1837 ! Il paraît que le Chevalier est doué d'une seconde vue, comme son frère Candidalma. Voir la première note d'*un Electeur et un Eligible,* page 51 de ce volume.

⁶ Quant à ce sac-à-corde, avec sa *galantine,*

Le terme employé par l'auteur nous a paru trop libre, si ce n'est trop obscène : j'ai cru devoir y substituer *galantine,* qui exprime... ce qu'on voudra.

N. B. L'auteur voulait prolonger, ou amplifier cette *Fé-rule;* mais il avoue lui-même que la fureur des jeux de bourse diminuant tous les jours, il avait renoncé à son projet. Je le félicite avec nous de ce motif déterminant... s'il existe.

LE JEUNE PRÊTRE, OU UN VRAI DÉVOT.

Bluette. [1]

Oui, j'ai besoin d'aimer, j'ai besoin de répandre
Sur des êtres chéris qui sachent me comprendre,
Cette sève d'amour qui circule en mon sein,
Qui l'inoude et l'enivre, et dont il est si plein,
Qu'au moindre mouvement qu'il reçoit de la foule,
Je la sens aussitôt qui déborde et s'écoule.

Verser le vase entier me paraîtrait si doux!
Le verser dans quel cœur? ah! dans le cœur de tous!..
C'est ainsi, je le sens, que serait assouvie
L'ardente soif d'aimer qui dévore ma vie.

Je comprends cet amour puissant, impérieux,
Qui força Dieu lui-même à descendre des cieux,
Et lui fit enfermer son essence divine
Dans une forme humaine, où le Dieu se devine
A ce dernier bienfait, à ce sublime effort
Qui nous rendit la vie en lui donnant la mort.
Et moi, pour imiter le dévoûment du maître,
Si je me revêtais de la robe du prêtre!..
Si, comme il se couvrit de notre humanité,
J'osais m'envelopper de sa divinité!..
Si mon front recevait le sacré caractère!..
Si d'un peuple béni je devenais le père!..
Si ton choix autrement doit se manifester,
Que ta grâce, ô mon Dieu, me le vienne dicter!
Mais je connais ta voix, c'est elle qui m'invite,
C'est elle qui me dit : Alphonse, sois lévite.
Cet appel souverain partout vient me frapper;
Des cieux et de la terre il semble s'échapper.

Il descend tous les jours dans mon âme attendrie,
Comme un pieux penser qui naît pendant qu'on prie.
Je ne puis résister à ce céleste aimant
Qui vers les saints autels m'attire incessamment.
N'en éprouvai-je pas la secrète puissance,
Dès le jour où, sortant de ma première enfance,
Je servais à l'autel avec le blanc surplis
Dont les doigts de ma mère avaient formé les plis ?
Oui, quand je préludais aux fonctions des anges,
Ce vêtement de lin était comme les langes
Où ma vocation commençait à percer ;
Dans les flots de l'encens j'aimais à la bercer !
Comme elle grandissait, de temps en temps nourrie
Du pain délicieux, de la manne chérie,
Qui tombe tous les jours au fond d'un temple obscur,
Et qu'il faut recueillir dans un vase si pur !

La grâce du Seigneur ne s'est point fait attendre :
Mon Dieu, ce que j'ai vu, ce que je viens d'entendre
A fixé pour jamais ma résolution ;
Car l'amour qui m'enflamme est la religion... [2]
C'est toi qui m'as poussé vers l'étroite fenêtre ;
C'est ton dernier appel que j'ai dû reconnaître

14

Dans la pressante voix qui me parlait tout bas,

Quand seul, sans être vu, je voyais ces combats,

Où la voix du malheur et les pleurs de ma mère

Accusaient d'injustice une fortune amère.

Oh! que je suis content d'avoir ainsi surpris

L'objet de leurs soupirs! mon cœur a tout compris...

Avec un peu d'argent, j'arrache à la misère,

J'arrache au désespoir une famille entière ;

Je rends la mère au fils, l'épouse à son époux.

O Dieu, soyez béni de m'appeler à vous!

Pour moi qu'ai-je besoin des biens de cette terre?

Sans famille à nourrir, je vivrai solitaire ;

A mes simples habits, à mon frugal repas

Le denier de l'autel ne suffira-t-il pas?

En échange du pain, nourriture de l'âme,

Je recevrai celui que chaque jour réclame,

Et je pourrai toujours en donner la moitié

A tous ceux qui viendront implorer ma pitié.

Que la faim les dévore, ou que le froid les glace,

Ma table, mon foyer, leur offrent une place.

Pauvres, vous ressembler est mon vœu le plus doux!

Vous serez tout pour moi, moi, je suis tout à vous!

Me voilà délivré de ce pesant bagage

Qui n'eût fait qu'alonger la route où je m'engage ;

Mais je ne serai pas sans famille, sans biens;
Au contraire, attaché par les plus doux liens
Aux malheureux, j'accrois mon trésor, ma tendresse;
La terre est ma famille, et le ciel ma richesse. [3]

Pour un anonyme,

CANDIDALMA.

NOTES

Du Jeune Prêtre.

---

¹ C'est du royaume du ciel que *le Centenaire* m'a expédié cette *Bluette,* en caractères inintelligibles pour tout autre que son très-humble *Editeur;* et voici ce qu'il me dit dans sa lettre mystique : « Au lieu et place de mon *Vrai Dévot,* je vous expédie, précédé d'un coup de tonnerre (vous savez que je les ai tous, grâce à Dieu, à ma disposition), je vous expédie, dis-je, *le Jeune Prêtre,* infiniment plus ortodoxe que *le Pieux Solitaire,* dont je vous ai laissé (si je ne me trompe) le manuscrit. Je suis autorisé à vous permettre de publier son trop digne remplaçant; car j'en ai demandé *au-tographiquement* l'autorisation; on ne m'a rien répondu... mais, qui ne dit mot, consent. Ce proverbe a force de loi dans le ciel comme sur la terre... Imprimez donc, puisque vous avez tant fait, et servez-vous de *mon Dévot* pour des papillotes, si vous en mettez encore : pour second titre, vous pouvez, cependant, mettre *ou un Vrai Dévot...* ILS la goberont... Dieu vous bénisse, puisqu'il ne m'ordonne pas encore de vous foudroyer. »

Par *post-scriptum* (ce nouvel agent des tonnerres de... a un faible pour les *post-scriptum*), par *post-scriptum,* il me dit donc qu'il signera cette *Bluette, pour un anonyme :* moi qui le crains comme la grêle, j'obéis, en faisant des papil... etc.

² *Car l'amour qui m'enflamme est la religion…*

Le vers qui précède n'avait pas de rime : je me suis cru obligé de composer celui-ci, moi mauvais fabricant de patenôtres (disent ces Messieurs). J'ai mis cinq jours pour le trouver… cela prouve ma facilité… Qu'en direz-vous, mes vieux anges canonisés? Ne vous moquez pas de ma poétique, ou… je vous dénonce.

³ *La terre est ma famille,* et le ciel ma richesse.

« Les seuls changements que je me suis permis (ajoute le Centenaire sur la corniche de son *poulet* céleste), sont les mots ou les vers que j'ai soulignés; imprimez-les en italique; on verra qu'il ne valait pas la peine d'en parler. » J'obéis encore, tout en conservant les passages changés, en cas de *réclames.*

DU TABAC ET DES FUMEURS.

Rubrique.

(1837.)

―――――

En lisant de mes vers cette faible partie,
Tu vas, mon cher Justin, me faire une sortie,
Ou te *gausser* de moi : n'importe, *mes fumeurs*
Sont plus de mon ressort que *tes nobles seigneurs*,
Et je veux les chanter... c'est une extravagance :
Mais permets au caprice encor cette licence.

Pour un autre *an quarante* ajourne ton crédit;
Reprends-moi ton sujet; car le mien me sourit...
Je suis fumeur moi-même, ami. « C'est donc pour rire
« Que tu changes ainsi ta dernière satire? »
Diras-tu. Non vraiment : mais je suis effrayé
Du champ vaste et chanceux que tu m'as octroyé :
Comment diable veux-tu que je te le défriche?
Pour le bien cultiver il faudrait être riche :
Je suis si dépourvu de semence et d'engrais,
Qu'en vérité, mon cher, j'en serais pour mes frais.
Puis la saison, Justin, me paraît orageuse,
Décembre va finir; la lune est fort douteuse :
N'entends-tu pas déjà croasser *les corbeaux,*
Persifler les pinçons, murmurer les moineaux?
Tout cela me fait peur... Ton projet m'épouvante :
Parler de la noblesse en dix-huit cent quarante!
Y penses-tu?.. Silence!!! et changeons de sujet...
Prends un cigare; et viens à mon estaminet.

« Quoi qu'en dise Aristote et sa docte cabale,
« Le tabac est divin, et n'a rien qui l'égale. »
Je rends un juste hommage à ces deux vers tout faits :
Je les trouve excellents, je les trouve parfaits;

Car je suis fort épris de cette herbe exotique,
Dont j'aime à savourer le parfum balsamique,
(Cela dépend des goûts), le charme spécial,
L'irrésistible attrait, le suave idéal,
Et dont j'avale encor l'enivrante fumée,
Pour les nez spéciaux de dictame embaumée...
Mais il n'est qu'un moyen, Messieurs, de s'en servir :
Evitez ma satire en sachant le choisir.

Ne soyez pas chiqueurs, hélas! si la misère
Ne vous impose pas ce besoin populaire :
C'est un vil entremets, qui n'est pas de mon goût. [2]
A peine au matelot, sur son tillac debout,
Pourrais-je le permettre, en un jour de victoire...
Au lieu que dans sa pipe est l'encens de la gloire.
Mais *la chique!* ô Jésus!.. la chique, en vérité,
Aussi bien que *la prise,* est une saleté.
Faites honte au chiqueur, mangeant sa soupe à table,
De cette fluxion grotesque et formidable,
Qu'il a sur une joue : il se donne un soufflet,
Pour la faire dissoudre; et la chique, au complet,
Se mêle à son potage; il mâche, mange, avale
Cette horreur... pour tâcher d'éviter le scandale...

Beau moyen! sous vos yeux, dans le salon, partout,

Il constate encor mieux son déplorable goût.

Après avoir fumé, vous vous rincez la bouche;

La chique putrifie un gosier qu'elle touche.

Quant aux priseurs, d'avance ils seront condamnés :

Le moyen, s'il vous plaît, de se rincer le nez? [3]

La prise de tabac me paraît odieuse;

J'ai, quand je la vois prendre, une crise nerveuse :

C'est au point que, fussé-je un homme tout fiscal,

J'abolirais, je crois, dans l'intérêt nasal,

Le droit exorbitant sur le tabac en poudre,

Si l'on me promettait de n'en jamais plus moudre.

Ai-je tort, ou raison?.. Voyez ce nez charmant,

Qu'une main blanche, hélas! va de noir barbouillant,

Et ne partagez pas en tous points ma colère...

Passez un tel défaut à votre cuisinière,

Et venez bonnement m'engager à dîner!..

Que plutôt cent mousties viennent m'enchifrener,

Filtrer dans mon cerveau jusqu'au lacrimatoire,

Avant qu'à votre hôtel j'aille manger, ni boire...

Pouah!.. je croirais après, me mirant dans le lac,

Voir germer dans mon corps tout un champ de tabac.

Savourez vos ragoûts épicés de la sorte ;
Si j'y touche jamais, que le diable m'emporte.

D'un mouchoir de batiste, en dentelles bordé,
Par des doigts délicats élégamment brodé,
Comment ne pas gémir, en voyant les souillures,
D'un tabac englouti dégoûtantes ordures ?
Tableau désespérant, qu'on craint d'apercevoir ;
Carte géographique incohérente à voir,
Qu'étale sur sa gorge, hélas ! aux yeux du monde,
Une jeune beauté déjà nauséabonde.
Au nom de tous les cieux, si ton cœur fait tic-tac,
Femme, au nom de l'amour, ne prends pas de tabac ! [4]
Epargne un nez fripon, que pour toi la nature
Planta si joliment sur ta belle figure...
Morbleu ! fume plutôt, ainsi que George-Sand,
Puisque la jeune France, à peu près, y consent ;
Mais, pour Dieu, ne vas pas de cette poudre ignoble
Brûler dans ton cerveau du sirop de Grenoble ;
Car ta lèvre de rose en souffrirait un jour :
La prise, mon enfant, c'est la mort de l'amour...

. . . .

. . . .

Prisonnière à sa table, entre ces deux ministres,
Voyez Madame... Arthur, aux yeux longs et sinistres,
Qui des nobles priseurs suit les éternùments :
A la chute du nez la poudre, à tous moments,
Vole de sauce en sauce, ou d'assiette en assiette :
Madame Arthur en a la première miette...
Ce présent des voisins fait soulever son cœur :
Mais vous ne mangez pas... lui dit chaque priseur,
Secouant son jabot sous le nez de la dame...
Convenez-en, *priser* est une chose infâme. [5]

A bas donc les priseurs! je n'en parlerai plus.
Des fumeurs seulement recherchons les abus,
Pour nous habituer à la délicatesse,
Que tout consommateur doit employer sans cesse.

Le tabac à fumer est presque un aliment;
Des docteurs nous l'ont dit : tel est mon sentiment...
Et de même qu'on doit, pour être bien à table,
Au meilleur appétit joindre un ton convenable,
Le goût le plus exquis, le palais le plus pur,
Un fumeur doit avoir le nez fin, le tact sûr,

Etre en tout délicat, réservé près des femmes,
Savoir à ses penchants apprivoiser ces dames,
Enfin jusqu'à l'excès pousser la propreté...
Ou c'est un vrai fléau de la société.

Remarquez, en effet, ces gens insatiables,
En tous lieux brouillardant les yeux de leurs semblables,
Abordant une femme avec la pipe au bec...
Cette indécence à peine est permise au *blanc-bec*.
Sachez vous garantir d'une pareille audace,
Ou de tous les salons trouvez bon qu'on vous chasse.
Que dire encore d'un fat, imberbe impertinent,
Qui, pour avoir du feu, vous aborde en flânant,
Et qui, sans s'incliner, muet comme une souche
Vous allume son bout jusqu'au bord de la bouche? [6]
Certes, je ne viens point consacrer deux cents vers
A louer ou défendre un semblable travers...
Haro sur ces lurons dont l'exécrable engeance
Enfume, sans permis, toute une diligence.
N'imitez pas non plus cet enfant égaré,
Osant porter la pipe avec l'habit *paré*...
C'est un vrai contre-sens, que le bon goût réprouve.
Mais l'étui de cigare est de mise... et j'approuve

Chez l'élégant fumeur cette précaution :
L'insulaire en fabrique, au Mexique, au Japon,
Pour toute fantaisie, et pour chaque fortune,
Dont la molle épaisseur n'est jamais importune;
Merveilleux, ravissants, inodores, exquis...
Mais la pipe!.. elle doit demeurer au logis,
Dans un tiroir secret, loin des nez susceptibles;
Car la peste a pour eux des effets moins horribles
Que l'odeur d'une pipe, ou culottée, ou non...
Aux amis *vertueux* épargnez ce poison.
Le cigare a le droit de hanter le grand monde;
Et l'on peut, au dessert, s'en offrir à la ronde.
N'allez pas, malgré tout, en brusquer le régal :
L'amphitrion doit seul vous donner le signal;
Il a pris pour cela les ordres de sa femme...
Partez... car j'ai déjà vu sourire Madame;
Et son valet de chambre ouvre un boudoir secret...

Toute femme bien née a son estaminet,
Ou (qu'elle soit bourgeoise, ou marquise, ou duchesse),
Elle doit envoyer s'ébattre la jeunesse,
Et même les vieillards épris du bon tabac. [7]
Cet usage, établi par Madame de Crac,

A placé son époux au temple de mémoire,
Et rendu ce grand nom célèbre dans l'histoire...
Il faut être bécasse à livrer au faucon,
Pour ne pas rendre hommage à ce couple gascon.
Faites donc peu de cas, jeune France, ou perruques,
Avec le temps qui court, de ces vierges eunuques,
Roturières ou non, qui semblent se pâmer,
Quand vous manifestez le besoin de fumer ;
Eteignoirs en jupons, dont le froid ministère
Est, en ne faisant rien, de nuire à qui veut faire...
Ou plutôt vengez-vous de leur sévérité,
En renonçant de suite à leur société :
Devenez à leurs yeux invisibles, ou rares,
Et bientôt de leurs mains vous aurez des cigares.
Plus d'une m'en voudra de donner ces avis ;
Mais je n'en tiens pas moins à ce qu'ils soient suivis.
Refusez le café chez ces femmes altières,
Qui voudraient s'opposer aux progrès des lumières :
Partez, sans dire gare ; allez jouir ailleurs...
C'est l'unique moyen d'apprivoiser leurs mœurs...
Et vous entendrez dire à ce sexe intraitable
Que l'*odeur du tabac est vraiment supportable*. [8]
Les vieilles pourront bien ne pas se convertir,
Mais les jeunes, dans peu, viendront vous avertir

Que leur estaminet est à votre service...

Et le havane pur vous attend à l'office,

Si l'on est en hiver; si l'on est au printemps,

Sous les bosquets fleuris... n'y restez pas longtemps;

Revenez au salon tout parfumés de rose :

On voudrait vous gronder; mais personne ne l'ose...

Que ne souffre-t-on pas pour fixer un amant,

Qui sait aimer, ou plaire... et fumer galamment?

Avant d'aller plus loin, je ne dois pas omettre

Cet avis qu'en fumant m'a transmis un grand maître :

Pour la pipe choisie il faut, en général,

Deux tiers de mariland, un tiers de *caporal;*

Le brésil onctueux charme la cigarette;

Mais le havane pur est *la fume* parfaite.

De leur double influence on ne saurait douter,

Et pour bien s'en convaincre il suffit d'en goûter.

Chers collaborateurs, j'oubliais de vous dire,

Qu'il faut avoir sur soi toujours assez d'empire,

Pour finir ou jeter un cigare entrepris :

Car la moitié qui reste est digne de mépris...

Si vous la conserviez dans votre étui de paille,

Vous seriez dans la rue en bute à la canaille :

Un chrétien vous suivrait, comme un dogue, à l'odeur ;
Une pipe en culotte a moins de puanteur :
C'est une infection à nulle autre pareille.
Faites, au nom du ciel, ce que je vous conseille,
Ou vous n'aurez jamais place... en mon testament.

La simple *cigarette,* à parler franchement,
Est, encore aujourd'hui, meilleure compagnie :
D'ailleurs son élégance et son économie,
Des jeunes amateurs la font souvent choisir :
Je puis la conseiller, mais non pas m'en servir...
Des femmes quelquefois elle anime l'audace :
L'andalouse la roule et l'exploite avec grâce.
Plus d'une parisienne à ce goût espagnol,
Si ce n'est son boudoir, consacre l'entre-sol ;
Je la plains... et j'ai peine à lui jeter la pierre :
Elle peut bien fumer, puisqu'elle aime la bière... 9
La bière !.. j'ai toujours un serrement de cœur,
Quand je vois son écume à cet oiseau parleur
Embarrasser la langue, et barbouiller la lèvre.
Respectez votre bouche, et souffrez qu'on vous sèvre,

Mesdames, d'un limon qui ne va qu'aux fumeurs :

La bière, le tabac ne sont point de vos mœurs...

Quoi qu'en fasse, ou qu'en dise une grave *Lionne,*

Qui prétend qu'en amour la vapeur même est bonne,

Ne dût-elle servir qu'à voiler un moment,

Ce qu'on ne peut *toujours* cacher à son amant...

Fière reine des bois, qui traite *de caillettes*

Les femmes qui n'ont pas le goût des cigarettes.

J'invoque sur ce fait l'auteur d'Andiana :

Plus d'une fois, sans doute, elle vous en donna,

Intrépides Lions, qui tour à tour près d'elle,

Mugissez... roucoulez comme une tourterelle :

Son génie inventif en tient pour tous les goûts,

Que l'on peut à sa bouche allumer des deux bouts.

C'est sans doute au travers de la vapeur légère,

Que son style enchanteur vous charme, vous éclaire;

C'est là que votre esprit apprend à tout braver,

A ramollir les cœurs, pour mieux les dépraver...

Un exemple si beau ne saurait me séduire :

Dans son estaminet dût-elle m'introduire,

Fussé-je son fumeur de prédilection...

Tout fier, tout orgueilleux de cette passion,

Je renoncerais même aux faveurs de sa couche,

S'il m'y fallait entrer le cigare à la bouche. [10]

Fumons donc sans mélange, et ne permettons pas
Que de folles beautés partagent nos ébats.
Eh! n'est-ce pas assez que leur galanterie
Favorise un impôt utile à la patrie,
En protégeant l'usage et l'emploi du tabac,
Contre vent et marée, *et ab hoc, et ab hâc?*
En tolérant un goût que le besoin commande?
Ne dénaturons pas, mais acceptons l'offrande.
Rendons un juste hommage au siècle libéral,
Qui permet que l'on fume à la porte d'un bal,
A deux pas d'un boudoir, dans le jardin des femmes,
Mais qui nous interdit de brouillarder ces dames.
Et, surtout, jeunes gens, remerciez le ciel
De ce qu'il a permis qu'une bouche de miel,
De thym, d'ambre et de rose, eût peu de sympathie
Pour un jeu volcanique, où la votre s'oublie.
Hélas! s'il en était autrement, par malheur,
D'une âme féminine où trouver la chaleur?
Quelle serait, amour, l'influence irritable
De l'arum du tabac sur un objet aimable?
A travers la fumée est-il permis d'oser
Aller chercher encor le charme d'un baiser?
Non, ce n'est qu'un mensonge; il n'est point de caresse
Dont on puisse, en crachant, bien savourer l'ivresse :

Plus de nature alors, et partant plus d'attraits...

Femmes, souffrez qu'on fume, et ne fumez jamais.

Au Dieu qui vous créa ce serait faire outrage

Que de gâter ainsi son plus parfait ouvrage.

Supposez qu'une vierge, en son secret réduit,

Donne à la cigarette une... une seule nuit :

Après ce rendez-vous, quelle métamorphose!

Le mariland domine où dominait la rose;

Où semblait luire un ciel de cristal et d'azur,

Se forme une atmosphère ardente d'air impur...

Du moins pour la beauté, neuve autant que naïve,

Chez qui l'amour n'a fait aucune tentative;

Car son lit innocent n'en est pas moins souillé;

Du souffle virginal le voilà dépouillé :

C'est un dortoir pieux dont on brise la grille...

Pudeur de chaste enfant, parfum de jeune fille,

Soudain tout disparaît, s'évapore en un jour...

Hélas! rien n'est plus là pour annoncer l'amour.

Dans ce réduit sacré je ne vois plus de vierge :

Pour l'épurer, en vain vous brûlerez un cierge;

Le mystère a fait place au joyeux sans façon;

Et je crois visiter la chambre d'un garçon...

A cet acte illégal, à ce spectacle étrange,

Le ciel n'est plus le ciel, l'univers se dérange;

La nature en frissonne, et vous dit : Désormais,
Femmes, souffrez qu'on fume, et ne fumez jamais. ''

Pour les hommes, lecteurs, il n'en est pas de même :
Si l'homme veut aimer, la femme veut qu'on l'aime :
Quasi, pour celui-là tout est extérieur ;
Pour celle-ci, vraiment, tout est intérieur.
L'une de tout excès doit sévrer sa personne,
Et l'autre n'a de prix que celui qu'il se donne.
Chez lui tout est présage, et tout est avenir...
Pour plaire, la beauté n'a que le souvenir ;
Ce qu'elle fut un jour, elle doit toujours l'être :
On la vit, on la voit... A se faire connaître
L'homme doit aspirer ; il rêve, il doit rêver.
La femme de songer devrait se préserver :
C'est un tableau superbe, il faut le voir... l'entendre :
Ce dernier mot veut dire : *Il faut bien le comprendre ;*
Et pour bien le comprendre, il faut l'admirer pur
De tout fard étranger ; c'est alors qu'il est sûr,
Sans tache, coloré par une main divine,
Digne du rang auquel son auteur le destine,
Et semblable à lui-même avec ses seuls attraits...
Femmes, souffrez qu'on fume, et ne fumez jamais.

De tout fard étranger restez pures, comme Ève :
Laissez l'homme rêver, que seul au monde il rêve,
Au camp, dans son bureau, chez vous, sur son tillac;
Ne tolérez qu'à lui l'usage du tabac.

Voyez ce matelot pilotant sa gabare,
Et fumant, sans ennui, sa pipe ou son cigare :
Son doux recueillement est semblable au sommeil;
Son bonheur c'est l'oubli, pour l'homme sans pareil,
Quand forcé par le sort de quitter sa patrie,
Il abandonne encore une sœur, une amie...
(Mais la femme ne peut vivre sans souvenir!)
Voyez cet officier, rayonnant d'avenir,
Mesurant à grands pas la longueur du navire,
Et lâchant sa bouffée au gré d'un doux zéphire :
Celui-ci nage au loin sur les bords mexicains,
Ou commande un vaisseau contre les Africains.
Celui-là, sans rêver, dort, ouvrant ses paupières...
L'officier, sans dormir, rêve au loin des chimères.
Le réveil est peut-être un tourment pour tous deux;
Mais ils sont, en fumant, quelques instants heureux.
En attendant, les jours s'écoulent en fumée;
L'oubli remplit son but comme la renommée :

Le navire fait route, et l'on sourit à bord ;
L'équipage vainqueur bientôt arrive au port.

Prohibez le tabac dans ces courses lointaines, [12]
Où tous les vents d'accord retiennent leurs haleines,
Vous verrez le marin mourir d'un calme plat :
Allumez-lui sa pipe, et vous sauvez l'Etat.
Supposez qu'il navigue avec un vent contraire :
De ce lof insipide il ne peut se distraire,
Durant ces quarts sans fin des solitaires nuits,
Qu'avec un bon cigare, opium de ses ennuis.
C'est alors, voyez-vous, qu'il rêve, ou qu'il oublie
Douces illusions, qu'ailleurs est son amie...
Ces rêves enchanteurs, ces oublis bienfaisants,
Le tabac les réserve à ses vrais partisans.

Quelle distraction plus douce pour sa gloire
Peut trouver le soldat, après une victoire,
Que celle d'enflammer une pipe, en contant
Les hauts faits de son corps, pour l'honneur combattant ?
De quel ravissement son âme est enivrée,
Lorsque de son retour célébrant la soirée,

Quelques vieux bons amis lui versant le moka,
Renforcé du cognac, dont souvent il manqua,
Il voit bleuir le punch, à travers le nuage
Du havane divin qu'à la ronde il partage!

Puisqu'il en est ainsi, me dira quelque sot :
La pipe est au soldat, la blague au matelot...
La poudre en a bientôt dissipé la fumée :
Alors un brûle-gueule est permis à l'armée,
Mais l'homme comme il faut ne doit pas en user.
Noble fat, tu peux tout, alors, lui refuser :
Cet homme *comme il faut,* peut-être, est sans fortune;
S'il a comme *un cadet* besoin de s'en faire une,
Devra-t-il se permettre un cigare orgueilleux,
Qui coûte au moins trois sols, et n'en vaut guère deux?
Un pauvre étudiant, à *six blancs* par semaine,
Toujours à l'heure dite aura sa pipe pleine;
Mais avec ton cigare il va se ruiner. [3]
C'est donc *le caporal* qu'il faut lui pardonner.
Seulement le dimanche, allant à la guinguette,
Au lieu du brûle-gueule, il prend la cigarette...
Imitez, beaux dandis, ce savoir-vivre là;
Modelez vos desirs au type que voilà.

Quelque soit le tabac propre à votre opulence,

Puissiez-vous savourer celui de la régence,

N'en brùlez chez les gens qu'avec permission,

Ou renoncez bien vite à cette passion;

Dussiez-vous d'abstinence ainsi perdre la vie...

Car le respect humain vaut mieux que votre envie.

Après ce mot sévère, adressé, par humeur,

Dans un but équitable, à l'opulent fumeur,

Je puis, en finissant, protéger et défendre

Ce goùt passionné qu'on ne saurait comprendre,

Avant que d'en avoir ressenti les effets.

Je n'ose du tabac constater les bienfaits,

Tant je suis au-dessous de cette noble tâche,

Tant j'ai peur qu'aveuglé, le monde ne s'en fâche;

(Ce monde est égoïste, ou moins que généreux,

Si du bonheur d'autrui lui-même n'est heureux...)

Mais je veux, cependant, au beau siècle où nous sommes,

Justifier un peu ces misérables hommes.

Sans parler du succès que l'enfant du bivouac,

Dans les camps, comme à bord, attribue au tabac,

De calmer l'appétit, une soif trop ardente;

Il répond, dans le monde, ainsi que sous la tente,

Aux besoins infinis dont on est tourmenté,

Et qu'on veut assouvir jusqu'à satiété;

Il fait qu'on les oublie; et souvent une pipe
De cynique achevé nous change en Aristippe...
N'est-ce rien que cela? Lorsque ce grand enfant
S'arme d'un bon cigare, il en est triomphant;
Il est homme déjà; sensément il raisonne :
Le temps s'écoule et fuit; l'heure du danger sonne;
Un rendez-vous manqué l'empêche de faillir...
Grâce à l'estaminet, l'enfant va mieux dormir.

L'homme du monde, allons, a ses goûts comme un autre :
Qu'il soit clerc, avocat, juge, ministre, apôtre,
Négociant, artiste, ou commis voyageur,
Il devient quelquefois Guillaume le songeur;
L'ennui le gagne : il a besoin de se distraire...
Il fume... que peut-il avoir de mieux à faire?
C'est *le far niente* le plus doux... (c'est écrit)
Où le cœur se repose aussi bien que l'esprit.
Je ne veux point ici trop faire l'Aristippe : [14]
Quand un homme bien né se dévoue à la pipe,
Il doit se séquestrer pendant une heure, ou deux...
Comme un amant, dans l'ombre il peut se rendre heureux.
Mais c'est de mauvais goût, fût-elle de Hollande,
Ou d'écume de mer, reçue en contrebande,

D'en montrer *la culotte* aux regards des passants :
Pour tolérer cela mes vers sont impuissants.
J'ai dit à qui, je crois, ma bonté le pardonne ;
Chez les riches ma voix ne le passe à personne.
Soyons mystérieux, si la pipe nous plaît,
Ou ne fumons jamais... ce sera plus tôt fait.

Le tabac a pour nous mille et mille avantages :
Il calme nos frayeurs au milieu des orages ;
Il nous aide à lutter contre les passions ;
Il semble mettre un terme à nos privations,
En nous dissimulant les besoins de la vie :
Loin de nous la tristesse est par lui poursuivie ;
L'ambition s'apaise à sa molle vapeur ;
Son arum délirant enivre la douleur ;
Et, plus doux que l'opium que l'orient prépare,
Il a la faculté merveilleuse et bien rare
D'exaucer, comme lui, tous les vœux superflus,
Et de rendre l'espoir à qui n'en avait plus...
Le mirage est complet ; tout devient quiétude :
Le voile qui nous couvre est la béatitude... [15]

Si ce goût merveilleux nous fait ainsi rêver,
Le blâmer est cruel! où voulez-vous trouver
Rien de plus salutaire à notre espèce humaine?

. . . .

. . . .

Mesdames, j'en dis trop, car à votre domaine
Ce goût n'appartient point; je le répète encor :
Laissez-nous disposer d'un semblable trésor,
Ne nous l'enviez pas... contentez-vous, comme Eve,
Sans imiter Adam, de protéger son rêve :
Tolérez, à l'écart, un bon cigare... mais,
Femmes, souffrez qu'on fume, et ne fumez jamais.

CANDIDALMA.

NOTES

Du Tabac et des Fumeurs.

---

1 . . . . n'importe, *mes fumeurs*
Sont plus de mon ressort que *tes nobles seigneurs,*

Cette troisième *Rubrique* de 1837 devait avoir pour titre,
donné par l'ami Justin D**, DES NOBLES EN L'AN... 40 : Candidalma a poussé ce dernier sujet plus loin, jusqu'à son année probablement... en attendant qu'il se soit trouvé mieux
disposé, il s'est égayé avec ses amis *les fumeurs*... Atten-
dons l'année... 1840.

2 C'est un vil entremets, qui n'est pas de mon goût.

Je partage, hélas! la répugnance de mon vieux ami, défunt et canonisé, pour ce malheureux besoin de la plupart
de nos matelots; mais, n'en déplaise aux *chiqueurs,* je préfère *la prise,* que je déteste... surtout chez les femmes...
Pouah!..

3 Quant aux priseurs, d'avance ils seront condamnés :
Le moyen, s'il vous plaît, de se rincer le nez?

C'est évident, il n'y a pas moyen.

⁴ Femme, au nom de l'amour, ne prends pas de tabac!

Ce pauvre Candidalma versait des larmes de désespoir lorsqu'il voyait une jeune femme prendre du tabac : avec un tel
penchant (qu'il appelait défaut capital), une jeune demoiselle le faisait se trouver mal. Quand il épousa la jolie et
bonne Claudine, il lui fit jurer de ne jamais priser : la belle
enfant a tenu parole... Mais avouez donc, Mesdames, que
c'est bien laid... et ne prisez plus.

⁵ Convenez-en, *priser* est une chose infâme.

Ce vers arrive là comme mars en carême.

⁶ Vous allume son bout jusqu'au bord de la bouche?

Tout ce passage, y compris

Enfume, sans permis, toute une diligence.

est de la plus exacte vérité. Je n'ai jamais compris, d'abord,
qu'on osât même demander la permission de fumer dans une
voiture publique, dès qu'il y avait des dames, et je ne comprends pas encore comment on y fume sans autorisation,
lorsqu'il ne s'y trouve que des hommes... Ah! bien oui!..
La politesse voudrait du moins qu'on vous priât de quelque
chose, lorsqu'on vient presque vous brûler la bouche du
feu de... à d'autres! un insolent *pardon* est toute la gratitude qu'on vous octroie, et l'on vous quitte en fredonnant,
comme si vous n'étiez pas là : *J'ai du bon tabac dans ma...*

ou bien : *Je suis Lindor, ma naissance...* Vive la jeune
France !

7 Et même les vieillards épris du bon tabac.

Je crois qu'ici le Centenaire plaide pour sa paroisse ; c'est
qu'en effet, il était le roi des fumeurs. Si l'on fume là haut,
il n'a plus besoin d'allumettes phosphoriques au milieu de
ses éclairs, de ses tonnerres de... Mon Dieu ! que je suis donc
bête !.. en voilà assez, en voilà assez... passons à une autre...
note.

8 Et vous entendrez dire à ce sexe intraitable
  Que l'*odeur du tabac est vraiment supportable*.

— Qu'est-ce que tu dis donc là, Clémence ? — Je t'assure,
Victoire, que c'est vrai ; j'aime cette odeur de cigares à la
passion... Clémence aurait dû ajouter : *Quand Ernest les
fume*. Mais je me persuade que Victoire n'eût pas fait l'in-
crédule, ou l'étonnée, si Arthur se fût trouvé là, partageant
le bonheur vaporeux d'Ernest, dans le parterre embaumé
des deux cousines... Ainsi va le monde, et se consomme le
tabac, bon ou mauvais.

9 Elle peut bien fumer, puisqu'elle aime la bière...

Après le désespoir du Centenaire de voir les dames *priser*,
son plus grand déplaisir était d'apprendre que plusieurs
d'entre elles pussent aimer la bière. Sa jeune compagne n'en

goûta jamais, par amour de lui. Voilà du dévoûment conjugal... quand on a bien soif, en été!..

¹⁰ S'il m'y fallait entrer le cigare à la bouche.

Oh! père Candidalma, vous allez vous faire une rude querelle avec l'admirable auteur féminin dont vous parlez... George-Sand!.. quoi!.. si... avec vos trente ans de 1760, cet homme de génie, qui est une jolie femme, vous eût... — Pas possible, mon vieux : vous auriez fait comme les autres... même en fumant... Eh! oui!

¹¹ *Femmes, souffrez qu'on fume, et ne fumez jamais.*

Je n'ai rien à ajouter aux charitables et doucereux conseils que l'auteur donne constamment aux dames, à cet égard, et je n'hésite pas à contresigner son interdiction; mais j'aurais voulu qu'il l'étendît jusqu'à *la prise*, dont quelques dames se régalent, ma foi, trop souvent. Je suppose que ce n'est qu'un oubli, et je traduis ainsi, pour une fois, le vers du Centenaire :

« Femmes, souffrez qu'on prise, et ne prisez jamais. »

¹² Prohibez le tabac dans ces courses lointaines,
Où tous les vents d'accord retiennent leurs haleines,

« Sans le tabac (en pipe surtout), que deviendrait donc le
« marin pendant ces longues traversées, ces croisières insi-

« pides dont rien ne peut distraire ? durant ces quarts paisi-
« bles et solitaires des belles nuits, où l'âme s'abandonne à
« de vaines chimères, aux illusions de l'amour-propre et aux
« rêves de l'ambition ? »

J'emprunte ce passage à la brochure d'un jeune D..., anonyme, de Libourne, ayant pour titre : *Considérations hygié-
niques sur l'usage du Tabac ;* et je remercie l'auteur de m'a-
voir si heureusement dispensé de faire cette note... Je suis si
paresseux ! ce n'est rien que de le croire ; il faut y venir
voir... Je dors toujours... quand je ne fume pas. Encore deux
notes ; puis je fumerai, ou je dormirai... c'est selon... si notre bon enfant d'imprimeur me laisse respirer. Mais *je n'ai
plus de manuscrits, envoyez-moi des manuscrits...* et je m'é-
veille, ou je laisse ma pipe, pour en faire... des notes... Et
voilà.

[13] Un pauvre étudiant, à *six blancs* par semaine,
Toujours à l'heure dite aura sa pipe pleine ;
Mais avec ton cigare il va se ruiner.

Candidalma serait allé bien plus loin, s'il eût écrit en 1844 ;
nos cigares ont joliment fait des progrès (en prix) depuis
1837 ; et, par paresse, comme je m'en accusais tout à l'heure,
j'engage fortement le lecteur à lire *l'Homme Gris* du samedi
13 juillet 1844, à l'article : COMME QUOI L'ADMINISTRATION
DES TABACS SE MOQUE DU PUBLIC. Dans cet espoir... ma note
est... ou sera faite.

[14] Je ne veux point ici trop faire l'Aristippe :

Ni moi non plus : j'avoue qu'ainsi que le Centenaire, de
glorieuse et *chicarde* mémoire, je préfère la pipe à tous au-

tres gentils moyens de fumer : néanmoins, selon ses précep-
tes bien entendus, je pense que la mieux culottée, comme la
plus riche, doit se dissimuler en ville, aux yeux des dames,
ou rester au logis, bien secrètement serrée, loin des nez susceptibles... et pour cause. Je ne puis donc que partager les
tendres sentiments de mon vieux et défunt ami, pour tous
ses semblables, *épris* ou non *du bon tabac.*

> ¹⁵ Le mirage est complet; tout devient quiétude :
> Le voile qui nous couvre est la béatitude...

Il faut que la dose de bonheur que procure, en général,
l'usage du tabac, se soit accrue d'une manière *mirobo-
lante...* (pardonnez-moi l'expression forcément académique,
puisque tous *les mondes* s'en servent, *le beau,* comme *le vilain*), il faut donc, etc., puisque l'univers entier (excepté
le beau sexe, grâce à Dieu!) chique, prise, ou fume. D'après
la métaphore poétique de la terre, il n'y a pas de raison pour
que, peu à peu, nous n'allions pas tous, de béatitude en béatitude, jusqu'en paradis, dans une bouffée de havane, ou de
mariland... Diable! mais les femmes n'y viendraient plus...
Ne dérangeons pas le monde... et soyons heureux comme
nous le pourrons. En attendant, *fumons* sans pipe, ou bien
avec une... autre bêtise! j'ai fini, malgré tout : je vais dormir,
ou fumer.

N. B. Il s'est glissé une faute d'impression, dans la septième livraison, aux *Hommes de Bourse.* Au lieu du troisième vers irrégulier de la page 202, il faut lire celui-ci :

Leur audace est égale à tant d'improbité;

UN JEUNE HOMME.

Bluette.

———

Il est majeur, et parti pour la guerre;
Le sol d'Afrique a fait vibrer son cœur...
Reviendra-t-il indolent, ou vainqueur?
L'amour l'anime, il fera sa carrière. ¹

Dès le collége il apprit à souffrir :
Beau, plein d'esprit, il était sans fortune;
Et, pour sortir de la route commune,
Ou s'élever... il faut vaincre, ou périr.
Périr!.. ce mot peut troubler le courage
De tel *dandi* qui ne souhaite rien;
Dont la richesse est l'assuré partage,
Qui tient à vivre encor plus qu'à son bien...
Mais le jeune homme, à l'âme haut placée,
Dont l'avenir ne dépend que de lui,
Dont les talents et le cœur sont l'appui;
Qui n'a qu'un but, qu'une douce pensée...
Pour assurer ce but, qu'il veut chérir,
Doit-il, peut-il vivre dans l'indolence?
L'amour, la gloire auront la préférence :
Ce bon jeune homme! il doit vaincre, ou mourir...
Et cependant sa carrière commence!..

Son cœur sensible et chanceux tour à tour,
De la douleur a bu la coupe amère,
Dès le berceau. Le monde est un séjour
Qui n'a pour lui que travail, ou misère.
Sa mère meurt en lui donnant le jour;

A dix-huit ans il a perdu son père...

Pauvre jeune homme! en quoi gît ton espoir?

Un bon exemple a guidé ta jeunesse;

Ton père est mort en faisant son devoir...

Mais, orphelin, ta dernière richesse

Fut employée à t'instruire, à savoir...

Un noble sang circule dans tes veines :

Tu ne le sais que pour mieux en souffrir.

L'amour arrive; il vient grossir tes peines...

Ah! tu le sens : il faut vaincre, ou périr.

Ce cœur, épris d'un ange à la lisière, ²

Qui doit grandir pour l'aimer et lui plaire,

Conçoit l'espoir d'en être digne un jour :

Il est soldat, et part pour la frontière...

Après cinq ans reviens, dit une mère. ³

Et le soldat compte sur son retour.

Que de souhaits! que de rêves d'amour

Se sont croisés avec la renommée,

D'un pôle à l'autre, entre ces cœurs amis!

Pour cet enfant, déjà la bien-aimée,

Combien faut-il immoler d'ennemis?..

Va, mon garçon, va, deviens capitaine,
Trompe le sort à te nuire assidu :
Persiste, ami ; ta carrière est certaine...
Et qu'au foyer le bonheur te ramène :
Le cœur aimé n'est pas bien défendu.
Du point d'honneur reste toujours l'esclave ;
Sois-lui fidèle, aussi bien qu'à l'amour ;
En combattant gagne la croix du brave...
Dieu, qui t'éprouve, a béni ton retour.
Sois généreux envers qui s'humilie ;
N'accable point un ennemi vaincu....
Le vrai héros comme un sage a vécu :
Que la sagesse en ton âme s'allie
A la bravoure, à l'intrépidité :
Et souviens-toi, dans ta course lointaine,
Que l'injustice est digne de ta haine,
Et que la gloire est sœur de l'équité.

Il partit donc, rayonnant d'espérance,
Le bon jeune homme, au risque de périr,
Et répétant bien des fois, en silence :
« Pour mon repos, il faut vaincre ou mourir. »

Je me suis dit qu'une voix amoureuse [4]
Lui répéta mes timides avis;
Car du soldat la course aventureuse
S'est conformée à ses conseils amis.

De l'orphelin la campagne fut belle :
Pour son début il eut la croix d'honneur;
Et, cette croix une fois sur son cœur,
Il se couvrit d'une gloire immortelle.
D'un premier grade et d'un second laurier
On se servit, pour le faire officier.
De ses progrès on ne pouvait médire,
Car c'est l'honneur qui forçait d'y souscrire.
Aimé des chefs, du monde, et du soldat,
En l'écoutant, on aimait à le croire;
Et, lui dût-on le succès du combat,
A ses rivaux il en laissait la gloire...
Mon officier n'avait que des amis.
A son mérite un prince rend hommage,
Et l'a noté pour de l'avancement.
Près de son nom l'ordre du régiment
Porte ces mots : HABILETÉ, COURAGE,
Et discipline... Honorable partage

D'un jeune cœur qui n'a pas vingt-huit ans !
Puis, dans la foule, à ce ton convenable
Il est soumis, en tous lieux, en tout temps :
Du moindre orgueil son esprit incapable,
Amuse, et rend tous les esprits contents
De l'homme instruit, aussi simple qu'aimable.

A Constantine, à Thlemsen, Mascara,
De grade en grade il fut fait capitaine :
En lui, partout, ensemble on admira
Talents, bravoure, et probité certaine.

Quel était donc ce jeune phénomène ? [5]
C'était Justin, cet époux de Sara,
Venu, comme elle, au pied du mont Jura.

LE CHEVALIER.

NOTES

D'un Jeune Homme.

---

¹ L'amour l'anime, il fera sa carrière.

Cette *Bluette* est le pendant naturel et physiologique d'*une Jeune Femme;* mais elle en diffère par beaucoup de simplicité. Je ne sais même pas si cette sorte de *far niente,* dans le style, n'y est pas poussé trop loin. Le Chevalier pourrait bien, là haut où l'on sait tout, apprendre, avant peu, qu'on a dit ou écrit ici bas, que ce n'est que de la prose rimée!.. *Il s'en fiche,* peut-être, le gaillard, depuis qu'il est archange, et hors de portée de la critique humaine; mais moi... Il faut, sur mon âme, que j'aie de fameuses épaules!

Je n'ai guère besoin de dire aux lecteurs que le jeune homme excellent, dont il s'agit, est l'ami Justin, *ami comme il n'y en a qu'un,* adorable enfant gâté des deux jumeaux. C'est déjà une vieille connaissance de nos souscripteurs.

² Ce cœur, épris d'un ange à la lisière,

L'ange à la lisière n'est autre chose que Mlle Sara, *l'enfant de la montagne,* aujourd'hui, grâce à Dieu, Mme Justin de ***. Je me flatte que nos deux *petits trésors* forment un couple *chicard*, comme dirait mon jovial, spirituel et digne capitaine du G**... Devinez son nom, si vous pouvez : il commence par un C, et finit par un E ; et, quant à lui, c'est le meilleur des hommes, et le brave des braves... Y êtes-vous ?

³ *Après cinq ans reviens,* dit une mère.

On se rappelle, ou l'on ne se rappelle pas l'espoir encourageant que la mère de Sara avait donné au jeune cousin, déjà tant aimé de cette délicieuse enfant de Dôle. Le bon jeune homme, au moment de quitter les vallons du Jura, demandait à sa tante, veuve du meilleur des maris et des pères :

« Si je revois un jour les vallons du Jura,
« Digne *de lui,* de vous, et presque digne d'elle,
« Me la donnerez-vous ?.. Au REVOIR ! lui dit-elle. »

Cette douce réponse est constatée de nouveau dans le vers ci-dessus, objet de cette note.

4 Je me suis dit qu'une voix amoureuse
   Lui répéta mes timides avis ;

L'admirable et naïve enfant de la montagne était bien capable de donner, toute seule, de tels conseils au jeune ami de son cœur ; mais, n'eût-elle fait que répéter ceux du vieillard, en passant par la bouche ou les lettres d'une amante, les avis les plus sages gagnent encore en efficacité.

⁵ Quel était donc ce jeune phénomène?
C'était Justin, cet époux de Sara,
Venu, comme elle, au pied du mont Jura.

Je pouvais, dès lors (je le vois trop tard), me dispenser
de le déclarer d'avance, à la fin de la première de ces notes.
Ce que c'est que la manie d'écrire des *riens!* Eh! combien
de parleurs ou d'écrivains pourraient la troquer, avec avantage, contre la manie, plus heureuse, de dire ou d'écrire
quelque chose!

CONTRE LES ÉGOISTES.

Férule.

(1837.)

———

Après l'hypocrisie, il n'est rien sous les cieux
De plus désespérant, de plus fallacieux,
Et de moins rare aussi, je crois, que L'ÉGOÏSME...
Mais il est entiché d'un tel charlatanisme,
Il a tant de rondeur, tant de naïveté,
Qu'on le prend pour un puits de générosité.

L'égoïste accompli va vous faire l'éloge

De toutes les vertus... Mais comme il y déroge!

Il vous dit : *Soyez bon,* pour ne l'être jamais;

C'est afin d'en jouir qu'il vous pousse aux bienfaits.

De l'homme charitable il fait la parodie,

Et trompe bien des gens avec cette manie!

Il ne rêve, dit-il, qu'à faire des heureux;

C'est le vrai *boute-entrain* des hommes généreux;

Il en a la douceur, il en a le langage;

Il prêche la bonté; mais sans en faire usage...

C'est un autre hypocrite alors? me dira-t-on.

Oui; mais sa feinte, à lui, change parfois de ton :

C'est une hypocrisie, et douteuse, et naïve,

Non moins à redouter; car elle est plus active...

Toute bonne action semble l'émerveiller :

On dirait que jamais il n'a dû sommeiller,

Que pour songer aux maux de la nature humaine :

Il pleure comme un autre, et, vraiment, vous fait peine.

Son masque est si complet, le déguise si bien,

Qu'à moins de l'arracher, vous n'y soupçonnez rien.

Un *égoïste!* nul ne peut le reconnaître,

Si ce n'est à l'épreuve... alors il va paraître

Tel qu'il est : dégoûtant, insensible, hideux,

Prodigue pour lui seul, nullement généreux;

Naïf encore, ô ciel! mais sans délicatesse,
Et, pour l'amour de soi, propre à toute bassesse.
Son cœur dès le collége a dû se découvrir : [2]
Des melons!.. il les cache à les faire pourrir,
Plutôt que d'en donner à ses amis de classe;
S'il en offre à son maître, il espère une grâce.

Le voilà de retour bientôt chez ses parents :
Il s'y montre d'abord le meilleur des enfants...
Je suppose qu'il soit l'aîné de la famille;
Il n'aura que deux sœurs : l'une est belle et gentille,
L'autre bossue, ou sourde, et laide à faire peur...
Comme il va s'occuper de sa plus jeune sœur,
Dont les charmes pourraient châtrer son patrimoine!
Si c'était un garçon, il en ferait un moine,
Ou, comme il n'en est plus, un frère ignorantin,
Pour ne point partager son filial butin.
Alice, grâce à lui, croyant qu'on n'est heureuse
Qu'au service du ciel, se fait religieuse :
La bossue, à coup sûr, de sa difformité
Consacrera l'offrande à la virginité.
A présent, le voilà deux fois millionnaire;
Car, en moins de six mois, par ses soins il enterre

Papa, maman, son oncle et cinq ou six cousins,
Qui ne pouvaient tester en de meilleures mains.

Le voici dans le monde : il va partout; il brille
Parmi les plus brillants, et d'esprit il pétille :
Il a loge aux *bouffons*, et loge à l'*opéra*...
Tout cela pour lui seul, car personne n'y va,
De peur que chaque jour (cela pourrait bien être),
Il n'est *quelqu'un d'utile*... un ministre peut-être :
On peut avoir besoin de lui, *vraiment*... qui sait?
N'a-t-il pas dénoncé déjà plus d'un préfet?
Il doit être nommé, le roi ne peut mieux faire;
Il est digne, *avant tous*, d'avoir un ministère.
Il va dîner dehors, ne reçoit point chez lui;
Il mange au restaurant, sans s'occuper d'autrui :
Là, *s'il donne aux garçons*, c'est afin que sa table
Soit, nonobstant *la carte*, un peu plus confortable.
Il a bientôt fléré, parmi les jeunes gens,
Ceux qui pour tout payer sont les plus diligents...
Ce sont eux qu'il fréquente; il les *gruge*, il les mange,
Et ne leur offre pas seulement une orange.
A *table d'hôte* il est vraiment trop curieux :
S'il *tranche*... il fait passer, mais il se sert le mieux;

Et, dans ce *sans façon,* un air de politesse
Le fait croire distrait. Est-ce ruse? est-ce adresse?
Non, c'est l'amour de soi qui le pousse en avant :
Donnez-lui sur les doigts... il lorgne un *vol-au-vent,*
Si c'est le meilleur plat de la table complète,
Et le met tout entier, morbleu! sur son assiette.
Je l'ai vu, devant moi, prendre un tiers de saumon, [3]
Le plonger dans un bol de crème jaune... « Bon!
« (Disait-il) cela vaut, au moins, la sauce au beurre. »
Personne n'en voulut; il mangea tout sur l'heure...
Et d'un sourire aimable, enjoué, bienveillant,
A personne il n'offrit sa loge, en s'en allant.

Marions *l'égoïste...* oh! là, dans son ménage,
Il ne compose plus sa voix, ni son visage :
Sa femme de son vice est le vrai *patira;*
De suite il veut savoir ce qu'un jour elle aura
Du beau-père d'hier, et de la belle-mère :
Dans le lit nuptial il traite cette affaire,
Et le malavisé mesure son amour
Au douaire complet qu'il peut avoir *un jour.*
Son ménage c'est lui; pour lui seul il se lie
A cet ange déchu dont il détruit la vie.

La dépense! il n'en est que pour lui, que par lui,
Et rien dans sa maison ne se fait pour autrui.
Insatiable en tout, il faut qu'à tout il touche;
Il ôte à ses enfants les gâteaux de la bouche;
Il arrache à leur mère un morceau de son goût;
Il s'accapare enfin tout, tout, tout, tout, tout, tout.

Voyez-le s'habiller; c'est une demoiselle :
Madame à le servir redouble en vain de zèle;
Elle doit oublier son sexe, ou sa pudeur,
Pour laver, en souillon, le corps de *son seigneur* :
Il est nu comme un vers, planté comme une asperge,
(Le cynique!) devant *sa moitié,* presque vierge :
Naguère il redoutait de lui toucher la main;
Aujourd'hui sa servante, elle doit, sans chagrin,
Lui changer de chemise, et passer la tunique
D'un despote égoïste encor moins qu'impudique;
Lui renverser les bas, lui porter ses souliers,
Lui mettre sa cravate, après ses faux-colliers...
Il reçoit tous ces soins, et mille autres encore,
Comme un juste tribut, convaincu qu'on l'adore;
Sans que jamais peut-être il lui vienne à l'esprit
Que ce règne de fer lui doive être interdit.

Ce n'est pas tout encor : dans sa chambre en désordre,

Sa femme, ensuite, a beau se démener, se tordre,

Pour réparer partout la sale impureté

De ce mari superbe, autant que déhonté...

Le bourreau n'en tient compte; elle est interrompue :

L'égoïste aux abois, trépignant dans la rue,

Pousse des cris aigus... et l'épouse descend,

Pour lui donner en bas son mouchoir ou son gant.

Ce n'est pas tout encore : à ses moindres lubies,

Il faudra nuit et jour que tu te sacrifies;

Ton travail, ta santé ne l'arrêteront pas :

S'il pleure, pleure aussi; mais s'il rit, tu riras;

Aurais-tu vu périr à l'instant, ou naguère,

Tes amis (pauvre esclave!) ou ton père et ta mère.

Il n'est, à part les siens, ni chagrin ni danger

Qui puisse, à cet égard, l'émouvoir, le changer.

Si, *malheureusement,* un valet qui sait vivre,

Avant lui sert Madame, il croira qu'il est ivre;

Ou pour le renvoyer il n'attend pas le jour.

Heureux couple!.. est-ce là ce que promet l'amour?

Eh bien! sortez ensemble... alors il dit sans cesse

Qu'il faut chérir sa femme *autant qu'une maîtresse;*

Que l'on doit se soumettre à ses moindres desirs,

Et, pour s'en faire aimer, partager ses plaisirs...

Bien plus; il croit le faire, et trouve sa conduite
Conforme à la morale. A quoi donc est réduite
La femme d'un *Janus* qui, disant toujours non,
Croit toujours dire amen? à perdre la raison,
Si, plus tôt que plus tard, la mort ne la délivre
De cet époux funeste, ou de malheur de vivre.

Ce n'est pas tout encor : s'il est veuf, ses enfants
Auront beau devenir et nubiles et grands;
Ainsi que des marmots l'égoïste les traite,
Et, jusques à sa mort, ils sont à la bavette :
Jamais en rien leur goût ne sera consulté;
D'être des siens à peine ils ont la liberté...
Et ces goûts personnels, oserai-je les dire?
Sur mes lèvres je sens que la parole expire :
Ce moraliste impur, en secret débauché,
Sévère pour le sexe, en fait si bon marché,
Qu'il en prend sur l'autel, sans vouloir qu'on le blâme;
Et toute fille faible ailleurs est une infâme :
Tandis qu'en son boudoir, ni rang, ni parenté,
Ni l'âge d'une enfant n'est par lui respecté.
Vous voyez ce cynique, amoureux de lui-même,
Contre tout autre amour crier à l'anathème :

La beauté *qu'il n'a pas* est digne de mépris,
Et celle qu'il corrompt à ses yeux est sans prix.

Voilà donc *l'égoïste!* il peut tout se permettre,
Mais ne tolère rien, s'il n'en dispose en maître.
Supposez qu'il soit roi, ministre, homme puissant;
Il est alors grossier, despote repoussant.
En vain de le servir tout le monde s'empresse,
Car, si rien ne lui manque, il desire sans cesse...
Il ne montre d'égards que pour qui lui fait peur :
S'il osait, de l'olympe il serait LE SEIGNEUR. 4
Par égoïsme il est plus douillet qu'une femme;
Pour le moindre *bobo* ce grand gille se pâme :
A table, chez lui-même, il choisit tous les plats,
Et s'en sert le premier... c'est le roi des goujats.
A Lyon je l'ai vu dans sa belle nature :
Aux dames, *quand il sort,* il offre sa voiture,
Prend la première place, et l'orgueilleux faquin,
Jamais en se plaçant ne leur donne la main.
Quand on le trouve étrange il se met en colère;
Il vous boude... un sultan n'a pas besoin de plaire...
Que dis-je? il faut plutôt qu'on lui serve d'appui,
Que ces dames aient l'air de ne penser qu'à lui,

Et d'être aux petits soins, vraiment, pour sa hautesse,
En lui distribuant caresse sur caresse ;
Ou bien ce potentat leur dit, de bonne foi :
« Vous devriez au moins vous occuper de moi... »
L'insolent!.. avouez qu'un tel énergumène [5]
Devrait être fessé deux... trois fois par semaine.

Voulez-vous maintenant qu'il soit spéculateur?
Dans ce nouveau commerce admirez sa rondeur :
En bon associé vous lui rendez service;
Il vous *lâche* aussitôt qu'il voit du bénéfice,
De peur d'en partager avec vous le produit.
Et lorsqu'il vous doit tout, cet ingrat vous réduit
A la gêne, au dégoût... peut-être à la misère...
Qu'importe? il reste riche, et tout seul il prospère.
Son temps n'est à personne, il ne doit se gêner
En rien : s'il vous *accroche,* il va vous emmener
Juste où vous n'allez pas, quand vous avez affaire...
Pourquoi? c'est son chemin : « Vous n'alongez guère... »
Vous dit-il. Le bourreau, collé sous votre bras,
Se fait suivre en tous lieux, et ne vous lâche pas
Avant que (souhaitant que le diable l'emporte),
Vous ne l'ayez encor reconduit à sa porte.

Sur le seuil il s'arrête, et sans vous engager;

Il sait que son dîner ne peut se partager :

Il a grand faim; sa part resterait trop petite...

« Ma foi! tant pis!.. adieu!.. pardon, si je vous quitte. »

Et soudain, quatre à quatre, il monte l'escalier;

Heureux de dîner seul, et de vous oublier.

Delille nous l'a dit : Sur notre boule ronde,

LE MOI, pour l'égoïste, *est le centre du monde.*

Voyez sa bonhomie et ses yeux triomphants :

Il aborde, en secret, l'ayeul de ses enfants,

Et lui dit : « Vous avez une santé parfaite,

« Des talents, de l'esprit, une très-forte tête

« Encor... malgré votre âge : il vous faut d'un emploi

« Obtenir la faveur : je compte sur le roi...

« Deux mille bons écus seront votre honoraire,

« Et cela vaut bien mieux, *papa,* que ne rien faire.

« Vous pouvez vivre, vous si sobre, si frugal,

« Pour un billet de banque, et cinq, en capital

« Bien placés chaque année, à l'abri d'un naufrage,

« Pourront m'être par vous donnés en héritage...

« Voyez-vous quel honneur il vous en reviendra?

« Travaillez, soyez sobre, et ramassez, *papa.* »

L'égoïste ainsi croit agir avec tendresse,

Et se montre tout fier de sa délicatesse.

« A votre mort, dit-il à d'autres vieux parents,

« Je fais couper ces bois, et tarir ces étangs;

« Car demeurant toujours, pour mon goût, à la ville,

« Ici, comme l'air frais, l'ombrage est inutile.

« Mes enfants pourraient bien y chasser quelquefois;

« Mais ils doivent n'aimer la fraîcheur ni les bois :

« Le gibier *ne tient pas,* quand il fait trop humide. »

Souvent avant leur mort ce tyran les décide,

Pour *faire de l'argent,* à contenter ses vœux...

Et plus d'ombre à jamais pour tous ces pauvres vieux :

Avec des yeux de tigre il voit leur fin prochaine,

Et trouve sa conduite extrêmement humaine.

Prodiguez des bienfaits à cet homme sans cœur :

Vous êtes trop heureux, cela vous fait honneur. [6]

Soyez dans la détresse, alors il vous oublie,

Ou, pour vous éloigner, sa voix vous calomnie :

Vous êtes, selon lui, digne d'un pareil sort,

Et ce serait heureux qu'on apprît votre mort.

Hélas! ce n'est pas tout... sa vieillesse accablante

Est pire que Satan, ou que l'enfer du Dante :

Dans ce vaste univers tout seul il croit vieillir,
Seul avoir des douleurs, seul tousser, seul gémir ;
Il n'a d'yeux que pour lui, de cœur qu'à son usage ;
Il tùrait ses deux fils, pour n'avoir que leur âge :
Par esprit de vengeance, il use leur vigueur,
En se faisant servir comme un vieil empereur :
A son ordre, ils ne font que monter et descendre ;
Aux heures des repas il ne veut rien entendre,
Et croit naïvement, s'aveuglant sur sa fin,
Qu'ils ne devront manger que lorsqu'il aura faim.
Pour tout ce qui l'entoure il est aussi traitable...
Ne vaudrait-il pas mieux cent fois servir le diable ?
Il vous ferait sécher, mourir à petits feux,
Avant que vous puissiez répondre à tous ses vœux.
Il voudrait tout pouvoir emporter de ce monde ;
Son argent et ses goûts, ses biens, la terre et l'onde...
On va lui succéder ! adieu son cher vouloir :
Il souffre, il reste seul... et meurt au désespoir.

Il est encore une autre espèce d'égoïsme,
Mais pour le remarquer il faut avoir un prisme ;
C'est de s'accaparer le bien qu'un autre a fait,
Comme si tout l'honneur vous en appartenait :

On y met de l'adresse, on dédaigne, on refuse
Ce qu'un autre propose... (examinez la ruse) :
Puis, quelque temps après, la proposition
Va devenir le fait de votre invention.
Est-ce un bien grand péché?.. non, c'est une faiblesse,
Un abus de pouvoir, pour peu qu'on s'y connaisse,
Qui frise l'égoïsme à le toucher du doigt,
Ou, du moins, ce n'est pas faire ce que l'on doit.
Ce travers, et, vraiment, bien d'autres facéties
Pourraient bien figurer dans LES SUPRÉMATIES. [7]

On a de l'égoïsme, avec un fol orgueil,
En critiquant à l'aise, et blâmant, d'un coup d'œil,
Ce que l'on aurait fait soi-même à votre place,
Dans telle circonstance où tout vous embarrasse.
En général on est brave... après le danger;
Ce défaut dont les grands devraient se corriger,
(Car c'est une injustice à nulle autre pareille,
Dont il faut se laver, comme je le conseille),
Atteint peu les petits... avis donc aux *seigneurs*
Qui souvent sont ingrats envers leurs serviteurs,
Et même leurs amis... Grands, équité complète,
Et ne *bougonnez* plus quand une affaire est faite :

C'est une suffisance, et sans cœur, et sans foi,
Qui fait de vous des nains, et sent par trop LE MOI.

L'égoïste est celui qui froid dans l'abondance,
Croit toujours qu'on peut vivre au-dessous de l'aisance;
Qui, gaspillant la vie à ne faire aucun bien,
Mange l'or des prêteurs encor mieux que le sien;
Qui, gorgé d'aliments, gourmande un pauvre diable
D'employer *cent ducats* pour son gîte et sa table;
Tandis qu'il gémira, se plaindra des destins,
Si l'on peut surpasser son luxe, ou ses festins.

L'égoïste est celui qui, friand de luxure, [8]
Ose parler de mœurs à... toute la nature;
Qui réprouve une vierge, et la met sans appui,
Si l'amour la réserve à tout autre que lui;
Qui va *lancer la pierre* à chaque faible femme,
Et toutes les perdrait, jusqu'à damner son âme.
Un jeune homme n'est plus *bon à jeter aux chiens,*
(A ses yeux), s'il s'oublie en de pareils liens;
S'il contracte une dette... et ce froid égoïste,
Prodigue et dépravé, jamais ne vous assiste.

Un tel homme ici bas veut avoir des pareils,
Car l'indigne toujours vous donne des conseils.
Misérable!.. Il en est pourtant de cette force!..
Et je crois qu'il faudrait brûler plus d'une amorce,
Pour les fusiller tous, comme je le voudrais...
Mais leur race, mon Dieu! ne se perdra jamais.
Puissé-je seulement un jour entendre dire
Que plus d'un s'est soustrait au fouet de ma satire;
Et qu'un peu dégoûté de ne songer qu'à lui,
L'homme est moins envieux du bien-être d'autrui!

LE CHEVALIER.

NOTES

Des Égoïstes.

— ·—

¹ Qu'on le prend pour un puits de générosité.

Le Chevalier paraît avoir observé, sa longue vie durant, ainsi que moi, dans un temps plus court, qu'en fait de morale, de bienfaisance, de philanthropie, etc., etc., personne n'est éloquent et persuasif comme L'ÉGOÏSTE : il est évident qu'il souhaite que vous soyez généreux, désintéressé, afin de pouvoir se passer de l'être. Ne vous semble–t–il pas entendre et voir un de ces cancres hypocrites, qui, importunés par les mendiants nécessiteux, courent après *les amis et connaissances,* pour leur dire : « Je n'ai pas de monnaie, en « avez-vous? donnez donc un sou à chacun de ces pauvres « diables; le ciel NOUS bénira. » Autant d'épargné pour l'égoïste.

² Son cœur dès le collége a dû se découvrir :
Des melons!.. il les cache à les faire pourrir,
Etc.

Des melons! j'aurais cherché longtemps ce que ce délicieux *cucurbitacée* avait affaire dans cette bagarre, si je n'avais trouvé dans les remarques du Chevalier ce fait historique :

« Au collége de Guienne (dit-il), en 1717, nous avions un camarade de classe si avare, si ingénieusement égoïste, qu'il aimait mieux laisser moisir, se putrifier les fruits, et *surtout* les melons, qu'il recevait de son père, le plus riche propriétaire de l'Aquitaine, que d'en partager un quartier, ou une côte avec nous... Oh! le vilain! »

En lisant ces lignes, je me suis rendu compte de la préférence qu'accorde ici l'auteur *aux melons,* sur tous les autres présents que le jeune égoïste pouvait recevoir de la sollicitude paternelle. Puis, *et surtout les melons* m'aurait mis au courant : il est clair que le Chevalier les aimait beaucoup... De là, peut-être, sa sainte colère contre tous les égoïstes.

[3] Je l'ai vu, devant moi, prendre un tiers de saumon, Etc.

Autre histoire d'un fait qui a eu lieu, *devant moi* aussi, à l'ancien hôtel du prince des Asturies, à Bordeaux. Feu M. l'Hospital, grand mangeur s'il en fût, alléché par un beau plat de saumon, qu'il voyait en face de nous, se le fait apporter par un des garçons, le plonge dans un saladier de crème, en offre à tout le monde, personne n'en veut, et il l'avale en entier. Etait-ce de l'égoïsme, ou un appétit trop désordonné? Je pense qu'il y avait de l'un et de l'autre... Mais, pour mieux vous en assurer, mes chers lecteurs, allez, si cela vous amuse, le lui demander dans l'autre monde : j'apprends officiellement que ce brave M. l'Hospital a été nommé vice-archange auprès de Candidalma, chez qui l'on ne se nourrit plus que d'éclairs, de grêle et de tonnerre de...

Notre spirituel libournais n'en est pas plus maigre, me dit encore ma correspondance officielle... Croyez cela, et buvez de l'eau, vous n'en serez ni plus ni moins bien nourri.

⁴ S'il osait, de l'olympe il serait LE SEIGNEUR.

Il faut bien que l'égoïste soit présomptueux et fier; sans cela ce maroufle oserait-il ne songer absolument qu'à lui... à moins qu'il n'ait besoin des autres? auquel dernier cas il devient philanthrope... mais rampant. Demandez plutôt aux coureurs de places et de successions, comme aux éligibles à la Chambre des députés... et vous m'en direz des nouvelles.

⁵ L'insolent!.. avouez qu'un tel énergumène
  Devrait être fessé deux... trois fois par semaine.

Je ne puis m'empêcher, en cet endroit, de faire une sérieuse et grave remarque : c'est qu'ainsi que les rois, les princes, et les grands de la terre, les gouvernements eux-mêmes sont affreusement égoïstes, et foulent, quelquefois, aux pieds tous les sentiments les plus sacrés de la nature, tous les nœuds innés qui lient les hommes entre eux, par politique, ou autrement. Je n'ai jamais pu me rendre compte sérieusement de la facilité monstrueuse avec laquelle, sous prétexte d'intérêts d'états, on avait si brutalement ravi à son père le fils de Napoléon; on refusait encore l'an dernier à la jeune Isabelle d'Espagne, de lui rendre sa mère. Tout cela est du plus diabolique mauvais exemple pour des nations qui devraient être gouvernées paternellement, en famille; et Dieu lui-même doit en murmurer. Si c'est là ce qu'on appelle, à

la Talleyrand, de la bonne politique (ce que je nie formelle-
ment), toute politique, et tous les Talleyrand de cette misérable planète, sont, à mes yeux du moins, *les choses* du monde
les plus anti-morales, les plus anti-chrétiennes, les plus anti-
religieuses... Ayez, après une révolution quelconque, un
gouvernement fort, sévère, mais paternel et juste, et vous
n'aurez pas peur *d'un pied de mouche,* au point de briser, de
fouler aux pieds tous les liens, tous les sentiments humains :
vous respecterez chez les rois et les reines, ce qui est sacré
pour vous dans votre maison. La restauration eût-elle moins
duré, si le duc de Reichstadt fût allé rejoindre son père à
Sainte-Hélène? Les affaires de la péninsule vont-elles plus
mal depuis que la reine Christine est rendue à sa fille, comme
je l'avais prévu et annoncé en octobre 1843, à *la risée* de quelques incrédules hommes d'état? En vérité, tout cela ne vaut
pas le mal et la peine que les rois, les princes, les ministres
et les gouvernements se donnent, pour se rendre monstrueu-
sement égoïstes, *au prétendu profit des peuples,* et comme
le commun des mortels... convenez-en.

A propos des gouvernements impolitiquement injustes,
inhumainement ingrats, écoutons un homme de génie, parlant du héros hors ligne dont il s'est agi tout à l'heure, du
géant proscrit de Sainte-Hélène :

> « Encor si ce banni n'eût rien aimé sur terre!..
> « Mais les cœurs de lion sont les vrais cœurs de père :
> « Il aimait son fils ce vainqueur!
> « Deux choses lui restaient dans sa cage inféconde,
> « Le portrait d'un enfant et la carte du monde;
> « Tout son génie et tout son cœur. »

LAMARTINE.

Maintenant, je reviens au terre-à-terre de mon auteur
centenaire : n'a-t-il pas raison de tonner, au siècle où nous
vivons, contre ces pauvres gens qui se croient assez *quelque
chose,* pour mettre, eux-mêmes, *leur moi* au-dessus de qui
que ce soit? Quel roi, quel seigneur peut oser dire, aujour-
d'hui, sans se ridiculiser et se faire rire au nez : « Vous devriez, ce me semble, Monsieur, vous occuper de moi? » Il
faut avoir perdu *la boule,* ou ne conserver dans l'esprit et le
cœur, absolument que le plus présomptueux égoïsme, la plus
extravagante vanité, pour se fourvoyer ainsi. Une mère
seule, dans de bonnes vues, pourrait, à la rigueur et par né-
cessité, tenir un pareil langage à sa fille, trop indifférente
peut-être... (une mère est toujours si ingénieuse dans sa
tendresse); mais un père rougirait presque de s'en servir...
s'il n'était point égoïste.

Le lecteur peut voir si je partage l'opinion plus rationnelle
qu'irascible du Chevalier... et je m'en fais honneur.

⁶ Prodiguez des bienfaits à cet homme sans cœur :
Vous êtes trop heureux, cela vous fait honneur.

Ces deux vers me font faire une triste réflexion : c'est que
des égoïstes haut placés, après avoir, dans leurs intérêts personnels, fait appel à des populations entières, pour obtenir
des suffrages, crient, comme des brûlés, à l'obsession, à l'importunité, dès qu'une portion de ces masses d'hommes demande sa revanche, les implore à son tour, comme ils ont
imploré tout le monde, au grand jour de la crise, jusqu'à
l'obsession, jusqu'à *l'importunité.* Je ne connais guère d'é-
goïsme plus inconséquent et moins logique; et cependant il
court les rues... ou plutôt les salons. Demandez à tel ou tel

député, à tel ou tel ministre... ils vous en diraient de bonnes
nouvelles, s'ils pouvaient être sincères.

⁷ Ou, du moins, ce n'est pas faire ce que l'on doit.

Le travers dont parle ici le Chevalier est bien un fils bâtard de l'égoïsme; car l'amour-propre l'a engendré dans le
sein d'une mère commune, Madame la suffisance; mais que
voulez-vous? Enseignez à un pâtissier, à mieux faire ses me-
ringues; à un agriculteur, à tirer un meilleur parti de sa terre;
à cet horloger, à mieux organiser ses pendules; à ce jardinier,
à mieux greffer ses fruits; à un orfèvre, à mieux épurer ses
métaux; à une marchande de saucisses, à faire de meilleurs
boudins; à tel député, à devenir *encore* plus loyal; à tel ministre, à *mieux encore* servir l'Etat; à ce cordonnier, à ne
plus vous mettre dans la prison de saint Crépin, etc., etc...
Tous voudront avoir trouvé le mieux sous leur bonnet...
ainsi va le monde, il faut bien en passer par là... J'y passe
comme les autres, moi qui vous parle, quand l'occasion s'en
présente, et presque tous les jours... sans me fâcher comme
le Chevalier de Saint-Vincent de Paule... A quoi cela sert-il?
je vous le demande : A RIEN, ou à fort peu de chose... n'est-
ce pas, lecteurs? — A RIEN. Je savais bien qu'il y aurait de
l'écho, et que vous seriez tous de mon avis.

⁸ L'égoïste est celui qui, friand de luxure,
    Ose parler de mœurs à... toute la nature;

Il n'est malheureusement que trop vrai, que les hommes
les plus dissolus affectent une sévérité plus qu'insensée à

l'article des mœurs : quel est leur secret, ou leur jeu? je
l'ignore; mais, à mon avis, il n'est rien au monde de plus
déplorablement dégoûtant, de plus impolitique pour eux. Si,
fatigué de leurs sarcasmes intempestifs, de leur austérité si
déplacée, on leur répondait : *Et vous, Messieurs?*.. Que di-
raient-ils? ils resteraient muets et confondus. Que feraient-
ils? ils rentreraient et se cacheraient sous terre... Je ne leur
suppose pas encore assez d'audace pour pouvoir faire autrement... Puis, je vais me coucher là dessus, ou là dessous.

CONTRE LE RESPECT HUMAIN, OU UN CLAIRVOYANT. [1]

Bluette.

Le soldat, quand il foule une terre ennemie,
Se pare avec orgueil du nom de sa patrie ;
Il suit avec amour son drapeau respecté ;
Des armes, de la voix, du geste il le salue :
Et, quand son mâle front se colore à sa vue,
    Est-ce de honte ou de fierté ?

S'il le voit s'avancer aux jeux de la bataille,
Tout sanglant, mutilé, percé par la mitraille...
Ah! ce n'est point alors qu'il quitte un tel lambeau.
A ce vaillant devoir quel noble élan l'entraîne?
L'amour d'une patrie, ou d'une gloire humaine,
    Quand au bout n'est pas le tombeau.

Et vous chrétiens, soldats aussi sur cette terre,
A qui Dieu confia, pour la plus sainte guerre,
Des armes dont un jour vous rendrez compte au ciel;
De quoi rougissez-vous, à la voix qui vous nomme
Du titre glorieux, du grand nom qui d'un homme
    Fait un frère de l'Eternel?

Il ne s'agit pourtant de mort, ni de martyre,
Mais d'un mot, d'un regard, d'un fugitif sourire,
Grands coups qui par vos cœurs doivent être affrontés!
Votre étendart à vous, donne, après la victoire,
Toute une éternité pour savourer la gloire,
    Et c'est lui que vous désertez!

Le sang l'inonde aussi, mais ce n'est pas le vôtre : ²
Le triomphe est pour vous, la mort fut pour un autre;
Et ce sang généreux vous pouvez le trahir !
Si vous ne savez point, mortels, tout ce qu'il coûte,
Le ciel le sait trop bien, lui qui voit chaque goutte
  Coûter à Dieu même un soupir !

Ah! si le front portait la souillure de l'âme,
Quelle horreur vous suivrait! à cette bouche infâme,
A ces traîtres serments qui voudrait se fier?
Eh! quoi! vous prétendez qu'un cœur humain vous aime,
Vous que, jusqu'à la mort, aima Dieu, l'amour même,
  Et qui pouvez le renier ! ³

Pour un anonyme,

CANDIDALMA.

NOTES

— ——

[1] Un clairvoyant... Je ferai peu de notes sur cette *Bluette*... tombée du ciel, par miracle. J'y trouve trop de mysticité pour mon goût, moi habitant de ce pauvre monde, si dédaigné ! Je laisse à Candidalma le charitable soin d'y répondre, comme il l'entendra, avec le secours de Dieu lui-même, qu'il peut voir, grâce au ciel, tous les jours de l'éternité. Ce petit ouvrage est de la même plume que *le Jeune Prêtre,* mais il me semble bien moins catholique, à moi chétif mortel. Le lecteur en jugera.

[2] Le sang l'inonde aussi, mais ce n'est pas le vôtre :

Comme si le sang de Jésus-Christ n'était pas celui des hommes ! Il s'agit bien ici de trahison ! Le ciel sait fort bien tout ce qu'il fait, comme ce qui arrive, ou doit arriver. Le père des hommes, en sacrifiant son propre fils, a dû *soupirer* d'avance, et ne plus soupirer à la suite de tant de merveilles, créées pour le bonheur et la gloire du genre humain.

[3] Eh ! quoi ! vous prétendez qu'un cœur humain vous aime,
Vous que, jusqu'à la mort, aima Dieu, l'amour même,
  Et qui pouvez le renier !

Qui a dit cela ? qui a pu penser cela ? Intolérance toute

pure, qui nuit plus à la religion qu'elle ne la sert. Dieu, *l'a-
mour même*, connaît le fort et le faible de toutes ses créatures, tout en les laissant à leur libre arbitre, pour distinguer
le bien du mal, et il n'exige rien au-dessus de leurs forces.
Il veut qu'elles aiment leurs semblables, *pour apprendre à
l'aimer*. Ce Dieu n'est point un Dieu jaloux, comme vous
paraissez le croire. Dans l'amour qu'on a pour son prochain,
mérité ou non mérité, il retrouve l'amour qui lui est dû...
Lisez donc bien, et relisez mieux les saintes Ecritures :
« Aimez vos ennemis, etc... Sans le respect humain, vous
n'aimerez ni Dieu, ni les hommes, soyez-en sûrs : *Vox po-
puli, vox Dei.* »

J'aurais bonne envie de renvoyer MM. les Ecclésiastiques
par trop intolérants, à une fameuse ode sur le fanatisme;
mais... Je vais toujours en extraire cette strophe... (ils liront
le reste, si ça les amuse) :

> « Ce fanatisme sacrilége
> « Est sorti du sein des autels :
> « Il les profane, il les assiége,
> « Il en écarte les mortels !
> « O religion bienfaisante !
> « Ce farouche ennemi se vante
> « D'être né dans ton chaste flanc...
> « Mère tendre, mère adorable !
> « Croira-t-on qu'un fils si coupable
> « Ait été formé de ton sang ? »

LES LIONS ET LES LIONNES.

Rubrique.

(1838.)

PREMIÈRE PARTIE.

Quelle est cette beauté plus belle que les belles,
A l'aspect fier et mâle, aux faiblesses femelles,
Exempte avant quinze ans de nos vieux préjugés,
Vivant sans protecteurs, comme sans protégés;

Espèce humaine à part, dont l'attribut complexe
Participe à la fois de l'un et l'autre sexe;
Enfant émancipé d'un père veuf trop tôt;
Vierge pendant treize ans, mais *femme comme il faut?*
Mieux que l'Académie elle parle et raisonne...
On appelle cela, je pense, *une Lionne.*

Quel est encore, hélas! sous un type opposé,
Ce bel oiseau parleur, à rêver disposé,
Qui recherche la nuit plus que la solitude,
De tout poétiser qui s'est fait une étude;
Dont la voix est suave et vibrante à la fois;
Dont le silence est presque aussi doux que la voix;
Dont le corps ondulé, de souplesse en souplesse,
S'agite et semble dire : Il faut qu'on me caresse,
Et dont la bouche humide, et les yeux entr'ouverts
Charment également les bons et les pervers?..
C'est encore une femme, et *Lionne* on l'appelle;
Mais elle est, m'a-t-on dit, d'une espèce nouvelle.
Avec moins de réserve, un de mes orateurs
Vous la peindra plus tard de ses vives couleurs;
Je lui laisse le soin d'en faire la peinture;
Je ne fais qu'esquisser cette ardente nature.

Quel est ce favori, non de Mars, mais des cœurs,

Insolent comme un page, ennemi des douceurs,

Qui vous parle d'amour comme un autre d'affaire,

Se croyant à vingt ans au-dessus de son père,

Discutant fièrement ce qu'il ne comprend pas,

Et riant comme un sot, pour sortir d'embarras?

Quel est, dis-je, ce fat qui jure auprès des femmes,

Mieux qu'un mahométan près des chrétiennes âmes;

Qui, sans se découvrir, ni leur dire bonjour,

Sort, et siffle à chacune : Au revoir, mon amour?

Quel nom faut-il donner à ce dandi précoce,

Dont le poids ne vaut pas, peut-être, un coup de brosse?

C'est *un homme à la mode,* espèce d'étalon,

Que *les femmes de mœurs* appellent *un Lion.*

De ces fiers animaux la famille est nombreuse...

Gare de leur santé plus ou moins scrofuleuse!

Quel est encore, hélas! ce glorieux corbeau,

Poétiquement maigre, idéalement beau,

Pâle dans sa tanière, et prêt à rendre l'âme,

Rose, ou coupe-rosé dans les mains d'une femme,

Qui ne soupire plus, mais qui fait soupirer;

Lis blanc près de périr, que l'on vient respirer;

Victime chaque soir d'une trop douce haleine,
Et dont le médecin hâte la fin prochaine?..
C'est bien encore un homme, et le type en est bon,
Car on nomme à Paris ce squelette *un Lion.* ²

Je vais donc affubler *les Lions, les Lionnes,*
D'habits faits à leur taille; et barons et baronnes,
Bourgeoises et vilains seront contents de moi...
Bon lecteur, je l'espère, ou tu verras pourquoi.
Si j'étais à Paris, je te dirais peut-être :
Regarde autour de toi, tu vas en voir paraître...
Un Lion se décèle à son premier abord :
Impoli quand il entre, impoli quand il sort,
Vous le bien définir est chose malaisée,
Et d'avance cela me donne une nausée...
C'est l'homme désœuvré, c'est l'être anti-galant,
Devenu fat, railleur, égoïste, insolent,
Pris par le mauvais ton, les mauvaises manières;
Qui de propos hardis, d'allures cavalières,
Caressant les hochets de sa lubricité,
Remplaça le bon sens et la simplicité,
Par l'excès du délire, ou par l'extravagance,
Et jusqu'au ridicule érigea l'arrogance.

Le fils du plus huppé chercha dans l'animal
Du premier des humains le type original...
N'est-il pas en effet, vraiment, un personnage?
Des belles sa valeur reçoit presque l'hommage;
L'homme aimable, ou d'esprit, lui cède en tout le pas;
Il peut être sans mœurs... mais il a tant d'appas!..
On le nomma *Lion*. De là vient cette race,
Qui ne se trouve bien qu'à la première place.
Pour juger à quel point elle en est digne... allez :
Vous la lui donnerez après, si vous voulez.

Le Lion est un fat d'une élégance extrême, ³
Souvent beau, parfois laid, triste ou gai, par système :
Il ne porte d'habits que du premier tailleur;
De tout autre costume il est le persifleur.
Sa chaussure est vernie; il soigne sa crinière,
Sa barbe et ses cheveux, comme sa cuisinière.
Il boit, fume, est blasé... du moins à ce qu'il dit :
Il ne croit pas au cœur... comme il est sans esprit,
Aisément vous croirez que ce n'est qu'une brute.
Toujours persécuteur, c'est lui qu'on persécute,
A l'entendre. Blafard, souffreteux, déhanché,
Vieux avant de vieillir, jour et nuit débauché,

Hélas! il ne croit plus à la vertu des femmes;

C'est pour passer le temps qu'il courtise ces dames...

Il est, du reste, autant ennuyé qu'ennuyeux.

De droit, il est myope, avec d'excellents yeux :

C'est la mode... On le dit inutile à lui-même;

Mais commettre une vierge est son bonheur suprême...

Eh! le pauvre animal! cela le divertit;

Il en mange, il en dort de meilleur appétit.

Un pied dans le boudoir, l'autre dans l'écurie;

C'est là que *le Lion* montre moins d'incurie.

La nuit il joue, ou soupe; il est *au bois* le jour,

Le soir à l'opéra : cet amant sans amour,

De sa loge lorgnant duchesses et marquises,

N'en sortira qu'après les avoir compromises.

Il donne, il sait la mode, et si votre chapeau

Sort de chez Caroline, ou vient de chez Herbau.

Comme un palefrenier il manie une étrille;

C'est à faire les crins que son adresse brille...

Du tabac, du crottin, de l'eau de Portugal

Sentez-vous les odeurs? C'est bien mon animal.

L'esprit d'*un Lion* gît dans son nœud de cravate,

Dans le double gant jaune où ce roi met sa patte,

Dans son linge plus fin... sa façon de marcher,

De flâner, de s'asseoir, de tousser, de cracher;

De se tenir debout, ou d'être sans rien faire...

(D'un monarque admiré talent plus qu'ordinaire);

De monter à cheval, guider un tilbury,

Ou d'apprendre à bâiller à son chien favori.

Que voulez-vous? l'esprit court aujourd'hui les rues;

Un *Lionceau* serait la plus bête des grues,

S'il daignait en avoir comme chacun en a :

Il vaut mieux n'en avoir pas du tout... et c'est ça.

Un Lion dans le monde affiche l'importance,

L'ennui, la lassitude; il chante, il se balance

Sur le dos de sa chaise; il frise ses cheveux :

Souvent il se renverse en un sofa soyeux,

Du pouce et de l'index caresse sa moustache,

Avec prétention; agite sa cravache

D'un air capable. Il est tres-sûr qu'il ne sait rien;

Mais pour parler de tout, trancher sur tout, c'est bien

Une raison de plus; c'est un motif plausible :

On n'a jamais grand tort lorsqu'on n'est que risible.

Avec les cavaliers, il a le verbe haut;

Il parle dans l'oreille *aux dames comme il faut :*

Dans l'art de minauder en expert il excelle...

Mais le plus froid dédain a trahi sa prunelle :

A travers le respect, ou l'affectation,

Perce un air d'ironie, et c'est *un Chat-Lion.*

Il laisse aller sa langue; en aveugle il babille;

Au lieu du gros bon sens, la fatuité pétille :

Chez ce peuple *de sots, de niais,* c'est tout un,

A quoi bon, s'il vous plaît, d'avoir le sens commun? 4

N'est-ce pas là le siècle? à qui donc est le monde?

Voyez, examinez sur la machine ronde :

Les femmes... (je suis bien fâché de l'avouer,

Moi qui promis d'abord de toujours les louer!)

Les femmes ne se font, au jour le jour, tigresses,

Que pour flatter, prôner, priser les gentillesses,

Les charmantes façons de ces rois des banquets,

Dont je ne voudrais pas pour mes humbles laquais :

Il leur faut un *Midas...* ou bien toute autre bête;

L'homme ne suffit plus pour le doux tête-à-tête...

Les sots règnent... c'est vrai, c'est sûr, c'est positif :

Au royaume du ciel, salut intempestif,

Ces gaillards ont uni le sceptre de la terre;

Incapables d'aimer, ils sont aptes à plaire :

Le beau sexe, l'argent, les plaisirs, tous les dons

Pleuvent en privilége aux plus hardis *Lions...*

Et j'ose vous citer l'âne d'or d'Apulée :

Vous savez qu'une dame, occulte ou non voilée,

Fut pendant qu'il fut âne éprise d'un intrus...
Mais dès qu'il devint homme elle n'en voulut plus... [5]

. . . .

. . . .

La Lionne aujourd'hui, Dieu bénisse mon âme,
Me paraît ressembler à cette pauvre dame.
Tout ce qui brille, hélas! sans doute n'est pas or...
Cependant... cependant... mais encor... mais encor...
La sottise dorée, *en pompeux équipage,*
Ne manquera jamais d'obtenir l'avantage :
Son encens, plus goûté que les parfums du ciel,
Ne manquera jamais de culte ni d'autel.

Après ce long tableau, qui n'offense personne,
Vous me demanderez : Qu'est donc *une Lionne?*
Je ne veux point en faire un portrait spécial...
Poursuivez, vous verrez ce femelle animal.
De tels couples, mon Dieu, le grand monde fourmille,
Et je vais essayer de les peindre en famille.
Dans la ville aux pompons ils ne sont plus nouveaux;
Au théâtre, et partout, *ces belles* et *ces beaux*
Offusquent tous les yeux, et toutes les oreilles :
Vos *Lionnes,* Justin, n'ont guère leurs pareilles

Au fond de la province, et Bordeaux, que je crois,
Malgré la mode, hélas! en compte à peine *trois.*
De même vos *Lions,* à moustache et crinière,
Sont fort mal imités, par devant, par derrière...
Je rougis quelquefois de quatre ou cinq gascons,
Qui chez vous tous les ans vont prendre des leçons,
Et reviennent... bon Dieu!.. (*voilà ce qui m'enrhume*),
Et reviennent à nous plus sots que de coutume...
C'est beaucoup dire!.. mais le fait est trop certain :
Ces rois de nos forêts valent-ils un mâtin?
Je méprise un peu moins nos deux ou trois déesses :
Ce ne sont, à coup sûr, marquises, ni duchesses;
Mais j'admire au parquet leurs roturiers appas :
Voyez-les se croiser les jambes et les bras,
Debout, en vous parlant... c'est un vrai tour de force;
Toute autre faillirait, ou prendrait une entorse :
La Lionne résiste; elle a trop de jarret,
Pour ne pas *enfoncer* trois hommes sur ce fait.
J'en sais une, entre nous, et c'est la plus jolie,
Digne du grand faubourg, quand elle est en folie...
Elle me servira de type dans ces vers.
« Pan, pan, pan, pan!.. » Que vois-je? un, deux... que trois cou
« Garçon!.. voulez-vous bien mettre le quatrième?
« Car je dine avec vous, Messieurs, à l'instant même. »

C'est ma jeune *Lionne*, heurtant sur les châssis,
Vitrés ou non vitrés, du café de Paris.
« Par un mari jaloux, traquée et poursuivie,
« (Dit-elle à haute voix), il m'est venu l'envie
« De surprendre *mes gens,* et de laisser chez lui
« *Paître* mon ostrogot... c'est ma fête aujourd'hui. »
Et le marché des fleurs, dévalisé pour elle,
Vint couronner la table où s'asseyait la belle...
Il est là ; c'est jeudi : tout était bien prévu ;
Rien ne manque à la fête... en dînant j'ai tout vu. [6]

Le repas fut galant, confortable, et sans gêne :
Le champagne y moussa... je le vis avec peine.
Ce quadrille à minuit s'évapora, dit-on,
Et je ne sais plus qui fut choisi pour Lion.
Mais vous devez penser que le jour de sa fête,
Madame, sans époux, ne fut pas assez bête
Pour choisir un mioche... Elle en prit toujours un,
Si ce n'est davantage... un seul vaut mieux qu'aucun.
Le lendemain circule une grande nouvelle :
Le plus sot des maris s'est brûlé la cervelle ;
Et sa veuve sublime (en effet, c'est bien beau !)
Dix-huit heures après le suivait au tombeau...

Mais elle s'arrêta sur le bord de la fosse;

Et revint noblement à son *Lion* précoce.

Là, sur le suicide elle ne tarit plus :

Elle n'a point recours à des pleurs superflus;

Mais elle dit vraiment des choses étonnantes!..

Son mari lui laissait dix mille écus de rentes.

Pensez-vous qu'à Paris on ait plus de valeur?

Vos *Lionnes* peut-être ont-elles moins de cœur...

J'en sais une pourtant qu'un Lionceau dévore

Au café Tortoni, qui la surpasse encore :

Ecoutez son histoire; un journal du matin

Me la fait parvenir du beau quartier d'Antin.

Vous diriez, à la voir, une muse du Pinde;

Elle est belle et coquette... on l'appelle Clorinde,

(Pour ne pas lui donner son véritable nom,

Qui, d'après mon journal, du reste, rime en on...)

Elle est Belge, au surplus, de masque, ou d'origine;

Femme forte, après tout, bien qu'un peu libertine.

Elle ne tenait point à sa virginité;

Clorinde s'en défit, et la mit de côté,

Bien avant que de prendre un époux... homme rare!

Qui ne doute de rien, comme il vous le déclare :

A l'entendre, vraiment, sa femme est un trésor, ·

En dépense beaucoup, mais vaut son pesant d'or...

Bah! laissons cet époux, dont nous n'avons que faire;

Parlons de sa moitié, qu'il ne partage guère...

C'est un être admirable, et friand, s'il en fut;

Un vrai morceau de prince à tenter Belzébuth :

Nonchalante et despote, autant qu'une créole,

Armide moins bien qu'elle aurait joué son rôle.

Elle est née insensible, et sait se faire aimer;

Nulle ne connut mieux le secret de charmer.

Je l'ai vue une fois... et je la vois encore,

Froide comme un mont blanc, fraîche comme l'aurore,

Sur une chaise longue étalant ses attraits,

Haletants et taquins, comme on n'en vit jamais :

Trois hommes à la fois étaient occupés d'elle;

Et jurant à chacun de lui rester fidèle,

Ma Lionne avançait de rival en rival...

L'un, près de ses genoux, jouait avec son schal,

Et sentait la chaleur sous le tissu de l'Inde;

Bouche à bouche, un second parlait bas à Clorinde,

En glissant un anneau dans le doigt le plus fin!..

Tandis que le dernier lui baisait l'autre main.

Une minute après, bras nus, main potelée,

En pose pittoresque, et tout échevelée,

Elle offrait galamment (c'est son goût, son humeur),
D'un côté le moka, de l'autre la liqueur.
Tout cela se passait, sans que je pusse dire
Si l'on ne devait pas se borner à sourire...
Ma foi, mon stoïcisme en fut abasourdi;
Comme tous, je crus voir la lune en plein midi :
C'était si singulier; elle avait tant de grâce!..
Les femmes seulement lui trouvaient de l'audace...
C'est jouer, je l'avoue, et des pieds et des mains;
Mais c'est aussi penser au bonheur des humains.
De ce groupe royal je touchais *la causeuse;*
D'enchaîner trois *Lions* Clorinde était heureuse.
Elle est dans un salon comme dans son boudoir;
Ne s'imaginant pas que vous puissiez la voir :
Elle arrive sans voile, en public toujours prête
Aux doux événements même du tête-à-tête.
Tous les regards en vain sur elle sont fixés...
De ses souples attraits que de beaux yeux vexés!
Qu'importent les lazzis, quand son triomphe éclate?
D'ailleurs les préjugés sont foulés sous sa patte...
Le cœur *d'une Lionne* y serait-il soumis?
— Clorinde est sans amants, et n'a que des amis :
Ses mœurs sont tellement au-dessus du vulgaire,
Qu'en noble courtisane elle ne peut malfaire...

Que craindre avec un duc, un vicomte, un marquis!
Le scandale? en est-il qu'on ne brave à Paris?

Mais tout cela n'est pas ce qui caractérise
La Lionne pur sang : il faut que je le dise;
On ne me croira point; c'est là mon désespoir;
Mais alors je dirai : Lecteurs, allez-y voir.

Voici donc ce qui peut distinguer *la Lionne* :
Elle doit être athée, et ne craindre personne,
Car une fois qu'on s'est débarrassé de Dieu,
On se moque du reste, il n'est plus de milieu.
Elle prend en pitié toute femme dévote,
La traite avec dédain, comme une pauvre sotte.
Ma Clorinde n'est pas de cette force-là;
Mais j'en sais une encor... *sacrebleu!* la voilà :
Elle va visiter le salon des antiques;
Son beau corps disparaît déjà sous les portiques;
Elle est entrée... Eh bien! c'est un démon charnel,
Buvant, jurant, fumant, se battant en duel,
Et donnant un soufflet peut-être mieux qu'un homme...
George-Sand la connaît, et lui donne la pomme :
C'est donc, sans contredit, *la Lionne pur sang.*
Les Lions peuvent tous se fier à son flanc,

Pour avoir de l'espèce; en tout elle en est digne.
Savez-vous sa fureur de la feuille de vigne?
Non? Je vais la conter... ménageons la pudeur :
Cette femme est artiste... et voit... avec horreur,
La nature voilée... alors... (comment m'y prendre
Pour bien vous expliquer...) vous devez me comprendre :
Cette feuille à ses yeux était... un contre-sens;
Ma Lionne en courroux l'arrache avec les dents...
Et, depuis ce larcin, le salon des antiques
N'a plus pour les regards de secrètes reliques.

De connaître son nom que je vois d'envieux !
— Vous nous le direz bien? — Non, mes chers curieux;
Mais je puis, pour le moins, éclairer votre envie,
Vous guider, d'où je suis, sur cette fantaisie.
Voyez-vous cet hôtel aux somptueux plafonds?
— Fort bien. — Vous le voyez : là dînent trois Lions :
Faites-vous-y servir, dans la pièce voisine;
Et vous saurez quelle est ma vorace héroïne.

Qui pouvaient être alors *ces Lions* affamés?
Sur-le-champ mes lecteurs vont en être informés :
Le premier surpassant les autres de la tête,
Diplomate-mouchard, mis jeune à la retraite,

Est un fat merveilleux, beau comme un Apollon.
A l'hôtel de la banque on vous dira son nom...
C'est un joueur fameux de wisk et de bouillote,
Qui, contre les revers, noblement escamote...
Madame D*** le connaît mieux que moi,
Et l'accueille fort bien... je ne sais trop pourquoi :
Madame D*** n'est pas *une Lionne*;
Elle a cent ans... qui peut répondre de personne? [8]

Le second, moins brillant, n'en est guère moins beau;
Clorinde, assure-t-on, lui prépare un tombeau :
Elle l'a convié de la voir dans sa terre;
Et c'est là qu'elle veut que *ce Lion* s'enterre,
Sitôt après la noce. Il est pâle et blafard;
Son regard dévorant s'appelle un long regard;
Sa lèvre maladive, en un mot sa phthisie,
Si j'ai bien entendu, c'est *de la poésie,*
Digne d'un mausolée. Il est joli garçon,
Parle assez... mais n'a pas la force *d'un Lion.*

Le troisième et dernier se nomme Carthagène;
Sa figure douteuse est un vrai phénomène :
Il est brun d'un côté, de l'autre c'est un blond;
En face il est très-laid : vilain nez, vilain front...

Ses deux profils sont beaux. De là vient que pour plaire,
C'est toujours de côté qu'il parle à sa bergère :
De sorte que souvent celle qu'il peut charmer,
De deux adorateurs croit s'être fait aimer.
A gauche *mercredi* son âme s'abandonne ;
Mais à droite *jeudi* c'est une autre personne.
Elle dit qu'il est blond, elle dit qu'il est brun ;
Le moyen d'assurer qu'elle n'en aime qu'un ?
Du reste, *ce Lion,* de structure nouvelle,
A de l'esprit pour deux, mais de l'esprit femelle :
De modes, de chiffons il pare ses discours ;
Il file, fait des bas, brode pour ses amours,
En expert consommé ; sait faire la cuisine
Dix fois mieux qu'Adanson. Là dessus il badine,
Orne tout ce qu'il dit de petits riens charmants ;
Gesticule... et ses doigts, chargés de diamants,
Jettent sur sa figure une telle lumière,
Que l'on ne trouve en lui rien d'extraordinaire.
Le jour c'est une femme, et la nuit un démon...
Ma *Lionne* à la feuille en a fait son *Lion.* [9]

Maintenant écoutons ce qu'à l'hôtel Meurice,
Ce trio mugissant, qu'il cause, ou qu'il mugisse,

Fit entendre au lecteur curieux et malin,
Que j'envoyai dîner au cabinet voisin.

DEUXIÈME PARTIE.

DIALOGUE.

LE LAQUAIS.

Quels vins pour ces Messieurs?

CARTHAGÈNE.

Du Rhin.

ARTHUR.

Bordeaux.

ERNEST.

Bourgogne.

LE LAQUAIS.

Quel potage?

ERNEST ET ARTHUR, *ensemble.*

Tortue.

CARTHAGÈNE.

Et soupe à la cigogne.

LE LAQUAIS, *surpris.*

Monsieur...

CARTHAGÈNE.

Oui... par hasard, n'en préparez-vous pas?

LE LAQUAIS, *de même.*

Monsieur!..

CARTHAGÈNE.

Je viens de voir une cigogne en bas;

Qu'on la tue.   (On rit dans le cabinet voisin.)

LE LAQUAIS, *piteusement.*

Ah! Monsieur!..

CARTHAGÈNE, *au laquais.*

Vous tenez à *l'oiselle?*

Eh bien! je n'y tiens plus : *potage au vermicelle.*

(Après une pause obligée.)

ARTHUR.

Ce potage est hideux.

ERNEST, *au laquais.*

Laquais, faites-nous voir

La carte.

LE LAQUAIS, *d'une voix glapissante.*

Voilà!

CARTHAGÈNE.

Tiens! mais c'est mon désespoir

Qu'une carte!.. Je vais être son interprète;
Ou vous faire servir mieux encore à ma tête :
N'y consentez-vous pas?

ARTHUR ET ERNEST, *ensemble.*

Nous t'en prions, morbleu!

CARTHAGÈNE.

(Au laquais.)

Laissez-moi faire alors : *carpe du Rhin au bleu.*

LE LAQUAIS, *en fausset.*

Voilà.

ERNEST.

Mais, à propos de carpe... une nouvelle, [10]
Qui va vous étonner : La blonde Gabrielle,
Avec tout ce qu'elle a, sans oublier ses yeux,
Se marie.

CARTHAGÈNE.

Et son duc fait le saut périlleux;
Il l'épouse.

ARTHUR, *étonné, à Carthagène.*

Comment!..

ERNEST.

Vrai.

CARTHAGÈNE, *au laquais.*

> *Sauté dans sa glace.*

LE LAQUAIS.

Voilà.

ERNEST, *continuant.*

Mardi, le duc postulait une place...

CARTHAGÈNE.

Il n'a pu l'obtenir qu'en signant le contrat.

ARTHUR, *avec un soupir.*

Et Gabrielle a fait divorce... au célibat!..
Qui l'aurait cru?

CARTHAGÈNE, *à Arthur.*

> Mon cher, cela te contrarie;

Mais Gabrielle *épouse* est toujours une amie :
Tu peux compter sur elle, Arthur... *Tête de veau
Au naturel.*

LE LAQUAIS, *souriant.*

Voilà.

ARTHUR.

> Ma foi, je l'abandonne,

Bien qu'elle vaille encor la peine qu'on se donne.

CARTHAGÈNE.

Soit... mais si Gabrielle a toujours des appas;
Dans mille autres terriers tu n'en trouveras pas :

Les femmes, mon ami, s'éclipsent en fumée,

Et rien ne les flétrit comme leur renommée.

On a beau me vanter *la poétique ardeur...*

L'amour en poésie est pour moi sans valeur.

Ce cadavre ambulant qui dans sa robe blanche,

Se glisse comme une ombre, et me prend pour la branche

Qui lui sert de repos, et là s'efforce un peu

De se rendre la vie, ou d'animer son feu,

Pour s'enflammer du mien, ou charmer son délire...

Me fait peur... et pour lui jamais je ne soupire.

Le sexe étiolé ne me va pas au cœur,

Quelle que soit, hélas! sa divine pâleur.

Certes, je ne veux point qu'ainsi que *j'en sais une,*

Ma divinité soit ronde comme la lune;

Mais si par sa maigreur je suis égratigné,

Fût-elle *un ciel d'azur,* je m'enfuis indigné,

De ce que vous appelez *sa rêveuse phthisie,*

Et *je la campe là,* Messieurs, sans poésie,

Pour ne plus revenir.

ERNEST.

Exagération!

CARTHAGÈNE.

Pour les maigres, mon cher, je suis sans passion :

Leur métier *de Lionne* en a fait des squelettes...

Leurs beaux bras, des fuseaux; leurs jambes, des baguette

Leurs yeux, des éteignoirs; leur peau, du satin blanc,

Mais sans nulle couleur... Puis, toujours sur le flanc...

Des souvenirs dorés voilà tout ce qui reste.

ERNEST.

Ainsi je les adore.

CARTHAGÈNE.

Ainsi je les déteste.

ERNEST.

Chacun son goût. Arthur n'est pas de ton avis :

Ses sens, rien qu'à t'entendre, en paraissent ravis.

ARTHUR, *naïvement.*

Je sais qu'il est une autre espèce de *Lionnes,* "

Qui, malgré leur pâleur, sont de fières luronnes...

Vous en pouvez voir une au centre de Paris,

Qui sur toutes ses sœurs a remporté le prix :

Elle est sur des coussins mollement étendue,

Rarement habillée, et souvent presque nue...

On entre : son Lion l'approche de très-près;

Malgré le petit jour, il a vu tant d'attraits...

Il mugit, en palpant ce sublime désordre :

Il doit tout se permettre... il peut même la mordre;

Car elle est d'une humeur à lui tout refuser,

Si, pour préliminaire, il n'ose tout oser ;

Si fatigué des soins que l'amour lui commande,

Pour les lui prodiguer il attend qu'on demande..

Elle semble épuisée, à son aspect blafard ;

Mais elle vous pilote un homme avec tant d'art,

Que tout son corps s'anime au savant pilotage ;

Le sang circule en elle, enflamme son visage :

Elle est belle à croquer dans ce désordre affreux...

Finissons : le tableau même en est dangereux. ¹²

L'heure du sommeil vient : chacun en prend sa dose ;

Comme *un rat la Lionne* à son tour se repose :

Celle-ci, pour dormir, veut toujours que la main...

La patte *du Lion* s'agite sur son sein :

Ce mouvement nerveux pour elle est somnifère...

C'est un tic de famille : on prétend que sa mère,

Avec l'aide, en dormant, de l'enfer, ou du ciel,

Trouva le mouvement quasi perpétuel...

Telle est cette nouvelle espèce *de Lionne,*

Qui le plus savamment se conduit en luronne...

Ses pareilles, dit-on, sont rares à Paris :

Moi, je ne connais qu'elle, et lui donne le prix.

Sans vous bien désigner le boudoir de la belle,

Vous la reconnaîtrez, si vous entrez chez elle :

Son visage est céleste, et ses grands yeux battus
Prouvent l'emploi fréquent de ses hautes vertus.

ERNEST.

Pour le coup, bon Arthur, tu viens de l'autre monde...
De ces Lionnes-ci la capitale abonde :
Après avoir franchi le premier échelon,
Toutes, près de leur feu, s'enflamment sur ce ton.

CARTHAGÈNE.

Je suis prêt à le croire : ainsi trente pour une,
Avec art, ont du miel renouvelé la lune.

ARTHUR.

Ça se peut bien.

ERNEST.

Farceur! tu le nirais en vain.

ARTHUR.

Je cède.

CARTHAGÈNE.

Archi-connu... Garçon, *truffes au vin.*

LE LAQUAIS.

Voilà!

CARTHAGÈNE, *à Arthur.*

Prends-en pour deux, pour plaire à *ta Lionne*...
Mais à propos, Ernest; que devient la baronne?

ERNEST.

C'est un ange, mon cher.

ARTHUR.

Tu le dis; je le crois.

ERNEST.

Elle est veuve, sans l'être, au moins depuis cinq mois :
Son époux, par ses soins, loti d'une ambassade... [13]

CARTHAGÈNE, *interrompant toujours.*

La laisse à ses vertus... c'est un bon camarade.

ARTHUR.

Parfait!

ERNEST.

Ce n'est pas tout : Camille a de l'orgueil;
Elle veut embellir son hôtel *de Nanteuil,*
Et se fait composer des titres de noblesse.

ARTHUR.

Mais avec quel argent?

ERNEST.

Vois sa délicatesse :
Pour ne pas augmenter l'embarras d'un mari,
Qui, presqu'autant que nous, de sa femme est chéri,
Elle veut de sa voix, dont on est idolâtre,
En gagnant beaucoup d'or, enrichir le théâtre,

Elle va débuter, gagner des millions...

Nous irons tous l'entendre, et nous la claquerons :

Son succès sera fou : sa fortune est certaine ;

Désormais les ducats pleuvront dans son domaine...

C'est avec cet argent...

CARTHAGÈNE.

J'admire ce trait-là :

Elle est saint-simonienne... (*un bon rosbif*).

LE LAQUAIS.

Voilà !

CARTHAGÈNE, *continuant.*

Et comme femme forte elle agit...

ERNEST.

Et prospère.

CARTHAGÈNE, *avec gravité.*

Mais, j'aurais préféré qu'elle fût *cuisinière.* [14]

(On rit encore dans le cabinet voisin.)

ARTHUR.

Tu veux rire ?

ERNEST.

Il s'amuse.

CARTHAGÈNE.

Eh ! non ; mille fois non !

Car elle n'était pas sans disposition,

Lorsque je la revis au retour d'Allemagne :
Chez elle les rognons, faits au vin de Champagne,
Sont de son cru... tu sais qu'on les trouve excellents...
Elle aurait fait rage...

ARTHUR ET ERNEST, *ensemble, indignés.*

Oh!!.

CARTHAGÈNE, *au laquais.*

Garçon, *des ortolans.*

LE LAQUAIS.

Voilà.

CARTHAGÈNE, *continuant.*

Fait sa fortune.

ARTHUR.

Allons donc, Carthagène!
Tu te moques de nous.

CARTHAGÈNE, *malignement.*

Si j'en prenais la peine,
Je te demanderais des nouvelles du jour,
Où la grosse marquise eut ton premier amour.

ERNEST, *souriant.*

Mauvais plaisant! Eh! quoi! tu raillais tout à l'heure
Les femmes maigres.

CARTHAGÈNE, *de même.*

Bon! ce n'était là qu'un leurre...

Laisse-le donc répondre; il me dira pourquoi,

Avec son goût étique, il chérit, plus que moi,

La marquise.

ARTHUR, *un peu piqué.*

Veux-tu m'adresser une injure,

Par cette question?

CARTHAGÈNE, *pouffant.*

La drôle de figure,

Qu'à ce nom tu nous fais, très-cher! n'en parlons plus...

Mais je veux faire, au moins, ma chanson là dessus.

ARTHUR.

Tu me piques au vif : la marquise, engraissée,

N'en demeure pas moins fort *chère* à ma pensée. [15]

CARTHAGÈNE.

Avec un calembour?

ARTHUR.

Sans calembour du tout;

Malin!.. cette beauté m'était d'autant plus chère,

Que tu ne sus jamais parvenir à lui plaire :

Et, pour rire avec vous, au lieu de me fâcher,

Sous ses couleurs encore on te verrait marcher,

Mons Carthagène, si *ta Lionne* en délire,

Ne t'avait imposé son despotique empire...

Mais, pieds et poings liés, tu rouilles dans ses fers.

CARTHAGÈNE, *peu déconcerté.*

Ah!.. je suis le second, Messieurs, de l'univers.

ERNEST, *avec finesse.*

Peut-être...

CARTHAGÈNE, *faisant l'étonné.*

Bah!.. *champagne...* ou plutôt *du madère.*

LE LAQUAIS.

Voilà.

ARTHUR.

Nous admirons sa beauté noble et fière,

Autant que toi.

CARTHAGÈNE.

Vraiment?

ERNEST.

Mais elle est despotique.

CARTHAGÈNE.

Avec elle, mon cher, je vis en république.

ARTHUR, *riant.*

C'est ça.

CARTHAGÈNE, *dans l'embarras.*

Qu'est-ce?..

ERNEST.

Il conclut que du gouvernement
Tu n'es pas, à coup sûr, le premier président. [16]

CARTHAGÈNE, *déconcerté, au laquais.*

Un beau dessert!

LE LAQUAIS, *entrant chargé de plats.*

Voilà!

ARTHUR.

C'est elle qui gouverne.

CARTHAGÈNE.

Du rhum!

LE LAQUAIS.

Voilà.

CARTHAGÈNE, *balbutiant.*

(Bas, à part.)

Je suis aussi libre... on me berne.

ERNEST.

Ta Lionne te mène.

ARTHUR.

Elle peut tout oser.

ERNEST.

Elle n'a de l'esprit que pour te l'imposer.

CARTHAGÈNE.

Elle a tort, et grand tort... car voyez ma structure :
Pour elle j'en vaux deux, avec cette figure...
Un albinos!

ARTHUR ET ERNEST, *ensemble, riant.*

C'est vrai.

ERNEST.

Cela n'empêche pas
Qu'elle ait fort peu d'égards pour tes doubles appas.

CARTHAGÈNE, *pour varier l'entretien.*

Mais elle fait très-bien, Messieurs, une omelette.
(A part.)   (On rit de nouveau dans le cabinet voisin.)
En mérites secrets, ensuite, elle est complète :
(Haut.)   (Bas.)
Elle s'habille en reine... et je l'adore en fou...
(Haut.)   (Bas.)
J'ai pour elle une estime... et je sais très-bien où...
(Haut.)   (Bas.)
Ses propos sont divins... dignes de Messaline...
(Haut.)   (Bas.)
Enfin c'est un grand homme... et j'aime sa cuisine.

ARTHUR.

Qui te dit, mon ami, qu'on ne l'estime pas?

CARTHAGÈNE, *à part.*

Crebleu!.. connaîtraient-ils combien elle a d'appas?

ERNEST.

Je sais ce qu'elle vaut.

CARTHAGÈNE, *toujours à part.*

Que le diable t'emporte!

ARTHUR.

Je la goûte à mon tour, et la prise de sorte...

CARTHAGÈNE, *désappointé.*

Vous êtes donc tous deux convaincus avec moi?..

ERNEST ET ARTHUR, *ensemble.*

Que c'est *une Lionne...* et tu sais bien pourquoi.

CARTHAGÈNE, *se frottant le front.*

Vous le savez aussi... voilà ce qui me tue...
Je m'en vais digérer ce morceau dans la rue.

(Il sort un instant; les autres rient pendant plus de cinq minutes.)

ERNEST.

En tient-il?

ARTHUR.

Nous l'avons, ma foi, dépaysé.

ERNEST, *après une assez longue pause.*

Je l'entends qui revient.

CARTHAGÈNE, *rentrant.*

Me voici... dégrisé.

Ecoutez son histoire... Il faut que je m'en venge :
Au fait, depuis longtemps la langue me démange.

Histoire de la Lionne à la feuille. [17]

Claudine de Bois–Vieux se nommait, à treize ans,
Berthe la belle prude; à quinze, sans parents,
Elle emporta sa dot chez une *digne* amie,
En laissant sur le seuil toute sa pruderie.
Le ciel de la Provence avait chauffé son cœur;
Déjà d'une *Lionne* elle annonçait l'ardeur.

Elle quitta Marseille à l'abri du scandale :
Mais *Enone* habitait, hélas! la capitale...
Cette amie était *ladre,* et, par cupidité,
Claudine, à dix-huit ans, fut un enfant gâté :
Sa dépense fut grande!.. or, son bel héritage
Fut réduit de moitié... le moyen d'être sage?
Un jeune colonel la vit, et l'admira...
L'amour les unissait, l'amour les sépara.
Elle devint un jour folle de la musique;
Un fameux virtuose à lui plaire s'applique...

ARTHUR ET ERNEST, *ensemble.*

C'est Dessoupirs.

CARTHAGÈNE, *avec calme.*

Tout juste. Il soupire si bien,
Qu'au bout de quatre mois Claudine n'a plus rien.
Par sa perfide amie elle est abandonnée;
Son amant la délaisse... Elle en est indignée;
Mais ne perd pas courage : aux hommes son courroux
Déclare enfin la guerre : avec quelques bijoux,
Sa beauté de vingt ans, et son âme inflexible,
Dans le monde elle va se montrer plus terrible.
En *Lionne* superbe elle arrive à la cour,
Et se fait épouser le quatorzième jour.

ERNEST ET ARTHUR, *ensemble.*

Le quatorzième jour !

CARTHAGÈNE.

Berthe la belle prude
De tous les mauvais pas a franchi le plus rude :
Son époux la trouva pure comme de l'or,
Et par un premier pris elle fut prise encor.

ERNEST.

Eh ! par qui ?

CARTHAGÈNE.

Devinez,

ARTHUR.

Est-ce dans la finance ?

ERNEST.

Dans la robe, ou l'épée ?

CARTHAGÈNE.

Ah ! c'est dans l'opulence ;
Il est noble... cherchez : c'est un brillant parti,
De fort bonne maison ; un époux bien loti,
Qui ramassa pour elle un million de rente.

ARTHUR ET ERNEST, *ensemble.*

Oh ! oh !

CARTHAGÈNE.

Devinez donc : je vous le donne en trente.

ERNEST.

C'est Descars, ou Chabert.

ARTHUR.

Plutôt Pontécoulant.

ERNEST.

Ou de Genoude.

CARTHAGÈNE.

Hélas!

ARTHUR, *en riant.*

Le vieux Chateaubriand.

CARTHAGÈNE.

Ouf!..

ERNEST.

Dudon, de Lameth.

CARTHAGÈNE.

Ce n'est ni l'un, ni l'autre.

ARTHUR.

C'est de Lamarre.

CARTHAGÈNE.

Non.

ERNEST, *vivement.*

Saint–Just, le bon apôtre.

CARTHAGÈNE.

Encore moins.

ARTHUR.

Ségur, Choiseul, Noailles.

CARTHAGÈNE.

Non.

ERNEST.

Devence, de Marans, D'Obignac, ou Crillon.

CARTHAGÈNE.

Vous n'en approchez pas.

ARTHUR.

C'est donc Saint-Aldegonde,

D'Ampierre, de Chalors, Saint-Mars, ou de Lalonde.

CARTHAGÈNE.

Pas du tout.

ERNEST.

C'est alors, Coislin, Tilly, Damas,

Decaux, Césan, Foissac, ou Linage.

CARTHAGÈNE.

Non pas.

ARTHUR.

Mais c'est à rendre fou.

ERNEST.

C'est vrai.

21

CARTHAGÈNE.

Cherchez encore.

ARTHUR.

Miolis?

CARTHAGÈNE.

Bah! oui!

ERNEST.

Laforce?

ARTHUR.

De Cadore?

CARTHAGÈNE.

Point.

ERNEST.

Durfort, de Trion?

ARTHUR.

Cercé, Préval, Sabran,

D'Avré?

CARTHAGÈNE.

Ce n'est pas ça.

ERNEST.

Frégeville, Séran?

ARTHUR.

D'Aboville, Chaumont, de Labrosse, Delaage?

CARTHAGÈNE.

A d'autres.

ERNEST.

Frémilly, Dorsenne, Dubocage?

CARTHAGÈNE.

Vous n'y viendrez jamais.

ARTHUR.

Santa-Croce, Talon?

ERNEST.

Derville, Caraman?

CARTHAGÈNE.

Non; quarante fois non!

ARTHUR.

Moi, je jette ma langue aux chiens.

ERNEST.

Et moi de même.

CARTHAGÈNE.

Puisque vous ne pouvez résoudre ce problème,
Il faut bien vous aider : cet époux clandestin
Est un prince allemand; c'est Horberghonostein. [18]

ARTHUR, *vivement.*

Juste ciel! je l'avais sur le bout de la langue.

ERNEST, *riant.*

Quel gosier!.. Mais il est...

CARTHAGÈNE.

                              Oh! trève de harangue!..

Ce prince est au-dessus de vos discours railleurs :

Il *était* marié, j'en conviens, mais *ailleurs;*

Au delà du soleil, que sais-je? en Moravie,

A l'insu des humains, peut-être à Cracovie...

Ce sont tous *des farceurs* ces princes allemands;

Et Claudine en a ri pendant deux ou trois ans.

Quelques privilégiés durant ces trois années,

De Horberghonostein fixant les destinées,

Ont bien, par-ci, par-là, fait blessure au contrat;

Mais, au bout de ce temps, le plus dur célibat

Encloua son altesse, et, toutes les semaines,

De nouveaux débarqués lui pleuvaient par douzaines...

Madame la princesse en fit autant d'amants;

Et je fus le vingtième, à la barbe des gens.

ARTHUR.

Je ne vins qu'après toi... j'ai de la conscience.

ERNEST.

J'arrivai le dernier, mais sans impatience;

Je savais que *ta prude* était femme, entre nous,
A s'immoler, plutôt que de faire un jaloux.

CARTHAGÈNE.

C'est *un monstre!*.. autrement *une femme charmante...*
Le prince est mort... Elle a son million de rente.

Tous ensemble.

Vive *notre Lionne!*

CARTHAGÈNE.

Allons à l'opéra
Faire tous trois, en chœur, son éloge.

ERNEST ET ARTHUR, *ensemble.*

Ça va!

(Ils sortent.)

TROISIÈME PARTIE.

Tels sont les merveilleux qu'à Paris on révère :[19]
A leur langue indiscrète, à leur critique amère,
Toute femme est en butte, en les favorisant ;
Nulle n'est étrangère à leur ton méprisant ;
Ils la foulent aux pieds, après l'avoir souillée...
Eh ! pourtant toute femme en est émerveillée.

Qui faut-il plaindre, hélas! ou honnir, ou louer?
Tous sont dignes de blâme, ils devraient l'avouer...
Mais comment voulez-vous, grand Dieu! qu'on se confesse,
Ou de tant d'infamie, ou de tant de bassesse?
Un prêtre en aurait peur... De ce cloaque impur
Comment sortir sans honte? on y reste, à coup sûr.

Les Lions de province ont la même manie;
Mais, je l'ai déjà dit, c'est une parodie :
J'en parlerai fort peu. Plus sérieusement,
Sur un plus grave ton, je vais en ce moment
Les apprécier tous, et prémunir la France,
Notre siècle et nos mœurs, contre une telle engeance.

Ces jeunes *esprits forts* ont tout impiété,
Et sont les vrais fléaux de la société :
Du foyer domestique ils troublent l'innocence,
En étalant, sans peur, l'éclat de leur licence :
Une sœur vierge encore apprend à ne rougir
Ni d'un regard lassif, ni du feu du desir :
Son *bon frère* la dresse au métier de *Lionne;*
Sa tête se prépare à ceindre la couronne :

Trois lustres n'auront pas fait palpiter son cœur,
Qu'elle aura de ce frère accepté son vainqueur...
Les parents ne sauraient y trouver à redire;
L'amitié fraternelle approuve un tel délire.
Amour, liens du sang, tendres affections,
Tout est dénaturé... *Voyez leurs actions :*
Une fille, à douze ans, veut maîtriser sa mère;
Et le fils, à dix-huit, se moque de son père :
L'une *bat la campagne,* et l'autre *est un vieux fou...*
Tout respect filial s'en va... je ne sais où.
Plus de sentiments vrais, plus d'intimité pure;
Toute humaine action se fait contre nature :
La volupté sans frein, seule, a, sous notre ciel,
Jusqu'à satiété, son culte et son autel...
Eh! quel culte, grand Dieu! quel temple! quels apôtres!
Vous riez de nos rits, que ferons-nous des vôtres?

Voyez ces étalons de Paris, de Bordeaux,
Elégants adonis, plus stupides que beaux...
(Et c'est dire beaucoup!) voyez ces damoiselles,
Qui dans Andiana se cherchent des modèles...
Quel ton! quelle assurance! Eh! ne dirait-on pas
Qu'ils doivent en tous lieux avoir le premier pas?

Sont-ils donc les plus forts en morale publique?

Vous les avez jugés sous le rapport lubrique :

Qu'il s'agisse d'auteurs de crimes, de délits ;

Vous les verrez défendre et louer des bandits ; 20

Illustrer *un Fieschi*, protéger *Lacenaire ;*

Fût-elle évidemment voleuse et meurtrière,

Porter *dame Lafarge* en triomphe au palais,

En émeute y venir absoudre ses attraits ;

L'admirer pour lui plaire, et, de sang dégoûtante,

La peindre en silhouette, ou la trouver charmante :

Sa tête ne doit pas perdre un brin de cheveu...

Toute femme jolie, alors aura beau jeu,

N'en doutez point, avec cette morale étrange :

Pour peu que son mari l'ennuie et la dérange,

Ou l'empêche de vivre en *Lionne pur sang,*

Si son bras vigoureux ne lui perce le flanc,

Un peu de mort aux rats, dans un bouillon glissée,

De cet époux, bientôt, l'aura débarrassée.

Tout brigandage ainsi peut se légitimer ;

Et quant au régicide il faudra l'estimer ;

Elever des autels aux *Barbès* fanatiques,

Comme à nos assassins privés, ou domestiques ;

Admirer, sans pudeur, le système infernal,

Qu'un autre *Eliçabide* explique au tribunal,

Pour *se débarrasser,* en haute intelligence,
De tout ce qui pourrait gêner son existence. [2]

Tous ces couples bâtards, d'ailleurs, en vérité,
Font beaucoup trop d'honneur à leur capacité :
On les croirait doués de la science infuse;
Et le plus fier *Lion* n'est souvent qu'une *buse*...
Qu'est-ce à dire *souvent?* mais c'est presque toujours :
Pour vous en assurer, *écoutez leurs discours.*
Ce sont des avortons parodiant Alcide;
Leur parole est bruyante, et ne rend qu'un son vide :.
Otez-en l'assurance, avec la fatuité,
Et, foi d'homme de bien, vous aurez tout ôté.
Dans ses prétentions *une Lionne* est pire...
(Peut-être je devrais me contenter d'en rire) :
Chacune croit avoir l'esprit de George-Sand,
Et sur aucun sujet ne le trouve impuissant...
Mesdames, ayez donc un peu de modestie :
George-Sand au savoir réunit le génie,
Et tout votre babil papilloté, pointu,
Est sans solidité, comme vous sans vertu :
De vos *nobles* amis c'est l'emphase empoulée,
Ne rendant que les sons d'une cloche fêlée.

Pensez-vous qu'il suffit de copier leurs mœurs,
Pour atteindre le rang de tels ou tels auteurs?
Sand, fort impunément, peut fumer un cigare,
Son mérite l'absout de ce penchant bizarre;
Mais qui vous fait ainsi vous singulariser,
Jeune femme? avez-vous le droit de tout oser? ²²
Soyez coquette, passe; on peut vous le permettre;
Mais ne soyez que femme, et sachez vous soumettre
Aux usages qu'exige un reste de pudeur;
Etalez moins d'esprit, et montrez plus de cœur...
Ne vous pavanez plus, infimes damoiselles,
Qui chez Andiana vous cherchez des modèles;
George pour ses portraits ne vous choisira pas;
Chez elle vous n'aurez jamais le premier pas.

Je voudrais bien pouvoir, beaux messieurs, belles dames,
Par quelque bout d'éloge, applicable à vos âmes,
Radoucir ma *Rubrique,* hélas! en finissant;
Mais c'est bien difficile, et le pas est glissant :
Je me ferais taxer d'une indulgence extrême,
Si j'allais vous louer, ou vous ménager même...
Qu'il en soit donc, vraiment, pour tout ce que j'ai dit
Des Lionnes sans cœur, *des Lions* sans esprit :

Extérieurement qu'on leur trouve des charmes;
Leurs excès dangereux seuls aiguisent mes armes :
Toute fille est perdue en adoptant leurs mœurs,
Et l'on cesse d'être homme épousant leurs erreurs.
Dieu nous garde à jamais *des Lions, des Lionnes!*
Paris, je te les rends comme tu me les donnes. [23]

Post-scriptum. [24]

J'avais terminé là cet ouvrage imparfait,
Quand un joli minois, pour le rendre complet,
S'est offert à mes yeux dans toute sa magie...
J'en dois à mes lecteurs une exacte effigie.
Muse, reprends haleine; inspire-moi des chants,
Tout à la fois hardis, et nouveaux, et touchants.
Avec **des** cordes d'or j'ai remonté ma lyre;
Mes doigts, en l'accordant, tressaillent... je soupire,
Je tremble, je frémis... je n'ose m'exercer;
C'est pourtant nécessaire, avant de commencer...
Car, je le sens, jamais sujet plus difficile
Ne m'échut en partage... Allons, sois bien docile,

O mon luth favori! Divers diapasons,

Je dois t'en avertir, vont enflammer tes sons;

Et nous avons besoin de plus d'une licence...

Incipiam... cela veut dire : Je commence.

Apprendre en quel pays, quel climat, quel séjour,

Ma *Lionne* chérie aurait reçu le jour,

N'est pas en mon pouvoir; car, d'honneur, je l'ignore :

Mais, fût-elle engendrée au delà d'un bosphore,

Ou dans l'Inde, en Ecosse, à Paris, à Moskou,

En Espagne, en Afrique, en... le bon Dieu sait où,

Son abord ne trahit son sang, ni sa patrie :

L'italienne en feu; l'andalouse en furie;

La française légère et piquante à la fois;

L'allemande sans frein, l'écossaise aux abois...

Tout cela, tour à tour, se trouve en sa personne,

Et peut constituer, au fait, *une Lionne...*

Eh bien! rien n'est sincère, ou naïf, et charmant

Comme le composé de ce brut diamant :

C'est une perle fine aux rubis empruntée,

Qui brille mieux qu'eux tous, dès qu'elle est agitée :

C'est une enchanteresse à vous désespérer,

Si platoniquement vous devez l'adorer...

« Tudieu! quelle sirène! elle est donc bien jolie! »
Ah! plus que tout cela... c'est, je crois, la folie
Transformée en amour, à perpétuité;
Un mélange d'audace et d'ingénuité;
C'est vraiment une fée! Ondoyante sibylle,
Parmi vingt jeunes fous comme elle se faufile!
A l'un elle dit blanc, à l'autre elle dit noir,
Exerçant, tour à tour, un absolu pouvoir,
Une soumission tout extraordinaire,
Sur cette foule aveugle, empressée à lui plaire.
Chacun sort d'auprès d'elle enchanté de son sort...
Elle en rit dans sa couche où *seule* elle s'endort,
Jusqu'au jour... Le matin, fraîche, toute vermeille,
Son esprit et son cœur ont oublié la veille :
Les Lions à ses pieds reviennent un par un;
Son regard désolant n'en reconnaît aucun.
Avez-vous remarqué devers les Pyrénées,
Ou bien aux eaux de Spa, ces âmes fortunées,
Qui s'accolent un jour, pour ne plus se revoir? [25]
De ma cosmopolite elles sont le miroir.
Plus d'un amant l'amuse, aucun ne la rend tendre;
Et, tournez les talons, vous êtes tous de Flandre.
Chez mille adorateurs pour elle tout est beau;
Mais le plus distingué n'est qu'un homme nouveau.

« C'est donc une coquette? » Eh! non, mais une caille,
Qui se laisse poursuivre, et qui de vous se raille,
Quand vous croyez la prendre... heureux qui la prendra!
Je ne vous dis point quand sa tête tournera...
A vous le paradis, si vous savez lui plaire!
Vous serez le premier des amants de la terre;
Vous vous croirez l'époux des quatre nations,
Cultivant à la fois cinq ou six passions:
L'enthousiasme anglais, l'ardeur de l'Italie,
Le flegme autrichien, le feu d'Andalousie;
De la France le charme et la légèreté...
Et vous n'aurez séduit qu'une seule beauté.
Tâchez donc de fixer ma charmante *Lionne*,
Qui plaît à tout le monde, et n'aime encor personne...
Je ne vous dirai pas qu'elle n'a point aimé;
Mais elle n'aime plus... c'est un lis parfumé
Qui deux fois en été s'est avisé d'éclore,
Et qui, toujours plus pur, attend qu'on le colore.

De ma reine des bois tel est l'intérieur...
Vous la reconnaîtrez à son extérieur:
Ses yeux sont ravissants, son front plus que céleste;
Sa bouche est gracieuse, à sourire un peu leste...

Avec de belles dents, dont l'ivoire est jaloux,

La bouche d'une femme est toujours sans courroux :

Allez donc empêcher cette bouche de rire!

Ma Lionne, vraiment, vous croirait en délire.

Son beau corps sous le voile est-il assez caché,

Pour qu'en le devinant on commette un péché?

Je ne le pense pas : ses formes sont divines,

Ont trop de charme encor pour être libertines :

Son pied, ce qui l'attache, ou ce qui le conduit,

Vous donne l'avant-goût de... tout ce qui s'en suit...

Jusqu'à d'autres trésors heureux qui s'insinue!..

Je n'en pourrais parler qu'après l'avoir mieux vue;

Mais, à coup sûr, alors je n'en parlerais pas,

Ou, bien certainement, j'en causerais plus bas :

Le cœur qui sait aimer n'aime qu'avec mystère, [26]

Et celui qui s'en vante est indigne de plaire...

N'est-ce pas avouer, avec naïveté,

Que ma belle Lionne, en son oisiveté,

N'a pas même daigné me présenter la griffe?

Mon éloge, Messieurs, n'a donc rien d'apocryphe;

Mais je puis assurer, sans trop faire l'étroit,

Que ce que j'ai cru voir vaut mieux que ce qu'on voit...

C'est donc un vrai trésor que cette ensorcelée,

Zéphir, ou non zéphir, voilée, ou non voilée :

Un vent léger m'offrit un spectacle si doux ;
Une porte sans clé, n'avait pas de verroux...
Quel jour ce coup de vent?.. le dirai-je? bernique!..
Et, pour être discret, je finis ma *Rubrique.*

CANDIDALMA.

NOTES

Sur les Lions et les Lionnes.

---

¹ Je ne fais qu'esquisser cette ardente nature.

L'implacable et vieux forcené de l'autre monde, en nous peignant plusieurs variétés de *Lionnes*, semble vouloir leur donner deux sortes de natures ou de types : s'il nous les montre toutes plus que désordonnées, les lecteurs, que je prie instamment de ne pas trop *se scandaliser*, remarqueront sans doute que parmi ces ardentes reines des bois, il en est de plus cyniques encore que dissolues. On m'a fait observer, avec une perspicacité quasi *Lionne*, que ces *viveuses* du premier ordre ne se forment bien qu'à Paris... J'en fais mon sincère compliment à nos *Lionnes* de province.

² C'est bien encore un homme, et le type en est bon,
  Car on nomme à Paris ce squelette *un Lion*.

Le Centenaire a, par suite de son système, voulu meubler aussi sa ménagerie de plus d'une espèce de *Lions* : ces rois des animaux sont ici tantôt gras, tantôt maigres ; il y a encore là une différence sensible à établir : les maigres pullulent à Paris ; les autres s'engraissent loin de la capitale. Il n'est donc pas surprenant qu'ils soient plus lourds en province, et plus déliés sur les bords de la Seine.

22

³ *Le Lion* est un fat d'une élégance extrême,
Etc.

Ce passage, en très-grande partie, avoue lui-même le naïf
Candidalma, est imité d'un très-intéressant opuscule en prose,
inséré dans je ne sais plus quel journal, par un jeune homme
de Bordeaux... Il faut rendre à César ce qui appartient à...
César.

⁴ A quoi bon, s'il vous plaît, d'avoir le sens commun?

Chez ce peuple... le plus spirituel de notre ronde planète,
au contraire, *nous* pensons (car je me grandis à cette idée)
que personne ne se méprendra sur le véritable sens ironique
de ces quelques vers. Si les Français sont des niais, que seront, je vous prie, tous les autres peuples de la terre?

⁵ Vous savez qu'une dame, occulte ou non voilée,
Etc.

Ici, je prends la liberté de renvoyer nos lecteurs et nos
lectrices à l'auteur, africain d'origine, grec et latin ès lettres,
avocat cosmopolite, à l'auteur, disons-nous, de cette fiction
singulière autant qu'étonnante, ou à la délicieuse imitation
de notre immortel et bon La Fontaine, autrement dit, Messieurs et Mesdames, faites-moi l'amitié de relire l'ANE D'OR
D'APULÉE.

⁶ Rien ne manque à la fête... en dînant j'ai tout vu.

Et moi *itou...* car je dînai, ce jour-là, avec mes deux pa-
triarches, *à l'hôtel de Paris, allées de Tourny, à Bordeaux.*

⁷ Voici donc ce qui peut distinguer *la Lionne :*

J'avais d'abord pris sur moi de supprimer ce vers et les vingt-un qui suivent, parce qu'ils me semblent un peu *hasardés;* mais ensuite, ayant, à cet égard, consulté le Centenaire, dans ma dernière dépêche *ultramondaine,* il m'a signifié d'imprimer tout... ou rien, le fait, ajoute-t-il, étant historique, et bien connu. Je n'ai pu qu'obéir, malgré mes scrupules. J'en fais amende honorable aux lectrices trop délicates; mais y avait-il moyen de regimber? Au surplus, soyons tous de bonne foi; Candidalma pouvait-il peindre *les Lionnes* en termes toujours bien orthodoxes? Juvénal, malgré son génie et le stoïscisme sévère qui le distingue, n'a pu, à ce prix, composer sa belle satire des femmes : en est-il moins moral, pour avoir été un peu libre dans ses mordantes hyperboles? La peinture du vice ne saurait être aussi candide de couleurs que celle de la vertu. Plusieurs passages de la sainte Bible sont écrits avec plus de liberté que tous les pauvres vers *des Lions* et *des Lionnes.* Si vous faites la guerre à ceux-ci, vous la déclarez à l'Ancien Testament... prenez-y garde !..

⁸ Elle a cent ans... qui peut répondre de personne?

Une officieuse observation de Candidalma nous apprend qu'en mil huit cent... (je ne sais pas bien au juste l'année), la vieille centenaire... D***, *qui n'est pas une Lionne,* a été épousée (les uns disaient naturellement, les autres contre nature) par le joueur *de wisk et de bouillote,* qui n'est pas un tigre, mais... je ne sais pas trop ce qu'il est. Prenez des informations, amis lecteurs, à... au... ici... là... auprès de... et vous nous en donnerez de bonnes nouvelles... Quel *floueur* que cet homme-ci!!! Quelle décrépite gaillarde que cette femme-là!!!

⁹ Ma *Lionne* à la feuille en a fait *son Lion.*

On verra plus loin que *ce Lion* à double physique, brun d'un côté, blond de l'autre, est M. Carthagène.

¹⁰ . . . . . Mais, à propos de carpe... une nouvelle,
Etc.

C'est avec cette impertinente légèreté, avec cette atroce indiscrétion, que ces merveilleux et féroces favoris des dames à la mode, les traitent, après les avoir compromises, ou perdues. Il faut être juste, il n'est qu'un Paris pour cela : je n'ai vu nulle part, dans les quatre points cardinaux de notre belle France, ce paroxisme du déshonneur, de la débauche et du scandale, avoir autant d'intensité.

¹¹ Je sais qu'il est une autre espèce de *Lionnes,*

« C'est (dit le Centenaire) une parisienne fort spirituelle
« du grand faubourg, qui m'a, pour ainsi dire, soufflé le ta-
« bleau *grivois* de ces incroyables luronnes. »

J'en fais mes génuflexions à ce vieux insensé, comme à sa *jeune muse de la Seine;* mais il me semble qu'ils devraient bien, l'un et l'autre, ne plus me forcer à mettre au jour de *pareilles horreurs.* Le but moral peut en être louable et bon; mais le spectacle, ainsi offert aux yeux et à la pensée, avec toute sa crudité, en est odieux et repoussant. — C'est pour

cela, me dit-on, que cette peinture est plus utile que dangereuse, malgré sa hardiesse... — Alors, je ne supprime rien;
mais je suis *passablement indigné* contre l'auteur séculaire,
ou contre ses jeunes *Lionnes pur sang*... Devinez contre qui
davantage, pour accorder vous-mêmes la préférence, mes
très-chères lectrices.

¹² Finissons : le tableau même en est dangereux.

Oui... pour les gens de sac et de corde, peut-être, pour
l'espèce brutale, ou si facile à s'abrutir, dont il est question;
mais, à coup sûr, tout homme qui se respecte un petit peu,
toute femme à demi-pudique, ne sauraient être ensorcelés, ni
séduits par de pareils exemples, par de telles turpitudes.

¹³ Son époux, par ses soins, loti d'une ambassade...

Je ne me rends plus compte que certains maris se laissent
encore prendre par un moyen aussi usé que celui-là. Envoyer
l'époux *fortuné* d'une jolie femme à Pékin, ou aux îles Marquises, pour garder sa maîtresse à Paris, *c'est du rococo*,
c'est plus que renouvelé des Grecs, c'est vieux comme le
monde. Eh! dire que ça réussit toujours! Il ne s'agit sans
doute que de s'entendre... *ó tempora! ó mores!* L'amour des
places l'emporterait-il, aujourd'hui comme autrefois, sur l'a-
mour conjugal?.. Veuillez, je vous prie, Messieurs les plus
intéressés, soumettre cette grave question au premier conseil
général... des maris, qui sera convoqué soit à Paris, soit à
Londres, ou tout autre lieu, après le coucher de... la lune
de miel.

¹⁴ Mais, j'aurais préféré qu'elle fût *cuisinière*.

J'ai pourtant connu un gaillard de cette force : si la reine
de ses pensées avait pu, de ses blanches et belles mains, satisfaire à tous ses goûts et besoins gastronomiques, autrement dit à sa gloutonnerie, en retour, il lui aurait volontiers
fabriqué des robes, fait des chemises, brodé des colerettes,
et tricoté des bas. Ou vous n'avez jamais habité rue du Mont-
Blanc, et rue de la Huchette (*in extremis*), ou vous savez
son nom, et vous le voyez d'ici, tout comme moi. *A bon en-
tendeur demi-mot*. Que d'oreilles en croix ! — Y êtes-vous?..
— Pas possible !..

¹⁵ N'en demeure pas moins fort *chère* à ma pensée.

Calembour plus méchant encore que mauvais, et ce n'est
pas peu dire : on s'exprime ainsi pour dévoiler au monde
entier que *les malheureuses,* que l'on a soi-même entraînées
dans la boue, sont une charge, n'étant que de simples bourgeoises, ou acceptent des cadeaux, si elles tombent de plus
haut. Pauvres faibles femmes! c'est pourtant de cette façon
que l'on vous traite! Et rien, hélas! ne peut vous dessiller
les yeux. Ne dirait-on pas, juste ciel! que vous préférez l'indiscrétion au mystère? — Oh! non : ce n'est pas vrai... vous
gardez le silence... — Pauvres femmes!!... horreur d'hommes!!...

¹⁶ . . . . . Il conclut que du gouvernement
     Tu n'es pas, à coup sûr, le premier président.

Ce trait à brûle-pourpoint était bien fait pour déconcerter
le plus hardi *Lion :* Mons de Carthagène va prendre l'air deux

ou trois secondes, et revient avec tout son sang-froid, pour...
se venger. Vous allez l'entendre... quelle infâme canaille!

¹⁷ HISTOIRE DE LA LIONNE A LA FEUILLE.

C'est par cette misérable biographie, peut-être apocryphe,
(ce ne serait malheureusement pas nouveau), que *l'albinos*
se venge de l'ancienne victime d'une seconde Enone. Le beau
triomphe, bon Dieu! Eh! comment voulez-vous que de jeunes filles, ainsi dégradées, ne se déshonorent pas encore davantage, en devenant épouses? Qu'y gagneraient-elles? l'espoir que donne le repentir?.. Mais ce langage peut-il être
compris; cette parole évangélique saurait-elle se faire entendre dans les repaires *des Lions* et *des Lionnes?*

¹⁸ . . . . Cet époux clandestin
Est un prince allemand; c'est Horberghonostein.

Le facétieux vieillard m'a bien l'air de se moquer de nous.
Mais il n'en est pas moins vrai que plusieurs barons de l'ancienne comme de la nouvelle Allemagne, ont fait des maria-
ges aussi *farces* que celui-là.

Il faut bien même faire remarquer, en passant, qu'une
foule d'anglais, passionnés jusqu'au spleen, et, partant, quelques français, amoureux pendant une heure, ont eu des goûts
allemands, sur l'article des liens conjugaux, et se sont aussi
mariés en *farceurs*.

¹⁹ Tels sont les merveilleux qu'à Paris on révère :

Je crois fermement que le père Candidalma n'a point habité la capitale assez longtemps, et surtout de nos jours, pour

avoir pu bien dessiner toutes les encolures, ou plutôt toutes les crinières, les griffes et *les mœurs* des monarques animaux, dont il nous entretient dans son interminable *Rubrique*. Son ami et le nôtre, le stoïque Justin, peut bien lui avoir fourni quelques portraits; mais sont-ils bien ressemblants? Il doit nous être permis d'en douter. Le jeune philosophe de la Franche-Comté [1] s'est peu lancé dans le grand monde; il n'est donc pas à la source des renseignements les plus certains : d'ailleurs il faut voir soi-même les hommes et les choses pour bien en juger. Après cet aveu sincère et naïf, j'ose réclamer l'indulgence de nos juges.

[20] Vous les verrez défendre et louer des bandits;

Historique, et trop historique, pour l'honneur de notre patrie, si je ne me trompe. N'est-ce pas avec une véhémence et un enthousiasme fanatiques, vraiment, que l'on convoitait et s'arrachait, naguère, les portraits, les silhouettes et statuelles (Dieu me pardonne!) de tous ces gibiers de potence, ou de guillotine, dont il est ici question?

[21] Pour *se débarrasser*, en haute intelligence,
De tout ce qui pourrait gêner son existence.

Paroles de ce grand criminel (Eliçabide). Lorsqu'on l'interrogea sur ce qui avait pu le porter aux trois épouvantables forfaits dont il s'était rendu coupable (le triple assassinat de la mère et des deux enfants) : « J'ai toujours eu *pour prin-*

---

[1] Voir la *Bluette* ayant pour titre un jeune homme, et aussi celle d'une jeune femme.

« *cipe,* répondit-il avec un calme effrayant, *de me débarras-*
« *ser de tout ce qui pouvait gêner mon existence.* »

²² Mais qui vous fait ainsi vous singulariser,
 Jeune femme? avez-vous le droit de tout oser?

C'est assez la manie ou le travers du jour, que de juger
de tout, de parodier toute chose, et de se comparer à tout,
quelque au-dessous de rien que l'on soit. On ne dit plus *cela
est passable, médiocre* ou *bien;* on vous déclare hautement
que *c'est détestable* ou bien *excellentissime :* plus de milieu
entre deux excès. C'est ainsi que l'immense majorité de notre *jeune France* juge des hommes, des femmes et des choses. Guidez-vous là dessus, et... vous irez loin!

²³ Dieu nous garde à jamais *des Lions, des Lionnes!*
 Paris, je te les rends comme tu me les donnes.

Cette première finale d'un ouvrage déjà bien prolixe confirme mes observations consignées dans la dix-neuvième de
ces notes : c'est, en grande partie, sur des renseignements à
lui transmis de la capitale, que le Centenaire composa cette
gaillarde Rubrique.

²⁴ POST-SCRIPTUM.

Candidalma croyait avoir terminé là sa première besogne
de 1838, lorsque rentrant un soir chez sa femme, où j'étais,
avec M. et Mᵐᵉ de Saint-Vincent de Paule, il s'écria, d'un
air assez drôle : « Mes amis, je n'ai plus fini. » Puis, il se
prit à nous raconter, en babillant et riant comme un bossu,
ce qu'il mit en vers avant de se coucher, et que vous allez

lire, à votre corps défendant, nos chers lecteurs... c'est à
savoir ce mystérieux et galant POST-SCRIPTUM.

²⁵ Avez-vous remarqué devers les Pyrénées,
  Ou bien aux eaux de Spa, ces âmes fortunées,
  Qui s'accolent un jour, pour ne plus se revoir?

Il n'est probablement pas *un baigneur,* qu'il ait été prendre
ses ébats de malade, de flâneur, ou de parasite, soit au nord,
soit au midi, soit au levant, soit au couchant du centre de la
France, qui ne convienne de la justesse de l'observation du
bon homme. A toutes les eaux thermales du monde civilisé,
on se lie, par égoïsme, par besoin, au premier abord, tant
que dure *la saison.* Puis, avec la même facilité, on se délie,
au départ, pour ne plus se reconnaître ailleurs, sans doute
par indifférence, si ce n'est par intérêt personnel, renforcé
de la plus froide ingratitude. *Rien,* à mon sens, ne donne une
plus triste idée de notre pauvre humanité.

Philosophes du XIXᵉ siècle (avant qu'il finisse), réfléchissez
bien à cela, et à mille autres petites grimaces de même nature; ensuite méditez profondément sur la valeur intrinsèque des protestations ou des *salamalecs* de vos semblables...
L'auteur infime des *patenôtres* vous en supplie.

²⁶ Le cœur qui sait aimer n'aime qu'avec mystère,

Ne dirait-on pas, ventre-saintgris, que notre nouveau Mathusalem s'est épris de sa belle inconnue, ou en est tombé su-
bitement amoureux, en l'apercevant, à l'improviste, ou par le
trou de la serrure, ou *par la demi-ouverture de la porte?*

Dans tous les cas, il prêche selon ses œuvres et ses principes, le vieux renard sauvé, lorsqu'il recommande, si souvent, aux amoureux d'être discrets et mystérieux : jamais
nous n'avons pu savoir, ni son frère, ni Claudine, ni Honorine, ni moi, le nom de cette *Lionne* charmante, et tombée
comme du ciel, qu'il s'est cru obligé de nous peindre, pour
mieux finir, et, sans doute, exciter notre curiosité. Une fois,
cependant, j'ai cru deviner le mot de l'énigme. J'aperçus, au
Grand-Théâtre, dans la loge du... une femme délicieuse, et
si conforme au portrait de notre vieux fou... — Mais elle
semblait plus grande... — Non, elle était plus petite... — Ma
foi, pourtant elle est aussi jolie; peut-être plus. — Non... —
C'est elle !..

N. B. Personne plus que moi ne saurait être estomaqué
des hardiesses que *le Centenaire* Nº **1** a mises dans la bouche
des trois impudents Lions parleurs,

« Qu'il envoya dîner au cabinet voisin. »

Mais, soyons de bonne foi pourtant : Juvénal n'est-il pas
l'homme le plus moral de son époque? A-t-il craint de montrer le vice à nu, pour mieux le châtier, et rendre hommage
à la vertu? Trouverez-vous dans *les Lions et les Lionnes*
rien de comparable à ces vers du satirique latin, au sujet de
Messaline?

« Excepit blanda intrantes, atque æra poposcit,
« Et resupina jacens multorum absorbuit ictus.
« Etc. »

Et à ceux-ci, que le même Juvénal met dans la bouche d'une femme que rien ne peut assouvir?

« Jam fas est, admitte viros. Dormitat adulter?
« Si nihil est, servis incurritur..... — Hic si
« Quæretur, et disunt homines; mora nulla per ipsam,
« Qui minus imposito clunem submittat asello. »

Après de telles leçons, administrées par un grand maître, m'est-il permis de régimber encore contre les admonitions, bien moins *gaillardes*, de notre vieux grondeur *canonisé? Qui voudra mordre y morde;* j'ai fini...

Mais non : je dois auparavant prévenir le lecteur que le père Candidalma a supprimé quatre vers dans sa *Rubrique*... et je n'ai jamais pu me rendre compte du pourquoi. Après celui-ci, page 306 :

« Il doit tout se permettre... il peut même la mordre;

On lisait entre deux parenthèses les trois premiers vers :

(Les Lions, vous savez, ne vivent qu'en mordant;
Rien ne les satisfait comme un bon coup de dent :
N'enchérissez donc pas sur ce que je veux dire...)
Il doit même la mordre, ou perdre son empire;
Car elle est d'une humeur, etc.

Eh bien, je le répète, je ne comprends point pourquoi notre estimable auteur m'a ordonné de ne pas imprimer ce petit palliatif : j'aurais dû lui désobéir; et c'est pour protester contre ma trop servile soumission, que je termine ainsi ce *nota bene.*

UNE ÉPOUSE.

Bluette.

C'est une *Epouse,* et non LA JEUNE FEMME,
Dont je traduis ici l'esprit et l'âme...
Je ferai bien d'ajouter et le corps,
Afin qu'au bout aucune ne réclame.
Que dira-t-on de mes rudes accords?

Est-ce un éloge, ou bien une satire?

Ah!.. donnez-vous la peine de me lire,

Vous le saurez. UNE ÉPOUSE! en effet,

L'esprit soumis, ou non, par l'habitude,

Rêve une noce, une dot, un banquet;

Ce nom guindé prête à l'incertitude...

Mais il s'agit d'un mariage fait

Depuis longtemps : la dame assez osée,

Que j'ai suivie un jour à Chantilly,

N'est pas du tout une jeune épousée,

Vieille non plus... mais l'espiègle a vieilli

Dans l'art heureux de *flouer* un mari...

Que c'est banal! s'écrira quelque sotte,

Qui n'a pas lu l'A B C du métier...

Naïve enfant! va, gigote, gigote,

Quand ton mari t'aperçoit le premier.

N'est point ainsi que ma souple héroïne

A su s'y prendre, en deux lustres d'hymen,

Pour aveugler son marquis *d'origine,*

Qui la titra pour avoir tout son bien :

Tant qu'elle put, elle fut libertine;

Son légitime en sut-il jamais rien?

Moi-même, hélas! d'une telle aventure

J'ignorerais jusqu'au moindre détail,

Si, non blotti dessous son éventail,

Je ne m'étais glissé dans la serrure,
De son premier à son dernier sérail...
Or, du vaisseau je tiens le gouvernail;
Je puis, à l'aise, en vanter la nature. ²

Avant d'aller plus loin, je veux en plus grands vers,
Plus gravement enfin, constater un travers :
Sur ce titre *d'épouse* il faut que je m'explique.
Le monde est curieux dans sa vaine logique!
Tout homme haut placé ne vous dira jamais :
Ma femme... c'est mesquin! Le roi dans son palais,
Dit LA REINE, ou MADAME... ainsi chacun se blouse...
On transige parfois, en disant : *Mon épouse.*
Est-il rien de plus plat, de plus *contagieux?*
Le moyen de s'aimer sur ce ton sérieux!
Croyez-vous qu'un amant, dans sa couche embaumée,
Sur ce diapason parle à sa bien-aimée?
Et pensez-vous qu'au jour, cet *adorable* ami
Lui dira : *Mon épouse a-t-elle bien dormi?*
Les maris sont pourtant à ce point ridicules :
Aussi leur vanité reçoit bien des férules!
Eh! comment voulez-vous, sans aucun abandon,
D'un amour moins guindé n'être pas le dindon?

Achille vous valait : en son ardeur jalouse,
Pour prouver son amour, disait-il : *Mon épouse?*
« Et jamais dans l'Arice un lâche ravisseur
« Me vint-il enlever ou *ma femme,* ou ma sœur?
Le grand Racine ainsi tragiquement s'exprime;
Quand il écrit *épouse,* en est-il plus sublime?
D'ailleurs la tragédie est sans simplicité;
Mais le monde réel veut de l'ingénuité. [3]

Par contre, un arlequin, perroquet d'antichambre,
Me fait ses compliments à la fin de décembre :
Votre *épouse* par-ci, votre *épouse* par-là...
Que la peste t'étouffe, enfant de... Loyola!
Je n'ai donc plus de femme? il n'est donc plus d'amie?
On va donc me traiter d'époux de comédie?
« Votre *épouse,* Monsieur, se porte-t-elle bien? »
Blessé jusques au cœur, je ne lui réponds rien :
Le bourreau, malgré tout, continue... et l'infâme
Jamais ne me dira : Comment va votre femme?

Un jour, si ta moitié t'appelle *son époux,*
Crois voir cinquante amants entrer par tous les trous;

Comme un essaim de rats, ils rôderont sans cesse
Auprès de ta moitié, plus que d'une maîtresse,
Et vingt chats ne sauraient les faire déguerpir...
Frémis!.. Tu les verras en tout sens accourir,
Te faisant chaque nuit faire le pied-de-grue;
Pour te dépayser t'aborder dans la rue,
Ou, pour mieux t'aveugler, t'emmener boire sec;
Derrière, avec deux doigts, te présenter l'y grec;
Te fatiguer de soins, pour torturer ton âme...
Il te reste *une épouse* et tu n'as plus de femme.
Tu verras l'étiquette entrer dans ta maison :
Toujours un froid *monsieur* va précéder ton nom; 4
Et, toute intimité de ton logis bannie,
Il te reste *une épouse* et tu n'as plus d'amie.
J'exagère peut-être, en vous parlant ainsi...
C'est possible, lecteurs; mais *un jour*... pensez-y!

Je continue. Au faubourg le plus riche
De cette ville où tout le monde triche,
Brillait naguère une fière beauté :
Jeanne on la nomme, et de sa cruauté
Tout *bon Lion* n'eut jamais à se plaindre...
Son époux seul eut quelque chose à craindre,

En l'abordant... il pouvait, en effet,
Trouver souvent son paradis défait,
Chemin frayé... mais cette fine mouche
L'a convaincu que personne n'y touche,
Que porte est close. On conçoit aisément,
Pendant un mois, que l'on cache un amant,
S'il sait braver la nuit comme l'aurore;
Cela s'est vu, se peut bien voir encore;
Mais, juste Dieu! pour en cacher plusieurs,
Pendant neuf ans!.. de dons supérieurs,
Vous l'avoûrez, il faut être pourvue...
Et telle était *cette épouse ingénue*,
N'ayant jamais dit, je crois, *mon mari,*
Que le seul jour où cet être chéri,
Sans le prévoir, fut admis dans la couche
De cette ardente et nouvelle houri.
Le lendemain l'on n'ouvrit plus la bouche,
Que pour lui dire : *Adieu, mon noble époux!*
Lors le marquis aux transports les plus doux
S'abandonna : maigrissant de tendresse
Pour sa Jeannette agissant en princesse,
Il ne voit pas, le sot! qu'un tel jargon
Propre à la cour, pour lui n'a rien de bon.
Son âme est fière et nullement jalouse;
Il présenta partout *sa noble épouse :*

Plus autour d'elle il voit d'adorateurs,
Plus il se croit le vainqueur des vainqueurs. 5

Mais revenons à mon incomparable :
Dans le grand monde à peine est-elle aimable ;
Dans ses salons elle est pleine d'esprit...
Oh! mais partout on la trouve adorable ;
Elle est si belle!.. à peine on le lui dit,
Tant elle a soin d'y mettre ordre... Inhumaine!
C'est un amant que, sept fois par semaine,
Ton cœur refuse, à force de vertu!..
Lecteurs jobards, neuf ans je l'avais cru,
Tout comme vous. Par une nuit champêtre
D'un bel hiver, on ouvre une fenêtre,
Devant mes yeux : c'était un masque noir,
Qui, sans façon, s'ajustait, plein d'espoir.
Je me tapis, et je fais sentinelle...
De son hôtel descend *Jeanne* la belle :
Un fiacre impur l'emporte à Chantilly.
J'étais alors un peu tête brûlée ;
Je prends un fiacre, à mon tour... La vallée

Me parut propre à bien me divertir :
A Chantilly j'arrive, avec plaisir...
Je vois Arthur au bras de la marquise;
Arthur que j'aime, inséparable ami,
Qui me dit tout, tant il est étourdi...
Je m'en reviens, alors, sous la remise,
Avec mon fiacre, et je me couche enfin,
Sûr d'être au fait de tout, le lendemain. [6]

Le jour suivant, aux bouffes je retrouve
Ce brave Arthur, qui la veille m'a vu :
— Eh bien! lui dis-je, aujourd'hui tout me prouve
Que, contre toi, nul rempart de vertu
Ne peut tenir... — Tais-toi! c'est un mystère!
(Dit en riant l'intrépide railleur).
— Raconte-moi ton voyage à Cythère,
Mon cher Arthur. — J'en rirai de bon cœur
Avec toi, si... — Parle. — Si tu me jures
De n'en parler qu'à l'univers entier...
Tu sauras tout. — Qu'après toi, le premier
Je sache donc tes bonnes aventures;
Commence, ami, par me les confier.

— Oh! plus possible. — Ét comment?.. — Mon système
Est de courir toujours chez mes rivaux,
Pour me vanter de *mon bonheur suprême :*
Tu seras donc, s'il te plaît, *le dixième*
Qui va savoir mes glorieux travaux.
Dieu veuille, ami, qu'à ton tour elle t'aime!
— Mauvais plaisant! . . . .
. . . .

               Ici d'un long repos
J'ai besoin, vrai, pour calmer ma surprise,
Et vous, pour lire avec attention,
Lecteurs amis, la révélation
Qu'Arthur me fit ainsi sur la marquise.

ARTHUR.

Figure-toi qu'au bal de l'opéra,
Lundi dernier, un *domino* m'arrête :
« *Je te connais, beau masque...* » et cœtera...
(J'étais masqué comme à présent...) ma tête,
Mon cœur avec s'enflamment tour à tour :
Taille, tournure, une main faite au tour,
Un petit pied d'enfant à la mamelle,
Cou ravissant... elle avait tout pour elle.

J'imaginai qu'à minuit, mieux qu'au jour,

D'attraits cachés ce merveilleux modèle

Tombait pour moi du céleste séjour.

Et, sans songer que toute autre donzelle

Ne fait qu'un pas de la rue... à la cour

D'un lundi gras, je suis mon immortelle.

Je me la fais aussi pure que belle,

Et, flanc!.. tout bas, je lui parle d'amour...

« Je te connais, Arthur... (répond la dame),

« Depuis dix jours j'approuve ton ardeur...

(Depuis dix jours!.. la jolie épigramme!)

« Et je veux mettre à l'épreuve... ta flamme.

« De cet essai si tu restes vainqueur,

« Je te promets mon amour et mon cœur...

« Veux-tu me suivre, et savoir comment j'aime? »

(Cœur de Boufflers, me disais-je en moi-même,

Oh! je t'aurai!..) — Je vous suis... mon bonheur

N'est qu'avec vous... Prenons une voiture...

— Mais j'ai la mienne... Alors nous descendons,

Puis en voiture... *ensemble nous montons?*..

Non, pas du tout; car je fis volte-face;

Ecoutes-en les meilleures raisons :

Mon cher, c'était un vrai *sapin* de place,

Où *mon objet* se blottit avec grâce;

Puis m'arrêtant : « Dimanche, vers minuit,
« A Chantilly... » Puis, bran de la portière...
Et le cocher poursuivit... sa carrière.
Pétrifié... pédestrement, sans bruit,
Je me retire avec... l'espoir qui luit,
Dans les brouillards, pour moi, jusqu'à *dimanche,*
Croyant avoir *le Pérou* dans ma manche.
Hier, ami, dimanche est arrivé ;
Et tu l'as vue, et tu n'as point rêvé :
Comme lundi *Jeanne* était sans voiture ;
Je n'avais vu qu'un masque, et sa tournure,
Quand *le sapin,* vers minuit demandé,
Vint pour nous prendre... Il me fut accordé,
A cette fois, de monter avec elle ;
Mais, sans savoir encor qu'elle était belle,
Je lui promis d'ignorer, au flambeau,
Si son visage était ou laid, ou beau :
Sur mon honneur, je fis cette promesse.
Le cocher frappe, et nous sommes rendus...
Le fiacre fuit... Elle parle en maîtresse,
Dans ce repaire où flânaient *les vertus;*
Ferme la porte... et deux femmes de plus
Suivent nos pas, en portant des bougies...
« Il faut, Arthur, que tu les congédies,

« (Dit-elle); et prends les flambeaux à ton tour. »

Fait comme dit : je chasse les donzelles,

Et suis mon ange, avec les deux chandelles,

Dans une chambre où l'amour... sent mauvais;

Mais j'aimais trop pour y voir de si près.

— *Otez ce masque, objet de ma tendresse!* [7]

— Non, couchez-vous, je tiendrai ma promesse.

Je me couchai. Lors, dans l'obscurité,

Sans voile, un corps se glisse à mon côté...

C'était bien elle... et je ne puis connaître,

Dans mes transports, quel *objet* ce peut être...

Mais, mon ami, si j'ai le tact bien sûr,

J'ai vu dans l'ombre un beau ciel tout d'azur...

. . . .

N'espère pas, qu'à ton gré je te dise

Sur mon bonheur ici quelque sottise :

Je fus heureux... *comme on l'est à Paris...*

Voilà ce que sauront tes cheveux gris :

Au dénoûment il vaut mieux que j'arrive.

La Providence, ami, fut décisive :

Pendant qu'hélas! reposait sur mon cœur

L'objet sans masque, aux bras de son vainqueur,

Un vif éclair, suivi de son tonnerre,

Blanchit la chambre, et fait trembler la terre...

Telle la lune, au milieu de la nuit,

Rapidement fait croire au jour qui luit,

Lorsqu'au sortir d'un lieu couvert, ou sombre,

Pour ce jour doux on vient de quitter l'ombre,

Ou qu'en sortant on cherche à prendre l'air...

Ma déité, blanche comme l'éclair,

Sur son séant se redresse surprise...

Je reconnus, près de moi... la marquise.

(Il pouffe de rire.)

L'AUTEUR.

Je le savais.

ARTHUR.

Comment!

L'AUTEUR.

Hier au soir,

Dans son hôtel, j'ai vu ton masque noir.

ARTHUR.

Tant mieux! je suis plus sûr de mon affaire,

Et mon éclair en a plus de lumière.

Elle faillit, vraiment, se trouver mal :

« Maudit éclair!.. Arthur, ce carnaval

« M'est bien funeste!!! — Ah! croyez que ma flamme...

« — Taisez-vous donc!.. Je redeviens *la femme*

« De mon mari... Partez!.. ou ma fureur!.. »
Je m'esquivai de là comme un voleur...
A neuf amis j'ai conté cette histoire;
Aucun d'abord ne s'empressait d'y croire,
Mais au récit bien circonstancié,
A l'unisson chacun s'est écrié :
C'est ma Lionne! *oh! la plaisante farce!*
Ensemble, amis, nous formions le comparse
De ce ballet. Il résulte de là
Que la marquise avait son agenda,
Où chaque amant s'inscrivait par décade :
Je suis d'hier, vois-tu, mon camarade...
De te placer je ne vois qu'un moyen,
De nos amis, toi, le digne soutien :
Tu peux aller aux jours complémentaires, [8]
Et, *décadi,* je ferai tes affaires.

Je m'en allais, lorsque tout doucement,
A mon oreille il souffla vivement :

« Le premidi, c'est Grognard, qui se venge
Du marquisat, en bon agent de change;

Le DUODI, c'est Ernest, qui rira
De la vertu, quand son tour reviendra;
Le TRIDI... qui? c'est le beau Carthagène,
Que notre agnès traita toujours sans gêne;
Le QUARTIDI, Doris, qu'il faut bénir,
Et qui se pâme encor de souvenir;
Le QUINTIDI, c'est Ajax l'intrépide,
Que la marquise appelle son Alcide;
Le SEXTIDI, l'amoureux Mirliton,
A qui l'ÉPOUSE a donné ce doux nom;
Le SEPTIDI, c'est le flandrin Septième,
Arrivant là comme mars en carême...
(On dit pourtant qu'il sera remplacé,
Car de son nom lui-même il est vexé...)
Pour L'OCTIDI, je l'ai su par miracle,
C'est, m'a-t-on dit, le capitaine Racle :
Mon devancier, l'amant du NONIDI,
C'est Grangeneuve, et je suis DÉCADI. 9
A tous les neuf, aussi bien qu'à moi-même,
La chaste épouse avait caché ses dents,
Ses yeux, sa bouche... et nous mettait dedans.
L'éclair a seul résolu le problème...
Avis soluble aux nouveaux prétendants.
Adieu, mon vieux; je pense à tes affaires :
Ménage-toi pour *les complémentaires*...

Les prétendants sont Migraine et Boissec. »

(Arthur prend congé de son vieil ami.)

Comme Vert-Vert, je crus qu'il parlait grec :
Le lendemain j'appris à Bagatelle,
Que la marquise était encor plus belle...
Oh! le mérite est bien récompensé!!!

Je dois finir comme j'ai commencé :
C'est *une Epouse,* et non LA JEUNE FEMME,
Dont j'ai traduit ici l'esprit et l'âme...
Ai-je bien fait d'ajouter : *Et le corps?..*
Contre ces vers aucune ne réclame;
Toutes, plutôt, distribuant le blâme,
Echapperont à mes rudes accords. [10]

Lecteur, voilà ce que c'est qu'*une épouse,*
Qui d'un mari, dans son humeur jalouse,
Fait *un époux,* pour ne plus s'en servir...
Tu vois que JEANNE y parvint à ravir.

LE CHEVALIER.

NOTES

Sur une Epouse.

———

¹ C'est *une Epouse*, et non LA JEUNE FEMME,

En effet, c'est d'une façon bien différente que le Chevalier nous a peint, naguère, la compagne accomplie de l'ami commun Justin : cette belle fille de Dôle est autre chose que *Jeanne la belle* : la FEMME du brave capitaine n'est pas *l'épouse* du marquis.

² Or, du vaisseau je tiens le gouvernail;
Je puis, à l'aise, en vanter la nature.

Hélas! oui... à vrai dire, l'auteur parle un peu trop à son aise, peut-être, de toutes ces misères humaines. Nourri de Juvénal, il ne recule pas plus que cet implacable satirique romain, devant la crudité d'un trait *sans gêne,* pour frapper le vice, ou le rendre ridicule. Il faut bien que je prie les lecteurs, et plutôt nos lectrices, trop susceptibles, d'avoir de l'indulgence, pour des détails *un peu nature,* en faveur des intentions morales et sévères, qui les dictent ou les commandent.

³ Mais le monde réel veut de l'ingénuité.

Le Chevalier ne fait que quatre syllabes du mot *ingénuité* :
a-t-il tort, ou raison? Je pense qu'il est dans son droit. Mais,
en vérité, dans le cas contraire, il eût été bien bon de s'en
gêner, et de s'arrêter, pour changer de mesure, ou d'expression, puisque le vers lui vient ainsi, sans la moindre peine.
C'est le cas de dire que *le jeu ne vaudrait pas la chandelle.*
Lisez rapidement le mot *ingénuité*, vous n'aurez que quatre
syllabes; traînez dessus, et vous en trouverez cinq... tant
pis pour vous. Je n'en lis que ce qu'il faut... a-t-on jamais
vu?

⁴ Toujours un froid *monsieur* va précéder ton nom;

On a beau dire et beau faire dans le grand monde à étiquette, je me crois assez physiologiste, pour assurer que depuis la haute bourgeoise jusqu'à la duchesse, cette façon de
dire gravement *Monsieur un tel, Madame une telle*, en parlant de son mari, ou de *sa noble épouse*, paralyse l'amour
conjugal, refroidit l'amitié comme la tendresse, et donne un
coup de massue à la confiance, comme à toute intimité de famille. Méditez bien sur cette assertion, et je vous demande
ensuite : Qu'en pensez-vous?

⁵ Plus autour d'elle il voit d'adorateurs,
   Plus il se croit le vainqueur des vainqueurs.

Il n'y aurait certainement pas de mal à cela, si Mᵐᵉ la
Marquise était une femme de bien : cet amour-propre de deux
cœurs heureux et chastes, sied à l'amour senti et rendu : je
conçois qu'alors on soit glorieux de sa fiancée. Mais d'après

tout ce qui se passe, *décade par décade*, du fait de son incroyable *épouse*, M. le Marquis, non jaloux et confiant jusqu'à la bêtise, n'est que ridicule.

⁶ Sûr d'être au fait de tout, le lendemain...

Il faut cependant convenir d'une chose, c'est que, sur mon âme, quelqu'étourdie, quelque dépravée que soit une malheureuse femme, il est plus qu'ignoble, de la part de celui qui lui fait faire un pas de plus dans l'ignominie et la dépravation, de publier ainsi le déshonneur, de rire de la souillure de sa propre maîtresse. Il est de certains hommes (s'ils méritent encore de porter ce nom), qui ne valent pas la millième partie de la femme la plus dégoûtante, n'en déplaise à M. Arthur.

⁷ — *Otez ce masque, objet de ma tendresse!*
— Non, couchez-vous, je tiendrai ma promesse.

C'est pourtant de l'histoire que le Chevalier nous brode là; car pareille aventure est arrivée à Paris, en 1795, faubourg... rue... n°... Tout le monde sait ça! Ainsi l'anecdote croustilleuse de *Jeanne la belle* n'est qu'une seconde, troisième, quatrième, ou cinquième édition d'une telle intrigue ambulante et voilée, sinon mystérieuse... Le moyen? Il y a tant et tant de *décadi*, aujourd'hui encore, bien que le calendrier soit *restauré*.

⁸ Tu peux aller aux jours complémentaires,

Cette plaisanterie que se fait adresser le Chevalier, par ce jeune fou de sa connaissance, prouve bien qu'une bonne et franche gaîté n'abandonnait jamais le moins âgé de nos centenaires : il avait alors près de cent sept ans. Il vit, en effet, les jours complémentaires de 1839; mais certainement il ne troubla pas le repos conjugal du marquis, après la dixaine d'amants dont il est question dans cette *Bluette* de 1838, si tant y a qu'il n'y ait point ici d'anachronisme. Mais je suis porté à croire que cette débauche d'esprit fut composée à la fin du xviiie siècle.

9 C'est Grangeneuve, et je suis DÉCADI.

Toute cette tirade me confirme dans l'opinion que je viens d'émettre à la fin de la note 8 : j'ai donc la croyance que lorsque le Chevalier écrivait ces vers, il n'avait guère moins de soixante-cinq à soixante-dix ans : l'almanach républicain est trop présent à sa pensée, pour que cet amusement érotique ne date pas de 1795 à 1800.

10 Toutes, plutôt, distribuant le blâme,
Echapperont à mes rudes accords.

Il s'agit des dames qui ne se reconnaissent jamais dans les tableaux désolants, sévères, sinon très-ressemblants, qu'on trace de leur conduite, un petit brin scandaleuse... Eh! mon Dieu, mes bons camarades, nous ne sommes guère plus faciles à persuader sur nos vices, ou nos défauts;

« Et je sais même, sur ce fait,
« Bon nombre d'hommes qui sont femmes. »

DE L'IMPORTANCE MAL FONDÉE,

CONTRE LES

SUPRÉMATIES USURPÉES, OU DES QUASI SINÉCURES. '

Férule.

(1838.)

> « Hors de la hiérarchie religieuse, militaire ou civile,
> « et administrative, il n'y a plus aujourd'hui de supé-
> » riorité sociale, sans le mérite; point de noblesse,
> « sans la vertu..... »
>
> (L'Auteur.)

> « *L'indocti discant*, est d'un pédant; *l'homo sum*, d'un
> « orgueilleux..... »
>
> (Boiste.)

J'ai blâmé les écarts de notre jeune France ;
Je ne suis pas suspect... mais quand le monde avance,
Quand mon pays s'éclaire, ainsi que l'univers,
Voudrai-je qu'il recule? et ferai-je des vers
Pour remorquer en vain le pauvre *ancien régime,*
Sous prétexte qu'il fut autrefois légitime?

24

Vous vous moquez de moi, sans doute, *voltigeurs,*
Ultras ou *parvenus,* encroûtés surnageurs
Des abus du *grand siècle* : ici, horde incurable,
Croyez que notre espèce à la vôtre est semblable,
Ou bien à l'abattoir. Je viens vous dépécer...
Il vous reste un quart d'heure ; allez vous confesser :
Revenez-moi bien vite aussi *blancs* que la neige,
Affables, sans orgueil, ayant le privilége
D'être estimés des *grands* bien moins que des *petits,*
Et je change pour vous l'enfer en paradis :
Sinon, de vos cerveaux j'entreprends l'autopsie.

. . . .

. . . .

Ils ne s'amendent point !.. Eh bien, mort de ma vie !
Rira fort, mes gaillards, qui rira le dernier :
Apprenez ce que pense un noble roturier.

Toute *suprématie* est au moins usurpée ;
Sans mérite réel... c'est de la ripopée. [2]
Capacité, vertu, seules donnent un rang :
Fût-on sorti des rois, pour illustrer son sang
Il n'est point d'autre route... et vous savez, de reste,
Qu'ainsi que la vertu, le mérite est modeste.

Aucune vanité n'est de mise aujourd'hui :
Ce principe est moderne, il sera mon appui...
Oui, je vais essayer de prouver qu'à notre âge,
Etre humble avec grandeur est la vertu du sage,
Du véritable noble. En effet, le vrai grand
Seul se fait admirer, seul sait tenir son rang.
Plus on est élevé, plus il devient facile
De voir à ses genoux tout un peuple docile :
Souriez à ce peuple, il vous estimera
Tout ce que vous valez; car il vous chérira.
Comme au-dessous de vous n'envisagez personne;
Vos égaux même alors vous ceindront la couronne :
Ainsi vous serez noble, et des simples mortels
Vous aurez de l'encens, ou presque des autels...
Pour mieux être honorés, faites que l'on vous aime.

Mais l'orgueil veut résoudre autrement ce problème :
Nos grands *manqués,* au lieu de se rapetisser,
Pour s'élever... toujours tendent à se hisser :
Ils sont si lourds, hélas! qu'enfin la corde casse;
Et le dernier *vilain* n'envîrait pas leur place,
Tant leur allure est fausse et digne de mépris.
Rois, princes, ducs, barons, ce n'est pas à ce prix

Que vous aurez *un point* de plus que vos semblables :
De votre discrédit seuls vous êtes coupables...

Voilà ce qui m'a mis les verges à la main, [3]
Pour frapper le faux noble à l'égal du vilain;
Pour rabaisser celui qui se grandit trop vite,
Le placer à son poste, et selon son mérite.
Avancez donc en scène, ignorants parvenus,
Gentilshommes bâtards, pour rustres bien connus;
Faisons le poids exact de votre suffisance,
Voyons si vous pouvez soutenir la balance
Du simple roturier, dont la capacité
Le dirige, à bon droit, vers l'immortalité.

Avant d'aller plus loin, je veux sur la pairie
Emettre mon avis... j'en ai la fantaisie;
Et quand un bon desir me traverse l'esprit,
Je ne suis satisfait que lorsque je l'ai dit.
Plus je vais, plus je vois qu'on agit bien naguère...
Seule la royauté doit être héréditaire :
Le trône ne saurait faire plus d'envieux
Chez les pairs, que parmi d'autres ambitieux :

Sénateurs, députés, avant d'être grands hommes,

Ne seront ici bas que le peu que nous sommes.

Hors des princes du sang l'héritage finit...

Dans ce rare malheur, la nation s'unit

Pour élire un monarque : elle prend le plus digne;

Qu'il soit pair ou tribun : partout, au même signe,

Né noble ou roturier, il sera reconnu,

Si sur son front on lit : *Capacité, vertu.*

Pour mériter ce choix il devient nécessaire

D'offrir mieux au pays qu'un sang héréditaire...

On ne nous verra plus tomber dans ce travers.

Juillet eut donc raison de limiter ses pairs

Au cercle de la vie. Ainsi leur géniture

Doit se faire éclairer autant que la roture;

Pour parvenir mieux qu'elle à *la chambre des grands,*

Seuls nobles aujourd'hui de vertus, de talents...

Mais sans la modestie il n'est point d'avantage.

Sois humble, si tu veux paraître un personnage :

Tu ne seras jamais qu'un coq de basse-cour,

Si tu singes le paon la nuit comme le jour. ⁴

Ah! pour être orgueilleux au suprême mérite,

Ne vous y trompez pas, il faut être hypocrite :

Le même individu qui vous parle en Sultan,
N'est qu'un vil roitelet *en face du divan*.
Voulez-vous, à coup sûr, reconnaître entre mille,
Le grand le plus petit?.. oh! rien n'est plus facile :
Suivez-le tout un jour, cela vous suffira;
Avec sa sinécure un jour le trahira.
Vous ne pouvez le voir qu'au sortir de sa couche;
Suivez-le en ses bureaux : son regard fier et louche
Insulte à tout le monde, et met tout à ses pieds;
Les plus dignes commis en sont pétrifiés.
Le grand Colbert disait à ces bourreaux d'ouvrage :
« Alerte! mes enfants; travaillons, du courage :
« Il faut passer la nuit au service du roi;
« Je ne dormirai pas; ferez-vous comme moi?.. »
Et tous obéissaient, en amis, au grand homme...
Trouvez-moi des Colbert; je l'irai dire à Rome.
Revenons au *sauteur* que vous suivez de l'œil;
Voyez s'il réunit la bassesse à l'orgueil :
Jusqu'à son cabinet arrive *l'autocrate :*
Là (sa morgue le dit) ce n'est qu'un automate,
Qui, sans ses travailleurs, vrai, ne signerait rien...
Il signe cependant l'honnête citoyen.
Sa voiture s'avance : il va voir les ministres;
Ce n'est plus un *seigneur,* c'est le dernier des cuistres :

Au fond de son carrosse il laisse, en vérité,

A cette heure du moins, toute sa vanité :

Au bas de l'escalier sa tête est découverte ;

Il s'incline devant une salle déserte,

Et craint de n'être point encore assez poli :

Il va serrer la main de l'huissier... c'est joli

Pour un comte ! un marquis ! « Si de son excellence

« Je pouvais obtenir un instant d'audience... »

— Attendez un moment. — Deux heures, s'il le faut...

« Je serais trop heureux d'être reçu plus tôt. »

Il va voir le ministre ; il entre ventre à terre...

Oh ! comme il s'est démis de cette allure altière,

Dont il vient d'écraser ses utiles bureaux...

Le ministre en a honte, accepte les lambeaux

De ses pétitions, et lui promet merveille :

« Voyez le roi, dit-il... oui, je vous le conseille. »

Nous allons à la cour plus petit que jamais ;

Et presqu'à deux genoux, introduit au palais,

Des princes ou du roi nous embrassons les bottes,

Fussent-elles le soir recouvertes de crottes...

(Nos princes citoyens font des courses à pied...)

Le bon Philippe, hélas ! nous sourit... ça nous sied...

Et mon héros s'en va plus fat que de coutume.

Au sortir du château son orgueil se rallume :

Pour quatre millions il ne salûrait pas
Ses amis, ses égaux, revenant sur ses pas.
Je vous laisse à penser, bons humains, comme il traite
Ses bureaux, ses commis, rentrant dans sa retraite.

Vous allez m'accuser d'exagération,
Petits ambitieux de notre nation...
Voyons : toi, je te fais sous-préfet de ta ville;
Comme moi, ton air humble en aurait trompé mille...
Te voilà sous-préfet : *Ardez le beau museau,*
Pour nous donner envie encore de sa peau! 5
Son dos n'est plus voûté, fort droite est son échine;
On le croirait un coq, tant il en a la mine...
Comme il va nous mener son arrondissement!
Hélas! il le mena je ne sais trop comment :
Mais il fut auditeur... cela fait, Dieu sait comme
Vous auriez vu partout se pavaner cet homme :
On ne le rencontrait qu'avec l'habit brodé...
Par bonheur, tout mérite était chez lui fraudé;
Il fut jugé de près, et *la dégringolade*
De cet avancement fit une pasquinade;
On oublia son nom dans le conseil d'état,
Et Monsieur l'Auditeur redevint... un pied-plat.

Il fit valoir, plus tard, ses droits à la retraite ;
Il lui manqua *trente ans,* et n'eut rien... pauvre bête!
Je l'ai revu depuis *gros Jean comme devant;*
Mais son orgueil rentré l'a rendu plus pédant.
Que fût-il arrivé si la suprématie
D'un tel fat eût encor mieux enflé la vessie?..

Cet autre est député... peste! que dites-vous?..
Il ne veut pas encore qu'on le serve à genoux ;
Mais il n'en est pas loin : d'un air grave et sinistre,
Il dit à tous venants : *Je vais chez tel ministre;*
Je sors de chez tel autre; on m'attend chez le roi;
Je ne m'appartiens plus... je ne puis être à moi...
Pardon, si je vous quitte... Un drôle, qui naguère,
Pour avoir votre voix, se roulait presqu'à terre,
Pensé être quelque chose, alors qu'il n'est qu'un sot.
Eh! que sera-ce donc, mes amis, si le flot
Le porte à la pairie, et jusqu'à l'ambassade?
Il n'a plus son pareil; il est sans camarade;
A grand'peine le roi peut être son cousin :
Il ne doit plus céder le haut bord du chemin
A personne ; et chacun, soit qu'il entre, ou qu'il sorte,
Affaire ou non, toujours doit l'attendre à la porte.

S'il ne vous parle pas, gardez-vous de parler ;

Très-pressé, n'allez pas non plus vous en aller :

Attendez!.. Monseigneur seul du temps est le maître...

Et sans vous dire un mot, il sortira peut-être.

Va-nu-pied! qui te rend si maussade, ou si vain ?

Ta valeur?.. mille voix me le diraient en vain :

Car à cette valeur tu ne peux faire croire,

Qu'en te montrant modeste et grand comme la gloire.

Le vrai génie est humble, avant, pendant, après

Une noble action, comme au jour d'un succès ;

La suffisance exclut à jamais tout mérite ;

La noblesse grandit en se faisant petite :

Plus un homme élevé s'oublie à tous les yeux,

Plus il s'élève encore et s'approche des cieux...

Par contre, s'il prétend réunir sur sa tête

Tous les regards du monde, il est moins qu'une bête.

Lorsqu'un mortel vous dit : « Occupez-vous de moi. »

Je le tiens pour ignoble, eût-il pour père un roi ;

Je le déclare tel seulement s'il y pense ;

S'il en a même l'air, ou la moindre apparence ;

S'il croit, lorsqu'il vous parle, avoir, par vanité,

Le droit de se soustraire à quelque vérité...

. . . .

. . . .

Nobles et parvenus, vous les entendrez toutes :

Du calice, il est temps, épuisez donc les gouttes,

Jusques à la dernière : aux explications

Se soustraire est d'un lâche ; et, sans vos passions,

Vous iriez au devant... mais l'orgueil vous oppresse,

Vous craignez *d'avoir tort!*.. Insultante faiblesse!..

Contraire au droit commun, contraire au droit divin,

Et que Dieu châtira, tôt ou tard, de sa main... [6]

Redoutez sa justice ; évitez l'anathème ;

Pour être respectés, respectez-vous vous-même ;

Et sachez qu'aujourd'hui le dernier des valets

Peut, si vous l'outragez, vous donner des soufflets...

Par pari refertur. Voilà, grands de la terre,

Mes simples droits de l'homme... et ce n'est pas la guerre

Que ma timide voix vous déclare en ce jour :

Montrez-vous bienveillants ; montrez-vous tout amour ;

Que votre ambition ne nous soit plus suspecte ;

Au lieu de l'exiger, faites qu'on vous respecte.

Imitez ce jeune homme en la pourpre élevé,

Fils de roi... par Dieu même à nos cœurs enlevé,

Pour, dans l'éternité, vous servir de modèle :

Cet héritier d'un trône à l'âme la plus belle

Unissait le génie à la simplicité ;

Sur son front on lisait : *Vertu, capacité...*

Pleurez!.. c'est le vrai noble; et, même sans naissance,
Il eût été l'idole et l'honneur de la France.
Inclinons-nous devant les décrets éternels;
Mais rêvons ce cher prince au rang des immortels...
Le ciel nous l'a ravi!.. De son trop court passage,
Profite, homme de cour, vaniteux personnage :
Que tu sois né d'un flanc ou noble, ou plébéien,
Pour rester noble, ou l'être, il n'est plus qu'un moyen ;
C'est d'apprendre à servir ton prince, ta patrie ;
C'est de t'illustrer seul; c'est d'honorer ta vie;
C'est d'être affable à tous, pour de tous être aimé ;
C'est de craindre le ciel, afin d'être estimé.
Que m'importe le sang qui coule dans ta veine,
Lorsque plus que ton cœur ta vessie en est pleine?
Ton âme a la jaunisse en un semblable cas;
Tu ne peux être grand... Insensé!.. chapeau bas!
J'ai vu de tes pareils, à mon sens, bien risibles,
Avec le temps qui court presqu'incompréhensibles,
Trouver Louis-Philippe un roi trop bienveillant,
Aux beaux jours de Juillet... depuis, lui conseillant
De retirer sa main de la main populaire...
Mais l'homme de génie a fait tout le contraire.
Je riais de bon cœur, quand on me racontait
Que le roi des Français trop se compromettait...

Cuistres! vous ignorez ce noble trait d'escrime,
Qui conduit de nos jours à la publique estime :
Vous vous targuez, à faux, d'un *prestige* détruit;
Et vous voyez assez où cela vous conduit :
Vous êtes dédaignés, tout puissants que vous êtes...
Des grands et des petits chez nous les parts sont faites.
Le sage sait des cœurs qui fait le conquérant :
Tel est Louis-Philippe; il est noble, il est grand.

Parmi les *exhaussés,* c'est un sort des plus tristes
De rencontrer si peu de physiologistes!
La nature animée est un chaos pour eux :
S'ils *savaient* être humains, ils seraient plus heureux.

Hélas! pourquoi faut-il qu'ainsi de classe en classe,
L'homme, presque toujours, s'égare et se déplace?
La vanité, l'orgueil, la fortune, un vain rang
Dénaturent les mœurs, et les liens du sang...
Eh! voilà, parmi nous, ce qui perd la jeunesse :
On élève un marmot à traiter la vieillesse,
Et tous ses grands parents, comme au-dessous de lui.
Ce travers est hideux!.. il existe aujourd'hui :
Le fils d'un bon bourgeois est-il devenu comte,
Baron, marquis, ou duc?.. son père lui fait honte;

Ou (n'osant en rougir) dans ses collatéraux,

Frères, sœurs de sa mère, il ne voit plus d'égaux.

Dénonçons cet excès à la raison publique;

Il bannit tout respect du foyer domestique.

Apprenez, ci-devant nobles, ou parvenus,

Des étoiles du ciel fussiez-vous descendus,

Qu'il n'est point de prétexte, en aucune posture,

Pour renverser ainsi les lois de la nature.

Vos fils, non mariés, ne sont que des enfants,

Qui doivent s'incliner devant de vieux parents;

Vis-à-vis d'une sœur, en présence d'un frère

Des auteurs de leurs jours... — c'est le sang de ta mère,

C'est le sang de ton père, enfant dénaturé!

Fusses-tu sur le trône, il doit t'être sacré.

On blâmerait le roi, la reine étant absente,

Si sa sœur n'était pas toujours sa remplaçante :

La princesse royale, à table comme ailleurs,

A sa tante, en ce cas, doit laisser les honneurs...

Grands du monde, imitez cette auguste famille,

Où la mère a sa place, aussi bien que la fille,

Sans que cette dernière aille impertinemment

Demander que la reine en agisse autrement. [7]

Voyez-vous deux vieillards, à face vénérable,

Jetés, par étiquette, aux deux bouts de la table?..

Deux gamins vous les ont déplacés sans effroi :
Ce manque de pudeur n'a point lieu chez le roi.
Et des seigneurs d'un jour vont se rendre coupables
Aux yeux de l'Eternel de manquements semblables !
Quand ce Dieu pour son fils créa l'humilité,
L'homme fait pour lui seul un cours de vanité !

. . . .

. . . .

Arrière, polissons ! morveux gamins, arrière !
Soyez humbles, afin qu'un jour on vous vénère.
Et vous mère superbe, et vous père insensé,
Tâchez de mieux finir ; car c'est mal commencé :
Vos enfants, grâce à vous, ingrats et ridicules,
Mériteraient un jour de plus rudes *férules,*
Si vous ne reveniez de votre folle erreur...
Ayez donc moins d'orgueil, et montrez plus de cœur. [8]

Les femmes ont toujours une suprématie
Que l'on doit respecter : oui, la galanterie
L'exige ; et tout le veut : à table comme ailleurs,
Tous les cavaliers sont leurs humbles serviteurs.
Paris est en ce sens un foyer de scandale ;
Mais on est fat ailleurs que dans la capitale.

Eh ! si je descendais chez nos provinciaux,
Négociants truffés du boursouflé Bordeaux...
Oh ! par ma foi, lecteurs, vous en verriez de belles,
Depuis tous nos fripiers du Pilier-des-Tutelles,
Jusqu'aux agioteurs du pavé des Chartrons !
A la bourse suivez ces petits fanfarons,
Pairs ou législateurs : voyez leur contenance,
Et ce protectorat!... nul maréchal de France
N'a jamais, jour de Dieu! porté le nez si haut...
On appelle *cela* des hommes comme il faut.
Vous connaîtrez *mes ours* à la seule démarche :
Comme si leur ayeul se fût sauvé dans l'arche,
Ils n'ont pas moins d'orgueil que ces pauvres Lévis
Qui se croient descendus... juste du paradis ;
Bien persuadés qu'eux, et Jésus, et Marie
N'ont eu qu'un même toit, une même patrie... ⁹

. . . .

. . . .

L'un, tout petit roquet, fait ainsi le grand chien,
Sachant parfaitement qu'il est sorti... de rien ;
L'autre, à peine bourgeois, s'adjuge une naissance
A trente-six carats... Trève de suffisance,
Capucin ! ton ayeul ne fut qu'un gros patron ;
Car ta culotte, vrai, sent encor le goudron...

Tu n'en vaudrais pas moins, si de ton origine
Tu te souvenais mieux ; mais tu m'as bien la mine,
Quand j'évalue ici ta démarche, ton air,
D'être à terre plus sot que ton ayeul sur mer.

Parmi nos magistrats, dans leur barreau superbe,
Pensez-vous que l'on soit enseveli sous l'herbe ?
Ou que la violette aux soins de son parfum
Livre sa renommée ? allons !.. c'est trop commun :
Au sortir du palais *on flâne,* on se balance,
Sans rien dire, on vous dit : « C'est moi, dont l'éloquence
« Vient d'enthousiasmer tout un peuple ébahi ;
« Je voulais être... simple, et je me suis trahi...
« Venez-vous ? j'ai besoin, vraiment, de prendre haleine. »
De ces humbles parleurs la cour est toujours pleine :
Jusques à sa demeure, en vrai tambour-major,
Chacun se drape ainsi, donnant toujours du cor...
Ha ! pour couronner l'œuvre, il faut que je vous cite
Un membre du parquet, qui n'est pas sans mérite,
Mais dont la morgue enflée a pris un tel élan,
Qu'il a pour sobriquet, je crois, Pompis-Pompan :
Mon frère en parlera dans une autre satire ; [10]
Je ne veux le railler aujourd'hui que pour rire.

Figurez-vous, Messieurs, un petit porc des mers...
Vous le reconnaitrez à son nez de travers,
A sa bouche empâtée, à ses lèvres dodues,
Qu'on pourrait amoindrir avec quelques sangsues...
Vous y voilà, c'est lui... N'est-ce-pas désastreux
De le voir se draper ainsi qu'un roi des preux?
De tous vos importants, sans douté, il a la pomme :
Rendez-le-moi modeste, et j'en fais un grand homme...
Pas possible? tant pis; car c'est comme cela
Que ce qu'on veut avoir gâte tout ce qu'on a. "
De la fierté partout, pour être un personnage;
Mais pour le devenir il faut être plus sage :
Qui veut s'en faire accroire a beaucoup à risquer;
On le dissèque alors, pour mieux le critiquer.
Un peu d'humilité, mes chers compatriotes;
Car plusieurs d'entre vous ont décrotté des bottes,
Peut-être mieux encor... je ne vous en veux pas;
Mais, pour l'amour de vous, parlez un peu plus bas.
Vos suppositions, me dira-t-on, peut-être,
Sentent trop l'aristarque : ah! vous devez connaitre
A Bordeaux, comme ailleurs, de plus dignes français,
De race et de talent... Oui, certes, j'en connais !..
Mais, je crois l'avoir dit; vanité, suffisance
Ne décèlent pour moi ni savoir, ni naissance :

Je le proclame encor : tout glorieux faquin,
Haut ou bas, n'est jamais qu'un pleutre, ou qu'un vilain.

Le plus pénible orgueil de notre humaine espèce
Est celui qu'ont produit le rang et la richesse;
Des parents... des roquets que vous voyez chez eux,
Ne vous rendront jamais une visite, ou deux... ¹²
Avec un *omnibus* ils le pourraient sans peine :
Je suis un pauvre diable, à quoi bon cette gêne?
Sept mois je suis malade, et presque sans espoir :
Candidalma, mon frère, est seul venu me voir.
Vous aurez vingt neveux, cent cousins ou cousines,
Des nièces... en veux-tu? qui tous vous ont des mines...
Pleines de convenance, et de respect humain,
Qui viennent vous sourire, ou vous serrer la main...
Tous, et pères et fils, garçons et péronnelles,
De *vos nobles parents* demandent des nouvelles...
Mais aucun, s'il est riche, en votre humble réduit,
Ne va savoir comment vous passez jour et nuit...
Aussi, je me promets, au bout de ma carrière,
De ne plus me gêner pour ma famille entière :
Je verrai qui me voit, et parmi *les amis*...
Encor je choisirai... cela m'est bien permis...

Chut! à ce travers-là mon sang bout, mon cœur brûle!..
Je lui consacrerai ma dernière *Férule.* [13]
Achevons de honnir l'incurable défaut
De s'estimer toujours dix fois plus qu'on ne vaut.

J'entends de tous côtés des gens... vaille que vaille,
Crier qu'en leurs salons s'introduit *la canaille...*
(C'est du simple artisan qu'ils veulent vous parler) :
Jusqu'à cet artisan pourquoi vous ravaler?
Quand vous avez besoin de sa voix, de son vote,
La canaille pour vous alors n'a plus de crotte,
Ou vous vous y jetez, ventrebleu! jusqu'au cou;
Votre *vassal* vous mène alors par le licou. [14]
Vous êtes, dites-vous, un homme politique;
Mais tout esprit moral, tout cœur évangélique,
Vous répondra soudain, qu'il ne peut concevoir
Que de l'âme le front ne soit pas le miroir :
En mettant votre main dans la main populaire,
Vous avez fait un pacte; on ne peut se défaire,
Sans courir des dangers, de ce nouveau lien :
Subissez l'alliance, et restez citoyen.
Vers vos inférieurs vous marchiez à plat ventre,
Vous faisant *droite* ou *gauche,* et quelquefois *du centre,* [15]

Selon l'occasion, *le collége,* ou le lieu,

Disant que les humains sont égaux devant Dieu...

Pourquoi le faisiez-vous? qui vous forçait à feindre?

D'un peuple qui raisonne un *grand* a tout à craindre,

S'il se fait *trop petit,* dans son propre intérêt, [16]

Pour, devant *les vilains,* tendre après le jarret.

Laissez donc *le rustique* en sa modeste sphère;

Il ne demande point d'en sortir... pourquoi faire?

Quand vous avez besoin d'un homme, le choyer,

L'admettre à votre table, à votre *haut* foyer;

Cela vous est permis; mais, après un service,

Dire qu'il est *trop peuple,* et jeter à l'office

Celui qui vous servit, me semble un manquement

A vous comme à cet homme... on peut faire autrement:

Pourquoi pousser si loin *la camaraderie?*

Vous pouvez réussir sans tant de flatterie.

Grands, envers les petits soyez bons, et non *plats;*

Jusqu'à vous, je le veux, ne les élevez pas,

Pour les précipiter ensuite dans la boue.

Qui fait un pas de trop, recule, fait *la moue,*

Parce qu'il voit, dit-il, qu'il s'est *encanaillé,*

N'a que ce qu'il mérite; il doit être raillé,

Avaler la couleuvre, et de ses prévenances,

En dehors de son rang, subir les conséquences.

Orgueil de haut parage et sotte vanité
Me paraissent avoir beaucoup d'affinité :
L'une ou l'autre, je crois, s'engendre, et prend la vie
Au souffle empoisonné de la suprématie.

Au surplus, nous vivons dans un siècle éclairé,
Où l'on ne gagne rien à faire *le titré,*
Le noble, le seigneur, *le bourgeois-gentilhomme.*

Vous voulez *un votant...* qu'importe qu'il se nomme
Arthur, Pierre, ou Thomas? s'il est bien élevé,
Laborieux, instruit, peut-être réservé
A se couvrir de gloire, en servant la patrie,
Ou bien à l'honorer à force d'industrie...
Vous pouvez à cet homme ouvrir votre salon :
Le grand mal d'imiter ainsi Napoléon!
Ne grimacez donc pas, ne cherchez point querelle
A Monseigneur un tel, à Madame une telle,
Lorsque vous trouverez chez eux, une fois l'an,
Tel ou tel roturier... ou bien, allez-vous-en!..
Mais si quelque malin vous disait à la porte :
« Je m'étonne qu'ainsi Madame ou Monsieur sorte;
« Car son père n'était qu'un pauvre plébéien,
« Qui se fut honoré de ce bon citoyen... »
Et Monseigneur un tel, ou Madame une telle
Serait rentré chez lui, se sauverait chez elle,

Plus penauds que jamais. Eh! qu'on en trouve, hélas!

De ces gens parlant haut, qui devraient parler bas; [17]

De peur que, révolté de leur suprématie,

Le monde de leur corps n'entreprît l'autopsie,

Pour voir s'il y circule une goutte du sang

Qui décèle, au grand jour, un rustre ou noble flanc!

N'allez pas croire ici que d'un coup de férule

De confondre les rangs j'aspire au ridicule;

Je veux bien qu'on remarque en ces vers libéraux,

Que, s'ils sont de l'époque, ils sont toujours moraux :

Je ne m'oppose point à ce qu'on reste en place,

Chacun dans son blason, chacun selon sa classe;

Mais tout français qui veut se populariser,

Perd infailliblement le droit de tout oser :

S'il refait *l'exclusif,* après cette démarche,

Il sera bafoué, descendît-il de l'arche;

Le peuple le plus fin de ce vaste univers,

En prose le honnit, comme je fais en vers. [18]

Soyons de bonne foi; dans les temps où nous sommes,

En France, parmi nous, qui distingue les hommes?

Leur valeur intrinsèque : or, l'esprit, ou le cœur

Ne s'est jamais targué d'une telle valeur :

On la laisse priser par les mortels d'élite,

Sans se placer soi-même, ou s'en faire un mérite.

Il n'appartient qu'aux sots, aux dandins d'ici bas

D'étaler au grand jour la valeur qu'ils n'ont pas.

L'homme capable est humble, il se juge lui-même;

Tout en s'appréciant, en rien il n'est extrême.

Ceci posé, que dire, hélas! d'un général,

D'un préfet, fût-il pair, même d'un maréchal,

Disant : *Regardez-moi, car je suis quelque chose?*

De cette fatuité je recherche la cause :

C'est que le général, et l'autre, et le préfet

Ne sont que par leur rang quelque chose en effet.

Aussi, que tout cela soit mis à la retraite,

Si vous les distinguez, vous serez bien honnête :

Les uns se conduiront chez vous en vrais pédants,

Et *l'autre* n'est qu'un sot dehors comme dedans.

Oh! que j'aime bien mieux ce prince de l'église,

Que Bordeaux a perdu, que le ciel favorise,

Ce digne Cheverus, humble comme la croix,

Familier envers tous, et bienfaisant par choix;

Aimable ami du peuple; au sortir de la chaire,

Portant un bon fagot au toit de la misère; [19]

Tout surpris, stupéfait des honneurs qu'on lui rend ;
Rentrant dans son palais *comme un indifférent...*
(A la porte du riche il laissait sa voiture,
Pour offrir des secours à l'humaine nature);
Il croit qu'un cardinal n'est point déshonoré,
Pour aller à Paris, ainsi qu'un bon curé,
Dans une diligence... il épargne l'aumône
Qu'il prodigue au retour... Il gagna sa couronne !
Vous l'aviez accusé de mal tenir son rang...
Le ciel le canonise : il est noble, il est grand ! [20]

A ce digne prélat comparez vos lords maires,
Vos députés, vos pairs, ou vos grands dignitaires;
Vous rirez de pitié, rien qu'à les voir marcher,
S'asseoir, parler, se taire, agir, tousser, cracher :
Un paon de basse-cour n'a pas une autre mine...
Comment respecter ça !.. c'est bon pour la cuisine.
Le respect ! la loi seule a pu le commander;
Mais vous, pour l'obtenir, il faut intercéder...
Autrement le respect jamais ne se commande :
Un français ne le doit qu'à qui le lui demande
Humblement, et loti de nobles qualités :
A des civilités par des civilités

Il répond : autrement toutes vos sinécures
Ne sont, à ses regards, que de fausses dorures, [21]
Dont il fait peu de cas, dont il connaît le prix;
Et vous n'aurez de lui que dédain, que mépris.

Nigauds!.. à votre poste, il vous est si facile
De trôner en effet : il faut être imbécile,
Quand on est haut placé, pour ne pas réussir :
Un mot vous sauverait, un mot vous fait faillir...
Vous ne savez donc pas combien les basses classes
Tiennent compte aux puissants de la moindre des grâces? [22]
Rapetissez-vous donc; ayez un autre abord;
Ecoutez tout le monde, ayant raison, ou tort :
Accordez au bon droit prière sur prière;
Ne refusez jamais qu'à l'instar d'un bon père;
Même en n'accordant rien, montrez-vous généreux;
Dites : « Une autre fois je serai plus heureux;
« Revenez me trouver : il est plus que probable
« Qu'il me sera permis de vous être agréable. »
Et tous vous béniront : votre affabilité
Vous soumettra les cœurs à l'unanimité :
Tout esprit comprendra *votre suprématie...*
Agissez-vous ainsi, même en superficie?

Non, sans doute; et vos cœurs, votre âme, votre corps
Ne sont que vanité, *dedans comme dehors.*

Que m'importe, après tout, que d'une cour royale
Vous soyez le *phénix,* fussé-je de la halle?
Si je suis honnête homme, ai-je besoin de vous?
De *votre sinécure* ai-je peur du courroux?
En passant, si je suis ou devant, ou derrière,
Par respect, me faut-il sauter dans la rivière?
Si vous le commandez, je ne le ferai pas;
Si vous êtes poli, je vous cède le pas.
Pour le garde-des-sceaux ce serait ma manière,
S'il était comme vous, *ou devant, ou derrière.*

Eh! que m'importe encor que vous soyez préfet,
Si c'est pour nous servir qu'ainsi l'on vous a fait?
Je tiens compte à l'Etat de votre suffisance;
Mais quand à mes égards, à ma reconnaissance,
Mon respect!.. c'est à vous de me les inspirer;
Je vous ai dit comment on y peut aspirer.
Donnez-vous donc des airs (si cela vous amuse),
D'homme supérieur, selon moi, sans excuse...

Vous n'empêcherez pas qu'ainsi que je l'ai dit,

On n'est jamais plus grand qu'en se faisant petit. [23]

A moins que d'être expert en physiologie,

On ne saurait, vraiment, bien explorer la vie

Ou les moindres écarts de l'homme vaniteux :

En petit comme en grand, tout est chez lui honteux...

Oui, hors du tête-à-tête : ici que peut-on dire

Qu'il n'ose démentir? sa vanité respire :

Il raisonne avec vous, même assez congrûment...

Mais qu'il survienne un tiers... on agit autrement;

En discutant encore il peut se compromettre :

A-t-il du talent? non; mais on le croit peut-être;

Et, devant deux témoins, une parole, un mot

Peut prouver au grand jour qu'un tel fat n'est qu'un sot... [24]

Voilà pourquoi l'orgueil, dans ses propres affaires,

Secret et boutonné, sacrifie aux mystères;

On croit (peu sensément), qu'en se cachant d'autrui,

L'on sera beaucoup plus considéré de lui.

Je connais un *Lion* d'une aussi triste espèce,

Qui perd tous ses procès par cette maladresse :

Pour vous prouver qu'il peut se passer d'avocat,

Il n'en consulte aucun; mais on plume le fat.

Cet autre à quatre pas entrevoit sa ruine,
Celle de ses enfants... eh bien! il la rumine,
La dévore à lui seul, à l'insu des amis,
Plutôt que d'implorer... seulement un avis.
Sot orgueil!.. Mais parlons de défauts moins nuisibles,
Qu'entraîne un tel orgueil (défauts presque risibles) :
Un niais vous aborde une lettre à la main...
« Ah! vous avez reçu... que vous dit-il enfin? »
(Preuve que mieux que lui vous connaissez l'affaire).
Le fat vous répond : *Rien!*.. fatuité singulière!
Il ne se doutait pas que, dans son intérêt,
On vous eût envoyé le double du *poulet.*
Que cela veut-il dire? hélas! que *défiance*
Est sœur de vanité, comme l'est *suffisance* :
Ce qui fait bien trois sœurs, chez les cœurs corrompus...
Je n'en dis rien de moins, je n'en dis rien de plus.

Ce qui surprend toujours, c'est le ton d'assurance
Qu'affecte un homme nul, couronné... d'ignorance,
Vis-à-vis du savoir, de la capacité :
On est abasourdi de cette liberté ;
Mais on en rit, sous cape... Eh! que voulez-vous faire?
Le savant a son droit, l'ignorant sa chimère :

Le premier, dans sa marche, instruit le genre humain,

L'autre le divertit... Chacun suit son chemin.

Cuvier nous est utile, et *Rossin* nous amuse ;

J'admire celui-là, celui-ci je l'excuse...

Tant il est ridicule, et comble mes desirs :

Les sots furent créés *pour nos menus plaisirs,*

Comme les grands esprits le sont pour nous instruire.

Je ne sais donc pourquoi je fais cette satire...

Mais elle est commencée, il faut la terminer ;

Et c'est à quoi, lecteurs, je veux vous amener. [25]

Rien n'est plus curieux que la suprématie

Que s'arroge un pédant sur l'homme de génie...

Et rien n'est plus commun. Voyez cet armateur

Qui croit avoir trouvé l'esprit sous l'équateur,

Et vous le rapporter comme un arbre exotique,

Qui produit, pour lui seul, *des fleurs*... de rhétorique :

Il va parler pour vous, autant qu'il vous plaira ;

Et Dieu sait les non-sens qu'alors il vous dira ;

Aussi persuadé de son propre mérite,

(Nul comme avant *d'armer*) que s'il était l'élite

(A lui tout seul) des plus savants explorateurs...

Ses entrechats, sur mer, sont des régulateurs :

Gardez-vous, devant lui, de prendre la parole;

Laissez-vous *bïen mèner,* Messieurs, par la boussole

Qui dirigea sa poupe à tous les horizons...

Et vous irez, tout droit... aux petites maisons.

Voyez ce commerçant, habile en banqueroutes;

Et, pour vous enrichir, vous aurez plusieurs routes :

Mercure, auprès de lui, n'est qu'un fesse-Mathieu;

Car de tous les comptoirs il est le nouveau dieu :

Il a le premier rang, dit-il, dans tout négoce;

Le reste ne vaut pas, *peut-être,* un coup de brosse.

Voyez ce marmiton, devenu cuisinier;

Il est des coqs du jour, en effet, le premier;

Car si vous en doutiez, il pourrait vous convaincre,

Qu'en fait de gâte-sauce on ne saurait le vaincre.

Suivez tous les états, qu'ils soient petits ou grands;

Parmi les plus niais il n'est point d'ignorants.

Le dernier vous répond de *sa suprématie,*

D'où je conclus qu'au monde il n'est plus d'ineptie...

Planète fortunée!.. Ainsi, fiers de leurs droits,

Dans ce monde aveuglé, tous *les borgnes sont rois.* [26]

Dès qu'on est au pinacle, il n'est ni vers, ni prose

Qu'on ne veuille imprégner d'absinthe ou d'eau de rose.

Le crédit, la fortune enflent les vaniteux;

Mais tous leurs jugements en sont-ils moins piteux?

Qui de tout veut juger, me prouve, *jeu sur table,*

Que de juger de rien il doit être incapable.

Tout grand seigneur *critique,* et se croit un Geoffroy;

A quel auteur peut-il inspirer de l'effroi?

De ces fanfarons-là le grand monde fourmille;

J'en pourrais d'un vaisseau faire la pacotille...

Je ne sais pas très-bien s'ils parlent bon français;

Mais je suis convaincu qu'en donnant dans l'excès,

On ne saurait passer pour un juge équitable.

Le plus *noble* ignorant doit être raisonnable...

Convenez-en, *mes beaux :* vous ne pouvez savoir,

Qu'avec de très-bons yeux, juger du blanc, du noir :

Vos lumières, en tout, sont tellement obtuses...

Vous devriez vous taire, ou vous montrer moins *buses.*

Sans esprit, sans science, avec un parchemin,

Un haut rang, mes amis, on n'est pas écrivain...

Ni même homme d'état. Consultez ce ministre,

A qui mes faibles vers donnent un air sinistre : [27]

S'il est encor sincère, hélas! il vous dira

Que de ce qu'il écrit la grammaire rira...

Mêlez-vous de vos choux... de votre politique,

Imberbes orgueilleux; redoutez la critique;

Et n'en faites jamais, si vous n'êtes un Thiers,

Un Guizot, un Molé... Rentrez dans vos quartiers,

Ou, pour faire encor mieux, retournez à l'école...
Votre suprématie est une faribole;
Et vous n'aurez le droit de parler des savants,
Des lettrés... qu'au sortir du trou des ignorants.
Que penser d'un butor, qui fait *le personnage,*
Et qui, sans l'avoir lu, vous dira d'un ouvrage :
Ce livre est détestable, ou, *c'est délicieux ?..*
S'il l'avait lu, peut-être, il n'en ferait pas mieux.
Combien ne voit-on pas d'arlequins, de commères
Priser ainsi, d'un mot, les œuvres littéraires! [28]
C'est mauvais! c'est parfait!.. D'un pareil jugement
La critique, à coup sûr, fait son amusement :
Mais la sottise grogne, ou fait mauvaise mine;
Et soutient, mordicus, qu'ainsi que Lamartine,
George-Sand a failli... mais George-Sand, grigous,
Dans son tout petit doigt a plus d'esprit que vous :
Son beau génie égale, au moins, votre arrogance;
Elle est femme... et pourtant elle est sans suffisance;
Elle se rit de vous, en bravant vos salons,
Où vous ne caressez parfois que des oisons.
C'est pour vous de l'hébreu qu'une œuvre de génie;
Et d'en parler, tout haut, vous avez la manie!..
Chut! silence!!... A son tour Lamartine sait bien
Qu'à ses vers ravissants vous ne comprenez rien.

. . . .

. . . .

Répondez... mais la main sur votre conscience :
N'est-ce pas sur ce ton que juge l'ignorance?
Eh bien! écoutez-les ; tâtez vos souvenirs :
De tous nos grands niais sont-ce là les loisirs?
Ne croirait-on pas voir aux Regnards, aux Molières,
Tous *les saute-marquis* donner les étrivières?
Que j'en pourrais citer de ces décisions!..
Mais il faut aux *jobards* laisser leurs visions.

Les vaniteux n'ont, tous, ni serment, ni parole ;
Leur promesse verbale est une *gaudriole,*
Qu'ils ne tiennent jamais : pour l'acte écrit... la peur
Les y soumet, souvent, beaucoup plus que l'honneur.
Croire à des rendez-vous donnés par de tels cuistres,
C'est compter sur *un mot* du moins franc des ministres :
Si l'orgueilleux s'y rend, ce sera le dernier...
Il attendrait, peut-être, arrivant le premier!
Mais, les trois quarts du temps, il n'y va point... en rue,
S'il vous rencontre ensuite, il vient, *en ingénue,*
Honte au cœur, rouge au front, vous avouer bien bas,
Qu'il pensait qu'au lieu dit vous-même n'iriez pas...

Voilà de nos pédants la raison la meilleure ;
On leur devrait, je crois, tourner le dos sur l'heure :
Ils seraient moins légers, plus délicats, plus sûrs,
Si vous les confondiez avec les gens impurs...
Méthode peu sévère, et que ma rhétorique,
Comme vous le voyez, met souvent en pratique.
Je parle des faquins de toutes les couleurs,
Qu'ils soient grands ou petits, esclaves ou seigneurs.

Un défaut capital, et bien insupportable,
C'est celui de montrer qu'on est maître à sa table ;
De faire remarquer à tous, d'un ton railleur,
Son orgueil, son dépit, ou sa mauvaise humeur...
C'est du plus mauvais goût : des lazzis en famille,
Aux yeux des gens d'esprit, c'est de la pacotille.
Sur ce chapitre-là je me trouve un voisin...
Mais je n'en dirai rien, car... il est mon parrain. ²⁹

De parents vaniteux ne soyez jamais l'hôte,
Si Dieu vous le permet, et vivez dans la crotte,
Si vous pouvez y vivre à l'abri du dédain :
L'asile qu'on vous offre est un pire destin.
En vain vous aurez dit à votre caractère :
Il faut, pour t'effacer, me cacher sous la terre...

C'est là peine perdue, et prêcher au désert ;
Votre cœur noble et pur est trop à découvert :
Rien de vous n'est à vous ; et votre âme élevée,
Perdant tout son crédit, de dégoût abreuvée,
Doit ou se révolter, ou languir sans valeur.
Vous ne pouvez jouir du parfum d'une fleur :
Vos penchants jalousés, ou dédaignés *du maître,*
N'existent plus pour vous ; il faut changer votre être...
Heureux, si le hasard vous accorde un bon lit,
Pour recouvrer, en songe, hélas ! votre crédit !
Ayez un chat, un chien, un perroquet... que sais-je ?
Dans votre intérieur qu'il ait un privilége,
Lorsque vous êtes seul, sans autre ami que lui...
On va lui préférer le chat, le chien d'autrui,
Une sale perruche ; et *l'autrui* sera cause,
Si, bien qu'il ne soit rien, on le croit quelque chose,
Que l'on exilera chien, chat, ou perroquet...
Votre ami, pour placer le gros chien d'un... *roquet.*
Bagatelle ! à son oncle un merveilleux vient dire,
A sa face, morbleu ! gravement, et sans rire :
« C'est à n'y pas tenir ! enfermez donc *Polka ;*
« Mon boule-dogue seul a le droit d'être là. »
Ce petit épisode, en sa péripétie,
Vous croque les travers de la suprématie ;

Vous les croque en petit, quand je les peins en grand...
Mais ce coup de pinceau *n'est point indifférent.*

Je veux vous égayer par une historiette
Toute récente... hélas! c'est pour·moi qu'on l'a faite.
Huitaine avant Noël, un petit commerçant
Prend jour chez moi, d'un air protecteur, caressant;
Il sera précédé de deux dindes truffées,
D'huîtres et de médoc très-dignement coiffées :
Moi, simple, je promets et bon gîte, et bon feu...
Et la seconde fête, à la garde de Dieu,
Je cherche à réunir joyeuse compagnie;
Je préviens des amis... or, sans forfanterie,
J'anime les fourneaux, pour faire un bon dîner
D'officiers et péquins... Pourriez-vous deviner
Qui ne s'y rendit point? ce fut l'homme au négoce :
Peut-être croirez-vous qu'une lettre... précoce,
Ou qu'un cadeau truffé vint m'avertir, *à temps,*
Des contrariétés, ou des empêchements
Qui me privaient du rustre et de sa clientèle?
Pas du tout : être honnête à ce point! bagatelle!
Si j'étais riche, passe; on pourrait s'excuser;
Mais, aux dépens du pauvre, on peut bien s'amuser.

N'importe, orgueilleux sot; en buvant du champagne,
Du xérès, du madère, et du vin d'Allemagne,
Nous avons bafoué, flétri, *du haut en bas,*
Monsieur de Mont-Orgueil, marquis de Carabas...
Certes, si loin de nous ont tinté ses oreilles,
A son adresse il peut supposer des merveilles :
Mes convives en ont (officiers et péquins)
Pris une haute idée!.. au nombre des faquins
Ils ont marqué sa place. En cheminant, je doute
Qu'il ose en fixer un, sans prendre une autre route.
Savez-vous bien quel est cet honnête bourgeois?
Un fat, un ignorant, qui veut avoir la croix,
Pour avoir désarmé la Nouvelle-Zélande
De deux mille fusils, que l'Etat redemande...
Après lui, s'il en reste; il s'en moque... et pourtant,
Comme vous le voyez, c'est un homme important.
Convenez avec moi que toute gloriole
Cache, le plus souvent, du vrai gibier de geôle...
Dieu nous garde, à jamais, de tous les fanfarons!
Ce sont des ignorants, des goujats, des larrons.

Si j'étais né parmi nos amis de Russie,
Ce langage pourrait m'ouvrir la Sibérie; [30]

Mais, grâce au ciel, malgré le Turc des Polonais,
J'ai le corps et l'esprit comme le cœur français.
L'Allemand peut, à tort, illustrer ses margraves;
Mais chez nous, dès longtemps, nous n'avons plus d'esclaves;
Les souverains du nord peuvent être ignorants,
Sans se priver pour ça du plaisir d'être grands;
Mais il faut aujourd'hui, sur les bords de la Seine,
Pour arriver si haut prendre un peu plus de peine :
Il faut être poli, capable et vertueux,
Pour se faire obéir par des cœurs généreux.
Nous rendons politesse, enfin, pour politesse;
Se conduire autrement nous semble une bassesse :
Civilisation nous paraît un vain mot,
Si sur l'homme d'esprit doit l'emporter un sot;
Si chez les grands seigneurs, dont l'État nous inonde,
Nous trouvons cet orgueil toujours nauséabonde,
Qui les empêche d'être affables et courtois...
Vieux travers que Philippe a proscrit chez les rois.
Grâce à Dieu, ce travers devient une hérésie;
Voilà pourquoi chez tous j'aime la courtoisie.

Après dix-huit cent trente... (alors j'avais cent ans), [31]
Je tenais ce langage au roi des courtisans;

Et, si Dieu me fait vivre un autre siècle encore,
Je ne veux faire honneur qu'au mortel qui m'honore.
Si le grand Nicolas, fût-il encore plus beau,
Ne m'ôtait, en passant, sa toque, ou son chapeau,
Je garderai le mien ; car c'est celui qui passe,
Surtout s'il est chez vous, qui vous doit cette grâce...
Alexandre comprit ce petit point d'honneur ;
Même quand il entra dans Paris en vainqueur :
Successeurs d'un tel czar, méditez cet exemple ;
Alexandre fut grand... d'en haut il vous contemple !

Je m'arrête... puissé-je un jour être compris !
Mon admiration remplaçant mon mépris,
Je ferai succéder l'éloge à la satire...
Ah ! de longtemps j'ai peur de n'avoir rien à dire !! [32]

Le Chevalier.

NOTES

AVANT-PROPOS.

Avant d'écrire ces notes, déjà bien prolixes, il est pourtant bon d'expliquer aux lecteurs, l'acception que donne au mot *suprématies* le Chevalier de Saint-Vincent de Paule : il entend (au risque de commettre *un barbarisme,* ainsi que le disent quelques vieux dictionnaires), il entend, par ce mot, toutes les *supériorités* usurpées ici bas, et que s'arrogent les vaniteux haut placés; et je comprends cela comme lui, en courant le même danger grammatical. Quel est le lecteur assez peu bien disposé pour ne pas deviner ces mots : *Toutes vos suprématies* (ou toutes vos supériorités de controbande) *ne sont que de la ripopée?* Puis, prenons l'expression suprématie dans son vrai sens, dans sa valeur absolue : la suprématie n'appartient qu'à Dieu. Si vous l'appliquez aux faibles mortels, c'est une supériorité sur leurs semblables, que vous leur accordez, méritée ou non. C'est dans ce sens, amis lecteurs, que je vous prie de vous rendre compte, et de vous pénétrer de *la Férule* du puîné de nos *centenaires...* ou bien, vous n'y comprendrez rien, ou plutôt, vous n'y voudrez rien comprendre... De quel côté sera *le barbarisme...* ou plutôt la barbarie? l'avenir résoudra cette importante question... A mes *patenôtres.*

¹ OU DES QUASI SINÉCURES.

Ah! je reçois enfin de l'empyrée, avec cette *Férule* inédite
et posthume, une lettre autographe du Chevalier de Saint-
Vincent de Paule. Il fera bien, je pense, d'implorer son patron, qu'il doit voir tous les jours, pour se garer des esprits
chatouilleux qu'il attaque. Le protecteur canonisé des enfants trouvés, qui les prenait sous son égide, quelque fût le
sang qui coulât dans leurs veines, prendra, sans doute, notre
auteur sous sa sainte protection, et nous en avons besoin.

Voici ce que m'écrit le nouvel archange, jumeau puîné de
Candidalma :

« NOTRE TRÈS-CHER EDITEUR,

« Vous avez dû recevoir, précédée d'un fort coup de ton-
« nerre, la lettre de mon très-honoré frère Candidalma (saint
« Jérôme-Pointu de la Renardière), vers la fin de juin de vo-
« tre ère 1844. Il vous a parlé, m'a-t-il dit hier, en tamisant
« de la grêle, de ses saintes et chaudes occupations, de son
« titre céleste, comme de son emploi. Je n'ai rien à ajouter à
« ce qu'il a dû vous dire à cet égard. Il me reste à vous en-
« tretenir de moi; car mon sort vous inquiète peut-être...
« Rassurez-vous : à mon tour j'ai été créé, par la grâce de
« Dieu, archange de première classe, dès le lendemain de
« mon décès mortel, le 12 mai 1841 (toujours de votre ère
« terrestre); et immédiatement chargé des pénibles fonctions
« de restaurer les âmes du purgatoire. J'ai reçu, à ces cau-
« ses, le titre de GRAND RESTAURATEUR, plaisanterie humaine
« cessant. Je vous laisse à penser si j'ai de la besogne... Mais
« vous comprenez que pendant toute l'éternité ce merveilleux

« canonicat m'honore, et m'honorera infiniment. C'est moi
« qui délivrerai les certificats de marche-à-terre, et de passe-
« debout, au moment du jugement dernier, aux âmes dignes
« du paradis, ou de l'enfer… Heureusement que, selon tou-
« tes les apparences, j'ai encore du temps devant moi, et que
« la mort m'a prodigieusement animé de la divine sagesse :
« elle me conduira par la main dans mes fonctions célestes…
« (Je prépare mes notes…) comme elle m'a guidé…

Ici, trois ou quatre mots sont absolument illisibles : je
pense que LE GRAND RESTAURATEUR les a écrits ainsi par pure
modestie. Du reste, il termine son épître olympique de cette
façon :

« Vous avez omis, mon cher Théodore, sur notre *Pros-*
« *pectus,* une *Férule* importante, que je composai en 1838
« (encore de votre ère, etc.) Ce n'est pas, au surplus, de
« votre faute : des indiscrets vaniteux, l'ayant lue, avaient
« proβablement enterré le manuscrit avec moi; car il s'est
« trouvé dans mon âme, lorsque celle-ci est sortie de mon
« corps. Voilà cette pièce curieuse. Si vous y faites des·*pa-*
« *tenôtres* raisonnables, mais fermes… Dieu vous bénira :
« sinon, je tâcherai de restaurer votre âme, un jour de l'é-
« ternité, si le purgatoire lui est ouvert, dès qu'elle viendra
« nous joindre. Je ne me mêle, au surplus, de l'enfer que
« pour y destiner les âmes des entêtés *marche-à-terre,* aux-
« quelles il me serait mathématiquement impossible de déli-
« vrer un *passe-debout.*

« Le grand manipulateur et conservateur de la foudre, des
« éclairs et de la grêle, me charge de vous faire ses paisibles
« et tendres compliments. Il me prête une comète, invisible
« aux yeux de vos savants, comme celle de 1843, pour vous
« faire arriver plus promptement ma lettre, que je défie
« M. Arago lui-même d'intercepter, malgré la bonté et la su-

« périorité de sa lunette astronomique. Agréez, etc. » (Beaucoup de compliments au moins aussi polis que ceux d'ici bas.)

Cette épître, arrivée de l'autre monde comme l'éclair, était écrite en une langue inconnue, que j'ai comprise et traduite avec la même facilité... que la dépêche de Candidalma. (Ainsi que je l'ai déjà dit, il y a du magnétisme là dessous). Je vais donc m'occuper des notes, ou *patenôtres*, qui doivent me faire espérer l'enfer ou le paradis, le purgatoire, ou... je ne sais trop quoi. Je ne dirai *Ainsi soit-il*, que lorsque je serai un peu mieux fixé à ces trois ou quatre égards.

> ² Toute *suprématie* est au moins usurpée ;
> Sans mérite réel... c'est de la ripopée.

Le sujet de cette *Férule,* si j'en crois une apostille du Chevalier, lui fut donné par un homme grave de la Gironde. Ce sage de la métropole de ce département lui écrivait : « Mon « cher ange, mettez-vous bien dans la tête, avant de com— « mencer votre ouvrage, que toute *importance mal fondée,* « tout fol orgueil, que donnent les *quasi sinécures,* en deux « mots, toutes *suprématies usurpées* ne sont absolument « que... *de la ripopée :* souvenez-vous bien de cela ; puis, « écrivez sans crainte, en restant dans le vrai... vous avez « de la marge. »

Nous croyons que le vieux poète a suivi, de point en point, ce hardi conseil. Je supplie donc le lecteur de lui pardonner *sa ripopée,* par égard pour le grave Mécène de Bordeaux, dont il n'est que l'innocent plagiaire.

> ³ Voilà ce qui m'a mis les verges à la main,

N'y a-t-il pas de quoi ? Jésus-Christ a dit : « Quiconque

« s'élève sera abaissé; et quiconque s'abaisse sera élevé. »
Nous n'oserions pas nous montrer aussi absolu, aussi exigeant, aussi sévère que l'Evangile; mais nous voudrions une humilité mondaine plus générale. C'est, sans doute, pour obtenir ce résultat inespéré, que le Chevalier s'est armé de *ses verges*, ou de *sa Férule*.

> 4 Tu ne seras jamais qu'un coq de basse-cour,
>   Si tu singes le paon la nuit comme le jour.

Un paon chante, en effet, la nuit et le jour; il fait la roue et se pavane : cela n'empêche pas qu'il chante fort mal... Trop de gens, hélas! imitent ce bel oiseau; et leur voix n'est pas plus belle... en sont-ils plus humbles?

> 5 . . . . *Ardez le beau museau,*
>   *Pour nous donner envie encore de sa peau!*

Ces vers de notre admirable Molière trouvent si naturellement leur place dans ce passage, qu'il serait trop rigoureux de blâmer notre auteur de s'en être emparé... tout en les soulignant, pour rendre à César ce qui appartient à César.

> 6 . . . . Insultante faiblesse!..
>   Contraire au droit commun, contraire au droit divin,
>   Et que Dieu châtira, tôt ou tard, de sa main...

A tort ou à raison (je laisse les lecteurs juges de cette manière de voir), je me suis toujours révolté, jusqu'à l'indign tion, contre ces individus, haut ou bas placés, qui fuyent les explications, ou cherchent à s'y soustraire. Cette faiblesse de l'homme, quel qu'il soit, m'a toujours paru intolérable, honteuse et lâche, impardonnable. Elle engendre les bouderies, les inimitiés, les haines, entre des êtres faits pour s'estimer, peut-être pour s'aimer l'un l'autre : brouilleries toujours fâcheuses, qu'un mot pouvait prévenir, ou dissiper. Tout esprit loyal et juste, tout cœur bien placé doit chercher à s'expliquer, avec qui que ce puisse être. Avoir peur d'une explication décèle une basse ou puérile terreur d'avoir tort, qu'aucune vanité humaine ne saurait absoudre. C'est, à mon avis, une quasi condamnation. On comprend, sans doute, à présent, l'exaltation de quelques passages de cette irascible *Férule* du Chevalier.

7 Demander que la reine en agisse autrement.

Je suis tout à fait de l'opinion de notre poète sur ce grave sujet (plus sérieux qu'on ne pense); je me sens tout prêt à me ruer, avec colère, contre ces glorieux chefs de famille, qui élèvent et vous produisent prématurément leurs héritiers, encore à la bavette, pour en faire *des personnages,* de petits puants de première classe. C'est au point que ça ne respecte plus rien; ni tante, ni oncle, ni grand-père, ni grand'mère... Gare à vous, pères et mères imprudents! vous aurez votre tour. Lorsqu'on s'expose à rompre le premier chaînon des lois ou des droits de famille... tout suit; chaque nœud se délie, et la chaîne entière est brisée : les sentiments de la nature n'ont plus d'empire, ni sur nos esprits, ni sur nos cœurs... Plus de famille, et bientôt plus de société. Puis, au bout, la dégradation, l'avilissement de l'espèce humaine... Vous exagérez, me dira-t-on... Réfléchissez-y bien!

⁸ Ayez donc moins d'orgueil, et montrez plus de cœur.

N'est-ce pas, en effet, manquer de cœur, comme d'esprit et de sens, que de se laisser ainsi dominer par le faux attrait d'une *suprématie usurpée*, d'une *surimportance* folle (si je puis m'exprimer ainsi), qui ne sont plus ni de nos mœurs, ni du siècle? n'est-ce point manquer aussi de tact, et même de sensibilité, que de chercher à exercer, à fonder dans sa propre maison, cette influence contre nature, cette préten-due supériorité sociale et honoraire, par la raison hon-teuse qu'on n'oserait pas s'en targuer ailleurs, ou publique-ment?

Allons, convenons-en; cette allure de *l'ancien régime* ne nous sied plus, est passée de mode aujourd'hui... Puisque nous avons changé de robes ou d'habits, changeons d'usages et de manières; le progrès des lumières le veut, l'exige im-périeusement... exécutons-nous de bonne grâce, et sans re-grets : j'oserais presque croire que nous n'y perdrons rien... que dis-je? n'y gagnerons-nous pas quelque chose, si nous devenons plus humbles, plus modestes, plus affables et plus justes? Oui, petit à petit, nous deviendrons meilleurs, et, partant, nous serons plus heureux.

Hélas! si je pouvais être, en second, le dispensateur de toutes choses ici bas, seulement pendant quelques heures... d'un bon coup répété de ma baguette magique, ou divine, de tous les Français si aimants, si nobles, si généreux, je ne ferais plus que des frères... Oh! l'on me devrait ce mira-cle, si...

Quel anathème me lancerait, par masse, le faubourg Saint-Germain!.. ne faisons pas de bêtise... Heureusement que je ne suis ni Dieu, ni son aide-de-camp!.. Les enragés! ils me maudiraient... et pourtant!!!

⁹ Bien persuadés qu'eux, et Jésus, et Marie
N'ont eu qu'un même toit, une même patrie...

Combien de modernes Lévis, Caylus et *Vantadours*, qui n'ont pas plus eu Jacob et Lia que la Vierge, mère de Dieu, pour ancêtres, et qui n'en ont pas moins de morgue aujourd'hui, que leurs véritables ayeux au moyen âge ! Cette importance niaise, extravagante et ridicule, ne passera-t-elle jamais de mode, et trouvera-t-elle encore longtemps, de nos jours, des parodistes parmi des quasi bourgeois, nobles... comme des quartiers de lard ?

¹⁰ Mon frère en parlera dans une autre satire;

Je pense que le Chevalier fait allusion à une *Rubrique* composée par son frère, ayant pour titre : *La Jeunesse de mon pays, ou les Bordelais,* qui nous est promise dans *le Prospectus*. Nous verrons bien.

¹¹ . . . . car c'est comme cela
Que ce qu'on veut avoir gâte tout ce qu'on a.

Imitation de ce vers de Boileau, si connu :

« L'esprit qu'on veut avoir gâte celui qu'on a. »

Si j'ai bien reconnu le héros de cette tirade, il me paraît juste d'ajouter, que je trouve (sincèrement) qu'il est dommage que cette enflure apparente, cette pédanterie d'extérieur, poussée, parfois, jusqu'à l'impolitesse, soit incurable chez lui ; car elle s'allie, assez bizarrement, à un beau talent, et (on me l'assure), à un bon cœur : le Chevalier a donc raison de s'écrier :

« Rendez-le-moi modeste, et j'en fais un grand homme. »

¹² Des parents... des roquets que vous voyez chez eux,
Ne vous rendront jamais une visite, ou deux...

Ma pauvre situation ressemble beaucoup à celle du Chevalier de Saint-Vincent de Paule : je suis seul (plus que lui), isolé, presque toute l'année ; aucun membre de ma double et triple famille ne vient me voir, que pendant les deux ou trois mois de l'année, où je cesse d'être dans la solitude et l'isolement. Preuve bien évidente que l'on ne vient pas pour moi. Eh ! cette tourbe d'indifférents, ou d'amis du bout des lèvres, que je dois valoir sans peine aucune, ont l'orgueilleuse ou ridicule vanité de se plaindre du peu de visites que je leur fais !..

Mes dignes et braves parents, ou prétendus amis, suis-je dans le vrai, ou bien improvisé-je un mensonge ? Est-ce ma femme, mes très-nobles alliés, ou moi, que vous venez visiter, dès que je ne suis plus ermite, après huit ou neuf mois d'abandon ? m'est-il permis de douter ? A deux ou trois exceptions près, qui de vous s'est approché de mon lit de douleur, où j'ai langui pendant plus de six mois, entre la vie et la mort ? Vous plaindrez-vous encore de me voir bien rarement chez vous ?.. Attendez un peu, vous me verrez plus rarement encore ; puis... plus du tout. La mort m'appelle, et m'attend... Je ne vous quitterai pourtant pas sans adieu... Hélas ! que vous importe ?

¹³ Je lui consacrerai ma dernière *Férule*.

Il est ici question *des Amis comme il y en a beaucoup, ou un Ami comme il y en a peu; Férule* qui, suivant *le Prospectus,* doit terminer notre périlleuse entreprise... Nous ne compterons pas quelques poésies impromises qui cloront le tout... si c'est utile.

¹⁴ Votre *vassal* vous mène alors par le licou.

Cette expression, peut-être un peu trop métaphorique, n'en est pas moins fondée et juste : quand on a besoin du peuple, et qu'on *l'implore,* ce peuple s'en souvient, et se montre exigeant : rien n'est plus naturel, et dans l'ordre des choses humaines. On a beau se plaindre, ou murmurer contre *les vilains,* il faut subir les conséquences de ce fourvoiement volontaire... A qui la faute, MM. les Candidats à la députation, etc.? ce n'est pas la mienne, pour sûr.

¹⁵ Vers vos inférieurs vous marchiez à plat ventre,
Vous faisant *droite* ou *gauche,* et quelquefois du *centre,*

N'est-ce pas encore vrai,

« Selon l'occasion, *le collége,* ou le lieu? »

Demandez plutôt au fond de la conscience de la plupart de nos députés : s'ils ne vous avouent pas cette faiblesse en public, ils ne la nieront point en secret : ils savent fort bien qu'il faut, tour à tour, caresser tous les partis, pour être élus; aussi *la plupart* ont-ils deux ou trois langues à leur

service, en pareil cas. Hélas ! c'est là le pauvre côté du gouvernement représentatif... que j'affectionne pourtant de tout
mon cœur... c'est vrai !

¹⁶ D'un peuple qui raisonne un *grand* a tout à craindre,
   S'il se fait *trop petit,* dans son propre intérêt,

Le Chevalier a très-bien fait de mettre *trop petit;* sans
cela, je lui aurais jeté à la tête ce vers de son cru, que nous
trouvons plus loin, dans cette même *Férule :*

« On n'est jamais plus grand qu'en se faisant petit. »

(Voir, tout à l'heure, la vingt-troisième note.)

¹⁷ . . . . Eh ! qu'on en trouve, hélas !
   De ces gens parlant haut, qui devraient parler bas ;

Tout le monde voulut être noble en **1814**, ou le devenir,
ou passer pour tel... n'importe comment : et Dieu sait le ga-
limatias généalogique qui en résulta. Si la noble rouille des
vieux écussons ne fit pas l'effet de l'eau forte sur le faux
métal, qui s'y frottait ; l'intérêt des partis, qui en fut cause,
peut vous l'apprendre, ou vous le dire : on a vu tant d'é-
tranges alliances pendant et depuis cette époque ! Il se fit
alors une consommation incroyable de particules *de, du, des ;*
et croiriez-vous que la révolution de Juillet n'en a pas avalé,
ou rendu la moitié ? Que Dieu les conserve pour une meilleure
occasion ! En attendant, je plains, de tout mon cœur, certains légitimistes qui n'ont pas le droit de l'être, aussi bien

que ceux qui sont nés pour ça... La foi nous sauve! Puis
l'Evangile nous dit qu'il faut prier pour tout le monde; pour
les vilains comme pour les nobles... Et je prie, comme vous
voyez, en compagnie de mon centenaire de secondes couches.

[18] Le peuple le plus fin de ce vaste univers,
    En prose le honnit, comme je fais en vers.

Et moi, je voudrais parler toutes les langues, mieux les
écrire que je n'écris la mienne, pour me faire comprendre,
sur toute la surface du globe, de tous les orgueilleux, comme
des braves gens qui n'ont pas de vanité.

[19] . . . . au sortir de la chaire,
     Portant un bon fagot au toit de la misère;

En effet, qui de nous Bordelais, n'a pas vu, dans les rues
des plus infimes quartiers de notre belle ville, ce nouveau
Saint-Vincent de Paule, CE DIGNE CHEVERUS porter lui-même
aux pauvres les plus nécessiteux de quoi se chauffer... en attendant mieux, de sa part encore? C'était la Providence, des-
cendue en personne sur la terre pour assister et consoler les
affligés, que ce saint cardinal... Et des *bigotes* ont osé le critiquer et attrister... avancer même (dit-on), ses derniers
jours.

[20] Le ciel le canonise : il est noble, il est grand!

Comme le monde!.. et je n'ai qu'à poursuivre, en donnant
l'assurance que j'ai vu, de mes propres yeux, ce vertueux

et vénérable archevêque se soustraire aux acclamations de
la foule, de toute une population immense, qui se pressait
au devant de ses pas, le suivait ensuite, et le bénissait. Son
entrée à Bordeaux, où il revenait revêtu des insignes de son
nouveau titre de prince de l'église, fut un triomphe pour tous
ses fidèles ; et pour lui, simple apôtre de Jéhovah, cet éclatant
accueil paraissait une gêne, tant il était modeste... *humble
comme la croix*. Oh ! celui-là ne fut pas engoué d'une si juste
suprématie ; il ne la fit jamais sentir à personne... Gens du
monde, que vous en semble ? méditez cet exemple ; tâchez
d'être humbles à ce point... et le Chevalier finira par n'avoir
plus raison... Mais je remarque, en vérité, que je suis trop
exigeant : un dixième de cette humilité chrétienne, chez tous
les barons de Montorgueil de notre connaissance, nous satis-
ferait complètement. Faut-il espérer ce prodige ? je n'y compte
guère.

21 . . . . toutes vos sinécures
Ne sont, à ses regards, que de fausses dorures,

L'auteur a pris soin de nous avertir, par le titre n° 3 de
sa *Férule*, qu'il ne veut parler que des *quasi sinécures*, qui
donnent plus de vanité que de travail, ou de soins... comme
s'il n'existait pas de véritables sinécures, de certaines fonctions *in partibus*, qui n'inspirent que de l'orgueil, sans donner de besogne. A sa place, je ne me serais pas gêné jusque-
là... qu'en pensez-vous ?

22 Vous ne savez donc pas combien les basses classes
Tiennent compte aux puissants de la moindre des grâces ?

Nous pensons que cette assertion, palpitante de vérité, n'a

nul besoin d'être démontrée. Pourquoi les petits bourgeois, comme les personnes plus haut placées, ne sont-ils pas mieux convaincus d'une telle évidence, qu'aucun fait ne donne le droit de contester? Un sourire, adroitement parti des sommités sociales, est une conquête assurée, indubitable, sur les classes inférieures de la société : celles-ci se trouvent heureuses, je dirai plus que fières d'une bienveillance dont on les gratifie si rarement. Lorsque la nature humaine est ainsi faite, à quoi sert, je vous le demande, niais vaniteux, de se donner tant de mal pour prendre sans cesse, et à son détriment, cette pauvre nature à rebours?

²³ On n'est jamais plus grand qu'en se faisant petit.

Voilà ce vers cité à la note 16; et j'en adopte le principe sans restriction. Laissez, aujourd'hui plus que jamais, tout préjugé aristocratique ou féodal de côté, en gardant honnêtement votre quant à soi; sachez, parfois, vous rapetisser, pour vous grandir encore... vous vous en trouverez bien; croyez-moi.

Pour vous encourager à cette réforme salutaire, relisez, et plus d'une fois, cette anecdote touchante sur l'humble, vertueux et si noble M. de Malesherbes :

« M. de Malesherbes, qui avait occupé de grandes places, « parcourait *incognito* la France, la Suisse et la Hollande. « Il s'égara un jour, et demanda asile à un curé, qui lui ac- « corda, comme par grâce, la permission de coucher dans sa « grange, sur de la paille. La fatigue y fit passer une bonne « nuit à M. de Malesherbes, qui prit congé de son hôte, et « le lendemain lui envoya cette lettre :

— Lamoignon de Malesherbes prie M. le Curé de recevoir

ses vifs remercîments pour l'asile qu'il a eu la bonté de lui
accorder; il n'oubliera jamais ses vertus hospitalières, et,
pour lui en témoigner sa reconnaissance, il vient de demander pour lui, au ministre qui a la feuille des bénéfices, le
premier canonicat vacant.

« Peu de temps après, le curé, à son grand étonnement,
« reçut sa nomination. »

Quelle douce vengeance! quelle humilité chrétienne dans
le plus noble, le plus grand et le plus simple des hommes de
bien! Vaniteux de toutes les castes, faites le saut périlleux
pour imiter ce juste des justes, et je vous tiens pour les plus
admirables *acrobates* de l'univers.

²⁴ Peut prouver au grand jour qu'un tel fat n'est qu'un sot...

Je n'ai pu trouver encore la clé de ce petit ou grand personnage; mais je crois très-fort que *le monsieur de Fier-en-
fat* dont il s'agit, est Bordelais, ou Toulousain... Souhaitez-
lui bien le bonjour de notre part, chers lecteurs, si vous le
dévisagez d'ici, encore mieux que moi, et dès que vous le
verrez en corps et en âme (s'il en a une...) le temps presse.

²⁵ Et c'est à quoi, lecteurs, je veux vous amener.

Le vieux critique emploie toute la diplomatie possible pour
insinuer qu'il trouve, comme nous, que sa *Férule* est encore
plus prolixe que sanglante; mais, malgré tout, il n'en dé-
mord point : il veut nous conduire... à la fin... et Dieu sait
comme il finira, si ce n'est en foudroyant le banc, l'arrière-
banc, et l'univers entier... Quel homme que ce vieux pa-

triarche canonisé... oui, canonisé! ne me l'a-t-il pas écrit?
On n'est pas archange sans être au nombre des saints, ou je
ne m'y connais pas; et... je m'y connais!

> 26 Planète fortunée!.. Ainsi, fiers de leurs droits,
> Dans ce monde aveuglé, tous *les borgnes sont rois.*

Des hommes presqu'aussi graves qu'indifférents (et ce
n'est pas peu dire!) vont s'écrier : — Mais de siècle en siècle, depuis que le monde est monde, c'est comme ça : vos
deux jumeaux ont beau faire; ils prêchent dans le désert;
nous ne changerons, ni ne voulons changer. — A votre aise,
leur dirai-je à mon tour, sans crier; mais, comme ici bas il
est, heureusement, des vertus, et, malheureusement, des
vices, vous nous permettrez bien de rendre hommage aux
premières, en châtiant les derniers... ne fût-ce que pour nous
distraire. Dormez en paix, si vous êtes vertueux; allez vous
faire... lanlère, si... Sont-ils drôles ces dormeurs de tous les
siècles!

> 27 . . . . Consultez ce ministre,
> A qui mes faibles vers donnent un air sinistre :

La grammaire rira!.. si ce n'est que la syntaxe person-
nifiée qui doive se railler d'un pauvre ministre... passé! On
peut avoir un portefeuille, sans être obligé de savoir sa langue : tout nous le prouve; voyez plutôt... Mais ce que je voudrais, de tout mon cœur, ce serait que la suffisance et toute
gloriole bâtarde restassent à la porte du ministère si médio-
crement exploité, ou loti... Va-t'en voir s'ils viennent! Les
plus infimes de *ces gens-là* sont les plus orgueilleux, les

plus... (vous ne me passeriez pas le mot propre) : j'en ai vu
un de très-près... Vous voudriez bien, lecteurs malins, que
je vous le nommasse! Il n'en vaut pas la peine, ma parole
d'honneur! car il est aussi médiocre que gros et fat... Du
reste, si vous désirez courir la chance, bien fastidieuse, de
le connaître, mettez-vous en course, et cherchez bien : entre
le ministère de l'intérieur, ceux de la justice, de la marine,
de la guerre et des affaires étrangères, aux titulaires desquels
il n'est pas digne de baiser les pieds, vous trouverez mon
homme, peut-être... D'ailleurs, prenez le plus niais *des autres*... c'est lui.

[28] Combien ne voit-on pas d'arlequins, de commères
    Priser ainsi, d'un mot, les œuvres littéraires !

Mais c'est en toute chose que l'on juge aussi superficielle-
ment aujourd'hui : en politique, au théâtre, à table, et partout, on ne vous dira jamais : *Je trouve* cela mal ou bien :
les grandeurs les plus nulles vous disent : *Ce traité ne vaut
pas le diable, cette pièce n'a pas le sens commun, ce potage
ou ces ragoûts sont exécrables*... sans penser, le moins du
monde, que les opinions se croisent, que les sensations ne
sont pas les mêmes, et que les goûts sont différents. Ce potage et ces ragoûts, presque tout le monde en mange avec
plaisir ; cette comédie, ce vaudeville ou ce drame, amusent,
font rire ou pleurer tous les assistants ; ce traité flatte et favorise la majorité des intérêts du pays, en conservant la paix,
le bien-être et la vie au reste de la population. N'importe,
*c'est exécrable, ça n'a pas le sens commun, ça ne vaut pas
le diable*... ou, par contre, *c'est merveilleux, c'est excellent,
c'est divin!* — Vous trouvez? dira l'homme sage, judicieux et

modeste. — Sans doute, et c'est jugé, vous affirment les vaniteux et les caillettes de haut parage. Vous voyez bien, mes
amis, que cela fait pitié... — Non? — Je vous en félicite; car
je trouve (mais je trouve) que ça ne vaut pas le diable, que
ça n'a pas le sens commun, que c'est exécrable; et point du
tout merveilleux, ni excellent, ni divin... JE TROUVE.

> ²9 Sur ce chapitre-là je me trouve un voisin...
> Mais je n'en dirai rien, car... il est mon parrain.

J'ai connu le proche parent *grognard* du Chevalier de
Saint-Vincent de Paule; ils étaient logés presque porte à
porte, rue du Pas-Saint-Georges, à Bordeaux. Dans le monde
le parrain était fort *bon enfant;* chez lui, pas mal encore,
jusqu'à l'heure des repas; mais à table c'était un vrai despote, un *tastigotier* ou *tastigoteur* (mot nouveau), à faire
déguerpir tout le monde, famille et conviés. Hélas! avec de
l'esprit, il n'en avait pas assez; avec du cœur, il avait trop
de vanité, pour rester spirituel et bon, raisonnable, humble
et homme de bon goût, plus de cinq heures de suite.

> « Ne dérangez pas le monde,
> « Laissez chacun comme il est. »

Nous dira-t-on : Vous en parlez à votre aise : allez dîner
chez le parrain du Chevalier, s'il vit encore, et vous en par-
lerez au retour, si vous l'avez trouvé... dans *ses bonnes.*
Heureusement (j'aime à le répéter), qu'il y avait compensation chez cet homme singulier, et qu'il était charmant,
quand il laissait dormir son orgueil... dans sa poche. Il y
avait évidemment deux particuliers chez ce gaillard-là : sa

femme et ses amis se seraient contentés d'une moitié de lui-
même ; il y avait assez de l'autre pour faire un... tout ce
que vous voudrez... — En mal ?... — Et en bien.

³⁰ Si j'étais né parmi nos amis de Russie,
Ce langage pourrait m'ouvrir la Sibérie ;

Je suis convaincu que cela ne ferait pas un pli (pour parler comme un proverbe) ; et, bien certainement, si nous
avions encore une bastille, M. de Saint-Vincent de Paule
irait y compter les clous... de toutes les portes.

³¹ Après dix-huit cent trente.... (alors j'avais cent ans),
Je tenais ce langage au roi des courtisans ;

J'ai su positivement, en lisant quelques remarques de l'auteur, que ce *roi des courtisans* était ce même saute-marquis, à qui Napoléon, au début des *Cent jours* dans son château des Tuileries, avait dit : « Vous êtes comme les chats ;
« vous ne quittez jamais la maison. »

³² Je ferai succéder l'éloge à la satire...
Ah ! de longtemps j'ai peur de n'avoir rien à dire !!

Et moi aussi, vraiment, s'il faut attendre que la moitié des
vaniteux se soient corrigés, pour faire l'éloge de l'humilité
humaine... Je n'entends personne me répondre : *On a vu de
plus grands miracles...* Ah ! dame ! c'est que la quadrature
du cercle, le mouvement perpétuel, la pierre philosophale,

et tous les problèmes insolubles, découverts, ou résolus ma-
giquement, seraient joliment *enfoncés* par un événement
aussi imprévu que celui que le Chevalier ose prévoir !.. Es-
pérons, malgré tout, au risque même de nous entendre cor-
ner aux oreilles :

> « Belle Phylis, on désespère,
> « Alors qu'on espère toujours. »

Pour terminer mes patenôtres, je veux citer un fait assez
plaisant : — Mais, Monsieur (demandait l'avocat... le ministre Dumon au Chevalier), que faut-il donc être, penser et
sentir, ou comment faut-il se comporter dans le monde pour
ne pas vous paraître pétri d'orgueil, ou, comme vous le dites, *entiché de sa suprématie.* — Il y a un moyen bien simple (lui répond notre vieux aristarque), c'est de voir dans
tout individu placé vis-à-vis de soi, au moins son égal. —
Mais, Monsieur... — N'est-ce pas votre semblable ? L'inter-
locuteur vaniteux rougit, ou devint pâle... (j'en donne le
choix pour une épingle), tourna le dos, et disparut...

. . . . « Plus sot que de coutume. »
(Hémistiche *des Lions et des Lionnes* du père CANDIDALMA.)

Bonsoir, mes chers lecteurs ; dormez bien... je vais tâcher
d'en faire autant... Ha! et mon *nota bene?* — Le voici :

N. B. Pour résumé ou appendice de ces faibles notes, je
veux ici donner aux lecteurs une analyse de quelques bien-
séances qu'on devrait exercer, et qui ne se pratiquent
guère... chez les grands, trop ou pas assez petits.

Le seigneur (il n'en est plus, mais c'est égal), le seigneur dans son palais, le bon bourgeois dans sa maison, comme le pauvre en sa chaumière, doivent les premiers honneurs, ainsi que les premières attentions à leurs grands parents, à leurs père et mère, comme aux auteurs des jours de leurs femmes.

Viennent ensuite les collatéraux, à qui revient, en famille, toujours le premier pas sur les enfants du noble lit, ou de la couche roturière. L'âge, mieux que le degré de tels parents, détermine leurs places à table, ou au foyer domestique; quels que soient, d'ailleurs, les titres, les dignités ou les rangs de chacun : la nature est souveraine au logis, et son instinct ne doit obéir qu'à Dieu.

Ceci me rappelle la plus saugrenue, la plus singulière pré-tention, pour ne pas dire le travers d'esprit ou de cœur le plus révoltant que j'aie observé durant le cours de ma vie physiologique : Un mien parent (d'aussi près que vous vou-drez), en m'écrivant (il m'écrivait jadis), avait l'habitude, louable selon moi, de mettre au bas de ses lettres : Ton bon parent; et je lui savais gré de ce témoignage d'amitié. Je m'a-visai d'en faire autant, guidé par une véritable reconnais-sance de cœur. Hélas! c'était tout!.. Le croirez-vous? le fat s'en formalisa! Il ne m'en a jamais déduit le vrai motif... L'eût-il osé? mais cela ne se devine-t-il pas de reste? L'heu-reux bénéficiaire aura pensé que je suis un trop pauvre hère, pour lui *prodiguer* ainsi ma bonté. Selon l'acception de ce mot souligné, il a peut-être raison... En voilà-t-il un cadet de famille encroûté! Son frère aîné, plus grand seigneur, se-rait incapable de ce froid et pénible enfantillage. Certes, je n'ai ni autant d'esprit (il le pense, à coup sûr), ni, surtout, autant de vanité que le *flon-flon* dont il s'agit; mais, avec la meilleure volonté du monde, et même Dieu aidant (le ciel me pardonne)!, je ne saurais être aussi bête... Passez-moi cette digression, mes bons lecteurs.

Pour en revenir à mes moutons, je le redis encore ; point d'autres *suprématies* sociales, que celles qu'indique la nature, ou point d'étiquette EN FAMILLE. Hors du logis, c'est différent ; il peut, il doit en être autrement : c'est là seulement que *l'étiquette* a le droit de régler les rangs, selon les dignités, *les quasi sinécures*, ou les fonctions publiques de tous les invités ou conviés, chez d'autres dignitaires, ou grands seigneurs. Mais chez des parents, même sans emploi, tout doit se passer comme EN FAMILLE, ou *à la maison.*

Cette petite charte anodine, que mon cœur, un esprit des convenances, et mes sentiments de fils et de père, *bien connus*, m'ont dictée, peut, sans doute, être revue, corrigée et augmentée, selon *le bon plaisir*, ou le plus ou moins de suffisance des moralistes, d'un côté, et des impertinents, d'autre part ; mais je pense qu'elle pourrait suffire à tous les hommes raisonnables, qui savent comprendre, à demi-mot, que si l'orgueil outré, et *l'importance mal fondée* sont des vices, la bienveillance et l'humilité sont des vertus. Mon catéchisme est assez long, s'il est assez clair pour être compris par ceux dont la maxime habituelle sera ce beau trait d'Horace ; proverbe universel des gens de bien, pour vivre absolument sans reproche, minime ou plus grave... Voici cette maxime admirable :

« Rex eris.»

« Si rectè facies...» Hic murus aëneüs esto ;

Nil conscire sibi, nullâ pallescere culpa.

(Liv. 1. Ep. 1.)

POUR LE RESPECT HUMAIN, OU UN AVEUGLE.

Bluette.

« Il faut vous détacher des choses de la terre ;
« De tout *respect humain* faire aussi peu de cas,
« Que si, pour s'entr'aider, les hommes n'étaient pas. »
Voilà ce que l'on souffle à l'humaine misère :
Des juges d'ici bas on veut vous affranchir ;
Hommes faibles, risquez cet essai fanatique ;
Condamnez au néant toute estime publique ;

N'ayez que Dieu pour vous, brusquez un tel desir...
Et vous verrez de quoi l'on veut vous affranchir ! ²
Vous en arriverez, avec cette logique,
A fouler à vos pieds tout sentiment humain ;
Négliger vos parents, vos amis... le prochain ;
A n'avoir que vous seul, lorsque Dieu vous contemple,
Et ne vous créa pas l'inutile dessein
De passer votre vie à *flâner* dans un temple...
Comme s'il n'était plus de devoirs à remplir,
Après avoir prié le ciel de nous bénir.

Non, *le respect humain* n'est pas ce que vous dites :
C'est l'hommage aux vertus, c'est l'aveu des mérites
Que Dieu lui-même inculque, anime en vos pareils...
Et je mépriserais l'exemple, les conseils,
Les nobles actions, exemptes de souillure,
Des êtres vertueux dont l'âme est toujours pure,
De ces mortels d'élite, encouragés par Dieu !
Non, c'est là ma boussole, en tout temps, en tout lieu.
Quoi que vous en disiez, ultramontains coupables,
Dans ma religion, j'honore mes semblables,
Quand le ciel les inspire, et lorsqu'*en vérité*,
Ils savent rendre hommage à la divinité.

Je ne vais point au fond scruter leur conscience;
Celui qui fait le bien bénit la Providence.
Faites-nous un sermon que je puisse bénir;
Enseigner à bien vivre est apprendre à mourir :
Cette double doctrine est chrétienne, m'enflamme...
Et vous sauvez mon corps aussi bien que mon âme.

— Le soldat, dites-vous, respecte son drapeau,
Le défend, le protège et le garde... ou s'immole.
— Voyez le grand malheur! La gloire est son idole...
Eh! le berger du loup défend bien son troupeau :
L'honneur, la probité les guident l'un et l'autre...
Leur stimulant, c'est vrai, n'emprunte rien du vôtre;
Car ce n'est pas la peur... L'enfer, toujours l'enfer!..
Un bon soldat ne craint la mort, ni Lucifer :
Vous blessez sa valeur avec ce mot de *crainte*,
Ce berger a moins peur du fouet que de la plainte :
Parlez-leur donc d'amour, de dévoûment pour Dieu;
Laissez là vos démons, et leur éternel feu;
Mon berger, mon soldat les braveraient, peut-être...
Et vous les soumettrez, sans peine, au divin maître,
En les persuadant que garder le drapeau,
Ou des loups dévorant préserver le troupeau,

Est une action noble, obligée... éclatante...
Mais qu'il peut être une œuvre encor plus méritante :
C'est celle d'aimer Dieu, lui plaire, le servir...
Mon soldat, mon berger vont tous deux l'accomplir.

Comment peut-on du ciel défendre la bannière,
Parcourant sans honneur sa mortelle carrière?
Mais préludant sur terre à la gloire des cieux,
Je crois qu'au lit de mort on les comprendra mieux,
Qu'un fainéant cloîtré, que cette *paresseuse*, [3]
Qui, pour vivre et dormir, se fait religieuse...
Non de la charité... fi donc! trop de travail,
Au profit des humains, occuperait son bail...
Je veux parler d'un moine, et de telle novice
Qui vous font de leur vie un pompeux sacrifice;
Comme si cette vie (un grain de sable au plus!)
Pouvait croître, ou grandir sans *humaines* vertus.

Soyez utile au monde, et faites qu'il vous aime;
Dieu le veut... c'est ainsi qu'il faut plaire à Dieu même.
N'irritez plus le ciel contre *l'humanité* :
Ne vivre que pour soi n'est point LA CHARITÉ;

Car c'est de l'égoïsme... On dira : *Mes prières*
Travaillent, sous le voile, au salut de mes frères...
Alors c'est de l'orgueil : être présomptueux,
Ai-je besoin de toi pour passer *bienheureux?*
« Vous nous la donnez belle! examinez ma vie,
— Vous répond l'honnête homme; — est-elle mal remplie?
« J'assiste mon semblable, autant que je le puis;
« En faites-vous de même, au fond de votre puits?
« Il vous sied bien, ma foi, de plaider pour mon âme!
«_Purifiez la vôtre, enfant, fille, homme ou femme,
« Qui gaspillez vos jours à vous laver... les mains :
« Je préfère à vos vœux tous *les respects humains.* »
Ce soldat critiqué, ce berger plein d'audace,
Protégeant leurs guidons de ce qui les menace,
Sont des hommes de cœur; et vous ne pouvez pas
Assimiler aux leurs vos stériles combats :
C'est la fidélité, c'est l'honneur qui les guide.
N'êtes-vous pas pour l'homme un tant soit peu rigide,
Ministres des autels? Défendez-vous d'aimer,
Religieusement, ce qu'on doit estimer?
Osez-vous espérer jamais nous faire accroire
Que c'est oublier Dieu que d'honorer la gloire,
La bonté, le mérite, ici bas comme au ciel?
A son image Dieu créa-t-il tout mortel?

Ou bien ai-je mal lu les saintes Ecritures?

Si j'ai bien lu, chérir, aider ses créatures,

Lorsque l'honneur les guide, *en tout temps, en tout lieu,*

C'est seconder le ciel, être agréable à Dieu.

Ah! ne voyez-vous point qu'à cet apprentissage,

La vertu nous enseigne à chérir davantage

L'être que nous servons ensemble, vous et nous?

Dans quel but, s'il vous plaît, en faire un dieu jaloux?

Vivre en paix, nous aider; voilà ce qu'il demande...

Oui, quand nous nous aimons, c'est Dieu qui le commande.

L'Evangile nous dit : *Aimez votre prochain...* [4]

Et vous nous attaquez sur tout respect humain!

Lorsque Dieu conçut l'homme, il le créa pour l'être,

L'attacher à ses pairs, comme à lui, divin maître :

L'homme peut aspirer au bonheur des élus;

Mais sans *respect humain* aurait-il des vertus?..

Sans louer la vertu, comment honnir le vice?

L'être qui n'aime rien court vers un précipice :

Si vous le détachez de tous liens mortels,

Sans amour, pensez-vous qu'il s'attache aux autels?

Si vous tuez mon cœur, Dieu voudra-t-il comprendre

Qu'à l'aimer tendrement je puisse un jour prétendre?

Vous avez deux bons yeux, dont vous êtes jaloux;

Je n'en ai pas un seul, vois-je moins bien que vous? [5]

Je vole secourir une famille entière,
Et vous me demandez si j'ai fait ma prière,
Avant de la sauver! le mal fait des progrès,
En aurais-je eu le temps?.. *Je vais prier* APRÈS... [6]
(Répond l'homme de cœur), *pour à Dieu rendre grâce,*
Hélas! du peu de bien qu'il permet que je fasse;
Car c'est Dieu qui m'attire ainsi vers mon prochain...
Qu'eussé-je fait, Monsieur, sans LE RESPECT HUMAIN?

Quand un guerrier n'a point d'amour pour la victoire,
Un mari pour sa femme, un héros pour la gloire;
Quand un sujet n'a pas de respect pour son roi,
Un enfant pour sa mère, un juge pour la loi;
Quand les hommes n'ont plus d'égards, sur cette terre,
Pour tout ce qui l'honore, à Dieu la rend plus chère;
Où donc trouver une âme, un asile, un seul lieu
Qui fournisse aux humains l'exemple d'aimer Dieu? [7]
N'est-ce pas aimer Dieu que soigner la fortune
Qui revient aux enfants, commune ou non commune?
Eh! quoi! l'homme, en mourant, ne doit songer qu'à lui!
Moi, je prétends qu'il meure avec l'amour d'autrui.
N'est-ce pas aimer Dieu que d'adorer sa mère?
N'est-ce pas aimer Dieu que de chérir son père?

N'est-ce pas aimer Dieu qu'idolâtrer ses fils,

Comme des chérubins par les anges promis,

Au nom du Tout-Puissant, qui veut que son ouvrage

Et *croisse,* et *multiplie* à toujours, d'âge en âge?

N'est-ce pas aimer Dieu que d'obéir aux lois,

Lorsque notre Sauveur l'a prescrit tant de fois?

N'est-ce pas aimer Dieu que d'être charitable?

N'est-ce pas aimer Dieu qu'honorer son semblable?

Tout cela, dites-vous, c'est *du respect humain...*

C'est LA GRACE, Monsieur, qui me prend par la main, [8]

Si la vertu me guide... et notre commun père,

Dont vous connaissez moins l'amour que la colère,

ME RÉCOMPENSERA, si je n'épargne rien,

Pour être utile à l'homme, ou pour faire le bien... [9]

Mais, sans *respect humain,* comment puis-je m'y prendre?

Si vous fermez mon âme à tout sentiment tendre,

Comment pouvoir répondre à ce Dieu tout amour,

Qui m'a rendu sensible en me donnant le jour?

De même, si je n'ai d'égards sur cette terre,

Pour aucun des beaux traits qu'on admire et révère,

Je serai méprisé jusque dans le saint lieu...

Quand on brave le monde on ne craint plus son Dieu. [10]

C'est mon opinion. Sur la terre où nous sommes,

Chrétiens, aimez donc Dieu, mais estimez les hommes :

Je ne prends point ici la cause des pervers;
Ce n'est qu'au gens de bien que j'adresse mes vers.

Je finis, et je crois la thèse résolue :
Je ne me flatte point d'une seconde vue;
Mais je dis, inspiré par *le respect humain,*
Qu'on ne peut aimer Dieu sans aimer son prochain. "

CANDIDALMA.

NOTES

———

¹ « Il faut vous détacher des choses de la terre;

Ne sont-ce pas là, en effet, les imperturbables et peu saintes paroles (j'ose le dire), que nous rabâchent la plupart de
nos charitables directeurs de consciences? A les entendre,
pour adorer et bien servir Dieu, il faudrait mépriser et haïr
tout le reste. Les insensés! où en seraient-ils si leurs vœux
fanatiques s'accomplissaient?

Dimanche dernier (19 janvier 1845), j'étais à la messe à
Ambarès, près des lieux qui m'ont vu naître; j'entendis le
prône apostolique d'un homme d'esprit; son érudition théo-
logique ne laisse rien à désirer. Dans ce qu'il prêchait, on
aurait pu trouver le texte et la facture d'un très-bon sermon;
mais, selon moi, ce sermon fut incomplet. M. le Curé, vous
enseignez à vos ouailles à bien mourir, mais votre spirituel
non moins qu'intolérant discours ne leur apprend nullement
à bien vivre... Et pourtant ce n'est qu'un bon commencement
qui peut conduire à une bonne fin, selon moi encore. Suivant la malencontreuse habitude de vos confrères en théologie, que je me permets de désapprouver, vous voulez que
nous nous détachions de *tous* les biens, de *toutes* les choses
de ce monde... Ce n'était pas là, mon cher Monsieur, le pré-

cepte évangélique d'un estimable évêque de Saint-Flour, que
j'ai eu le bonheur de bien connaître : celui-là, en vérité, en-
seignait à bien vivre, avant d'apprendre à bien mourir. Il
voulait qu'on administrât son patrimoine en bon père de famille, afin de laisser de quoi subsister, et même une posi-
tion honorable à ses enfants; il pensait que ne songer qu'à
soi, ou à son âme... (comme vous dites, M. le Curé... pardonnez à ma mondaine mémoire qui ne sait rien oublier), il
pensait, ce digne prélat, ce brave évêque de Saint-Flour,
que l'unique amour de soi-même serait du plus déplorable
égoïsme. Est-ce que nous ne laissons rien, après nous, sur
la terre? faut-il tout *gâcher,* ou tout abandonner et tout
dédaigner en finissant? Et la veuve? et les orphelins peut-
être? Tout cela ne sera donc plus rien pour le pénitent?
Vous croyez, cependant, avec moi, digne prêtre, à l'immortalité de l'âme! Est-ce que Dieu ne nous a pas mis sur cette
terre pour y vivre en société? pour nous entr'aider, nous
chérir et nous estimer? De la société naissent les affections,
les moyens d'existence, les rangs, les titres, les honneurs,
proportionnés aux besoins et au mérite de chacun : de cette
société naît la famille, etc., etc... Et vous voulez impitoya-
blement me détacher de tous les biens de ce monde, où
j'ai mission de bien vivre, afin d'arriver à bien mourir! Mais
Dieu, Monsieur, ne le veut pas; son évangile divin s'y oppose : Tu aimeras ton prochain comme toi-même, dit le
Sauveur... et vous prétendez... je m'arrête : lisez, mon cher
curé, la défense du *respect humain,* ou *la Bluette* de mon
centenaire Candidalma, si elle tombe un jour, par hasard,
sous vos yeux, comme ces notes; et je me flatte que lorsque
je reviendrai à la messe d'Ambarès, vous m'édifierez d'un
sermon, digne de vous, ou d'un prône complet... Amen!

On a beaucoup trop abusé, en théologie surtout, de l'ac-

ception propre du mot *respect humain* : son véritable sens,
celui que j'entends lui donner, avec l'Académie, et tous les
dictionnaires français possibles, est *estime du jugement des
hommes, aveu de la supériorité d'autrui;* et voilà tout : ce
qui veut dire, selon moi toujours, *estime du bien, mépris du
mal.* Que vous me disiez qu'il faut parfois, et souvent, se
moquer du *qu'en dira-t-on?..* passe. Mais encore faut-il
choisir. Ce *qu'en dira-t-on?* peut être redoutable et bon *à
respecter,* s'il vous épargne de mauvaises actions. Néanmoins, cette expression serait à sa place dans votre dédain.
Mais profaner, à tout propos, deux mots honorables, tels que
RESPECT HUMAIN, est la dernière des extravagances. Servez-
vous d'autres termes, pour débarrasser mon âme, ma conscience, ou mon esprit, d'une crainte puérile et mondaine; et
je pourrai vous écouter, vous comprendre... autrement cela
m'est impossible. Car il y a de bonnes choses ici bas, que je
dois honorer et respecter, pour m'habituer à en admirer, en
adorer de plus célestes. Quand vous me parlez de RESPECT
HUMAIN, je m'incline; et je sens que, religieusement et mo-
ralement, je le dois. S'il s'agit du *qu'en dira-t-on?* j'examine,
et je choisis, guidé par les mêmes sentiments, ou les mêmes
principes; la morale et la religion. Je le demande à tous les
vrais dévots, aux spiritualistes même : Dieu n'a-t-il pas voulu
que les hommes vécussent en société? Or, sans *le respect
humain,* dont se rit aussi le philosophisme, conçoit-on que
la société puisse existe? Prenez-y garde, MM. *les Momiers,*
Catholiques ou Protestants; en faisant dédaigner, ou mépriser par vos frères le jugement des hommes, vous risquez fort
de compromettre le jugement de Dieu, aux yeux des faibles
et des forts, comme à ceux des incrédules... car le mépris de
soi-même est au bout. Et, alors, plus de frein sur cette pauvre terre, bien à plaindre! Si vous pensez que la meilleure

religion n'a pas besoin d'auxiliaire; si vous croyez qu'on puisse, sans danger, abolir toutes les lois, toutes les considérations humaines (ou le jugement des hommes), vous êtes dans une bien grande erreur, et je ne saurais partager votre funeste opinion. Du reste, le catholicisme n'a pas toujours été de cet avis; car l'inquisition a été malheureusement établie... Dieu s'en serait-il mêlé, par exemple? on n'ira pas, je pense, jusqu'à ce blasphême... Sans *le respect humain,* Messieurs, la vertu, comme l'aurait dit intempestivement Brutus, ne serait bientôt plus qu'un vain mot...

Cette apostrophe vulgaire : *N'avez-vous pas de honte?* que vous jette parfois à la tête, même la fille la plus simple, l'homme le plus peuple, n'est-elle pas un utile avertissement, pour vous détourner du vice, ou du mauvais chemin? Et vous voudriez déshériter tout RESPECT HUMAIN de la reconnaissance journalière que vous lui devez, lorsque le *qu'en dira-t-on* même peut quelquefois vous être salutaire! Puis, en dehors encore de cette démence, vous prêchez l'oubli, l'indifférence pour tout ce qui nous doit être cher, afin de nous attacher davantage au ciel (dites-vous !..) Mais c'est plus qu'une aliénation d'esprit; c'est la plus grossière erreur de l'âme, ou, sinon, la plus hypocrite de toutes les intolérances du monde chrétien. Fanatiques insensés de toutes les sectes, vous déraisonnez à pleins bords. Vous mériteriez que l'on vous appliquât ces vers que le grand Molière, qui s'y connaissait, met dans la bouche de ce pauvre Orgon, endoctriné par Tartufe :

« Qui suit bien ses leçons goûte une paix profonde,
« *Et comme du fumier regarde tout le monde.*
« Oui, je deviens tout autre avec son entretien;
« *Il m'enseigne à n'avoir d'affection pour rien;*

« *De toutes amitiés il détache mon âme;*
« *Et je verrais mourir frère, enfants, mère, et femme,*
« *Que je m'en soucirais autant que de cela.* »

CLIANTE.

« Les sentiments humains, mon frère, que voilà! »

Quelle admirable ironie dans cette réflexion du beau-frère
de ce vieux Basile ensorcelé! Eh bien! après ce trait carac-
téristique, et si vrai! dessiné, de main de maître, par le plus
grand connaisseur du cœur humain, des siècles modernes,
trouvera-t-on que le début ironique du Centenaire, dans sa
Bluette philosophico-religieuse, soit exagéré?

« Il faut vous détacher des choses de la terre;
« De tout *respect humain* faire aussi peu de cas,
« Que si, pour s'entr'aider, les hommes n'étaient pas. »

Ceci m'amènerait trop loin; mais je gémis de votre profond aveuglement. Laissez-nous donc respecter l'opinion des
hommes justes; c'est un utile et précieux avertissement,
qui nous enseigne, tôt ou tard, à respecter les jugements de
Dieu.

J'en ai dit assez pour faire comprendre quelle acception
(mal comprise par une portion du clergé), donne notre centenaire au mot *respect humain;* pour lui, cela signifie : Respect aux lois divines et humaines (non aux préjugés), *estime
des bons, mépris des méchants.* C'est dans ce sens, dans cet
esprit, qu'on doit lire sa *Bluette* morale *et religieuse...* n'en
déplaise au fanatisme, et à l'intolérance, qui n'ont pas peu
dénaturé le véritable respect humain... *Honni soit* donc *qui*

mal y pense! c'est mon refrain favori, lorsque je n'ai plus
rien à dire.

[2] Et vous verrez de quoi l'on veut vous affranchir !

Des obligations de famille, de l'obéissance conjugale, pres-
crite aux femmes par le sacrement de mariage, comme par
la règle civile, et de tout ce qui en dérive, nécessairement et
naturellement. Sans contester (à Dieu ne plaise), tout le bien
qu'ont pu faire de dignes missionnaires, sous la restauration,
on peut dire avec certitude, sans crainte d'être démenti, que
quelques-uns de ces jeunes ecclésiastiques ont été le funeste
prétexte de plusieurs dissensions, dans des ménages unis et
paisibles avant cette mémorable époque. Par un excès de
zèle toujours répréhensible, des femmes furent, en quelque
sorte, enlevées à leurs maris, malgré ceux-ci, pour aller
doubler, tripler et quadrupler le temps que l'on doit raison-
nablement passer à l'église, et des menaces, à certains égards,
révoltantes, étaient dictées à *ces dames,* afin d'engager, ou
plutôt de forcer *ces messieurs* à les laisser faire, ou à les
imiter... comme si les devoirs de famille n'étaient plus des
devoirs religieux. M'entendez-vous, prêtres imprudents?
Niez le fait, par malheur devenu historique, et je m'expli-
querai davantage... Vous gardez le silence, tout en sachant
bien qu'il ne s'agit pas ici de vos mœurs que je crois pures;
mais seulement de vos insinuations de prosélytisme insensé,
fort mal entendu, que je désapprouve, avec tous les honnêtes
gens, véritablement religieux. Candidalma n'a-t-il pas raison
de dire à ses frères en Jésus-Christ :

« Et vous verrez de quoi l'on veut vous affranchir! »

³ . . . . que cette *paresseuse,*
Qui, pour vivre et dormir, se fait religieuse...

J'engage tout lecteur scandalisé de ces paroles de l'auteur,
à lire, en temps et lieu, la *Bluette* et les notes sur *une Sœur
de la Charité : les Carmélites* et autres saintes *parasites* (si
ce n'est hypocrites), n'y sont pas mises (il s'en faut!) sur la
même ligne que leurs évangéliques sœurs en Jésus-Christ,
utiles et charitables dans le monde entier, et non pas seulement pieuses sans fruit et sans mandat, dans un cloître égoïste
et tout personnel.

⁴ L'Evangile nous dit : *Aimez votre prochain...*

Il fait plus ce plus beau des livres moraux et chrétiens;
il est écrit : « Aimez vos ennemis; faites du bien à ceux qui
« vous haïssent : ne condamnez point, et vous ne serez point
« condamnés. — Ne jugez point, et vous ne serez point ju-
« gés. — Vous serez jugés selon que vous aurez jugé les
« autres. »
Comment accomplirez-vous toutes ces choses, si vous êtes
sans *respect humain?*

⁵ Vous avez deux bons yeux, dont vous êtes jaloux;
Je n'en ai pas un seul, vois-je moins bien que vous?

C'est *l'aveugle* qui apostrophe ainsi *le clairvoyant.* (Voir
l'avant-dernière *Bluette* jusqu'à celle-ci.)

⁶ En aurais-je eu le temps?.. *Je vais prier* APRÈS...

Une bonne action, qui presse, vous donne-t-elle, en effet,

le temps d'aller à l'église, de faire autre chose, auparavant?
Ce n'est qu'après qu'elle est accomplie, qu'il faut en aller
rendre grâce au Seigneur... et encore! « Priez votre père
« dans le secret, et votre père, qui voit dans le secret, vous
« en rendra la récompense. — Gardez-vous des faux prophè-
« tes qui viennent à vous couverts de peaux de brebis, et
« qui, au dedans, sont des loups ravissants. »

Est-ce là, je vous le demande encore, vous, hommes véritablement pieux, vous philosophes raisonnables de toutes
les croyances, et vous, nouveaux Escobars, faux chrétiens,
et vous matérialistes insensés, est-ce là, disons-nous, proscrire *tout respect humain?*.. Pour apprendre à chérir et pra-
tiquer la religion, ne faut-il pas, plutôt, s'accoutumer à aimer, à honorer la vertu chez les mortels que le ciel prête à
la terre, pour y servir d'exemple? Voilà mon respect humain;
c'est celui de Candidalma; et probablement celui du Chevalier, son frère; C'EST LA CHARITÉ CHRÉTIENNE, comme le devoir sacré des enfants de Dieu, qui ne reculent pas devant
les bonnes actions, et vont prier... APRÈS.

> ⁷ Où donc trouver une âme, un asile, un seul lieu
> Qui fournisse aux humains l'exemple d'aimer Dieu?

Si vous prétendez étouffer tous les sentiments d'humanité
dans le cœur de l'homme, que lui restera-t-il pour son créa-
teur? Miséricorde! il lui restera l'indifférence, ou la bruta-
lité; l'insouciance ou la tiédeur de l'égoïsme, si ce n'est la
malveillance, ou... l'oubli, si ce n'est pire... « Aimez votre
« prochain comme vous-même... » C'est là *le respect humain*, et Dieu l'encourage et le prescrit.

⁵ C'est LA GRACE, Monsieur, qui me prend par la main,

Tout ce que dit le Centenaire, dans les vers qui précèdent, des sentiments de la nature, et des devoirs des hommes, me semble si vrai, si juste, si naturel, si raisonnable, que toute doctrine contraire me paraîtrait insensée, absurde, ou *blas-phématrice*... (Ce mot est-il français? j'en doute; mais je le hasarde, parce qu'il rend bien ma pensée. Je fais, de temps à autre, et souvent, comme nos deux jumeaux, qui ne s'en gênent guère... vous le savez).

⁹ . . . . si je n'épargne rien,
Pour être utile à l'homme, ou pour faire le bien...

Oui, Dieu vous récompensera, comme vous le dites... il n'y a que les fanatiques et les intolérants, *quand même*, qui en doutent, ou plutôt, se plaisent à le nier... Je ne sais, en vérité, pourquoi, puisque vous faites et professez ce que l'esprit des quatre évangiles conseille et commande.

¹⁰ Quand on brave le monde on ne craint plus son Dieu.

Non, certes; car on est alors sans conscience, comme sans pudeur personnelle; on fait fi, fi de l'opinion publique la mieux fondée, et l'on *brave* tout, pour satisfaire ses passions, désormais sans freins, le *respect humain*, comme le qu'en dira-t-on?.. Comment voulez-vous persuader à un homme raisonnable, que vous parviendrez à inspirer assez sponta-nément aux misérables mortels, la crainte continuelle de Dieu, pour les dispenser d'avoir des lois humaines contre les

29

mauvaises actions, les délits et les crimes? Si, malheureusement, cela est impossible, laissez-nous donc ce *respect humain* (tant maudit), si nécessaire, si indispensable à la religion comme à la morale; commandez-le, plutôt que de le maudire; car il est le plus utile, le plus noble auxiliaire de ces lois protectrices et salutaires, dont je viens de parler, comme il l'est évidemment de la religion même.

> " Mais je dis, inspiré par *le respect humain*,
>   Qu'on ne peut aimer Dieu sans aimer son prochain.

Cette vérité philosophique et religieuse me semble incontestable : il n'y a point d'arrêt, de décision de concile au monde, qui puisse m'en désenchanter, ou me la faire abandonner. Mes sentiments, à cet égard, sont conformes à ceux de Candidalma : je crois avec lui, comme avec son vieux frère puîné, que l'âme d'un indifférent ne peut pas être celle d'un élu... *Ainsi soit-il,* mon doux Sauveur! vous qui pardonnâtes à la pécheresse, *parce qu'elle avait beaucoup aimé...*

DE LA CLÉMENCE ET DU DROIT DE GRACE. *

Rubrique semi-sévère et moitié facétieuse.

(1838.)

PROLOGUE N° 1

DE CE PASTICHE HÉROÏ-COMIQUE.

Une dame aux yeux noirs, trop jeune pour des jours
Que je ne saurais plus consacrer aux amours,
Très-sérieusement exige que je fasse
Des vers sur *la clémence* et sur *le droit de grâce...*

---

* Sujet donné à Bordeaux, au parquet du Théâtre–Français, par
Mme ***, le 25 février 18...   (*Note de l'auteur.*)

J'entreprends ce travail, ne pouvant faire mieux,
Et pour sa gentillesse, et pour ses deux beaux yeux.
A trente ans je l'aurais tout autrement servie,
Avec bien plus de verve... ou plus de poésie :
Auprès d'elle mon luth se serait enflammé...
On est toujours sublime alors qu'on est aimé,
Passionné, brûlant, ou dans l'âge de plaire...
Mais, je vous le demande, un pauvre centenaire,
En face, ventrebleu! de tant d'attraits divers,
Peut-il se consoler de n'avoir que des vers
A déposer aux pieds d'une adorable femme?

. . . .

. . . .

— Vous le voulez? eh bien, j'obéirai, Madame...
Mais prenez garde : on peut à cent ans rajeunir;
Gare à vous!.. s'il me vient encore un souvenir...
Au risque d'implorer après *votre clémence,*
Ma grâce, mon pardon... Je frémis quand j'y pense!
J'éprouve, en vous voyant, que mon printemps revient;
Et de mille péchés alors il me souvient...

. . . .

. . . .

Plus sérieusement je vais monter ma lyre :
Peut-être loin de vous j'oublirai mon délire...

Car c'en est un, vraiment, que je ne conçois plus :
Je dois, pour l'oublier, songer à vos vertus...
Ne vous fiez pas trop, cependant, à mon zèle,
Ou... *pour ne rien risquer, soyez beaucoup moins belle.*

PETIT PROLOGUE Nº 2.

Cette *Rubrique*,
Tragi-comique,
Me fait trembler...
Faut-il parler?

Poursuis ma muse,
Comme Aréthuse,
Sur un lit d'or
Murmure encor.

Si, dans la plaine,
Tu perds haleine,
Zéphire est là,
Et me voilà.

J'ai pris courage;

Puis mon ouvrage

S'est fait ainsi...

Et le voici.

Je ne sais pas pourquoi ma lyre tremble encore...

Le premier coup d'archet est rarement sonore :

Puis, je crains de troubler les petits et les grands;

Car ces vers ne sont point pour les indifférents :

J'écris pour tous les cœurs, ou les âmes bien nées...

Puissent-elles bénir mes dernières journées!

Si quelque chose peut, en ce monde mortel,

Diviniser un roi, le rapprocher du ciel,

C'est le droit que le peuple accorde à sa clémence;

Car c'est le paradis de la toute-puissance.

Ce droit exorbitant, qui fait de l'homme un dieu,

Est-il bien exercé sur le trône... en tout lieu?

Je vais l'examiner... ma tâche est délicate;

Oui, je me suis chargé d'une besogne ingrate,

Périlleuse peut-être, il faut bien l'avouer...

Je n'aurai pas toujours des princes à louer,

Des héros à bénir... n'importe, je commence;

Dans ce dédale obscur, sans crainte, je me lance...

Heureux si, de retour, fier de mon examen,

J'ai pu rendre meilleurs tels ou tels rois... Amen.

La clémence, ici bas, fille de la concorde,

Est un présent de Dieu, dans sa miséricorde :

Monarques, voulez-vous qu'on croie *au droit divin?*

Que jamais l'innocent ne vous implore en vain.

Les juges les meilleurs ne sont pas infaillibles;

Pour de nouveaux Calas montrez-vous donc sensibles :

Rendez nuls ces arrêts (triste fruit de l'erreur!)

Dictés par l'ignorance, et rendus par la peur... [2]

Que dis-je? voulez-vous que le crime s'efface?

Sachez au criminel, *quelquefois,* faire grâce...

Mais lisez dans les cœurs, apprenez à choisir

Tous ceux qui ne sont point fermés au repentir. [3]

Examinez surtout les délits politiques;

On s'égare souvent en affaires publiques :

Tel, que la loi punit, a mérité la mort,

Parce que, dans le trouble, il était le moins fort;

Et, s'il eût réussi, bientôt après l'orage,

La couronne civique eût été son partage.

Sachez donc distinguer, en de tels attentats,

Les hommes entraînés des criminels d'états.

Les révolutions enfantent des coupables;

A la face de Dieu sont-ils tous condamnables?

Il faut, pour le savoir, que les rois qui les font,

Quand le peuple est debout, nous disent ce qu'ils sont...

Les fauteurs insensés d'une guerre civile

Doivent être proscrits, fussent-ils plusieurs mille; 4

Mais, lorsque cette guerre éclate avec raison,

En frapper les auteurs est une trahison.

Ou vainqueurs, ou vaincus, profitez de vos fautes,

Monarques... n'ayez point les paroles si hautes :

Vaincus, on vous expulse, et c'est le droit des gens;

Vainqueurs, réformez-vous, et soyez indulgents,

Si vous êtes *morveux*... (écoutez, sans scandale,

Cette parole-là, bien qu'un peu triviale).

Et s'il s'agit de mort... pensez auparavant !..

Punissez quelquefois; mais pardonnez souvent...

On fait tout le contraire, et c'est ce qui m'irrite :

Grande est la part du mal, celle du bien, petite. 5

Du moment qu'il faillit, qu'est-ce que c'est qu'un roi?

Il est bien moins qu'un peuple; il n'est pas plus que moi.

Pour se régénérer il a le droit de grâce...

De toute part alors toute faute s'efface;

Mais s'il est rancunier, ou despote à loisir,
Le destin l'abandonne... adieu *le bon plaisir!*

Ils ne sont plus ces temps d'antique barbarie,
Où toujours le vaincu devait perdre la vie :
Aux despotes du nord laissons ce pis aller...
La France ne doit plus ainsi se ravaler.
Notre Roi, grâce au ciel, est un roi démocrate,
Etranger au besoin d'imiter L'AUTOCRATE...
Philippe songe-t-il à museler ses grands?
Un vrai tyran doit seul redouter les tyrans.
Nicolas, sans la mort, ou sans la Sibérie,
Croit ne pouvoir régner... (déplorable patrie!)
Mais que gagne le czar à ce honteux conflit?
S'il était plus clément, il mourrait dans son lit. ⁶

Par la clémence on peut dépayser les crimes,
Et c'est le vrai trésor des princes légitimes.
L'usurpateur, sans doute, a peur de pardonner;
La crainte, les soupçons doivent l'environner.
Un brave conspira, dit-on, contre l'empire,
Soit oubli, soit humeur, soit caprice ou délire,

Devant LE CAPORAL il veut être conduit :
Coupable il y paraît, comme le jour qui luit...
Son courage l'aveugle ; on le gronde, il menace...
Je l'avoue, on ne peut pousser plus loin l'audace :
Mais ce brave officier, aux champs de Marengo,
En Allemagne avait conquis plus d'un drapeau.
Sourd à Napoléon, qui ne plaisantait guères,
Il sut braver la mort, et non pas les galères :
L'Empereur furieux, esclave du dépit,
Le fit charger de fers... mais la gloire en pâlit.
J'ai peine à m'expliquer qu'un si grand capitaine
D'un bon soldat ait pu changer ainsi la peine :
La mort est préférable... Il eût dû grâcier,
Ou bien laisser mourir ce vaillant officier. 7
Sur le major Schiller je voudrais bien me taire, 8
Mais le monde connaît cette brutale affaire,
Où le grand CAPORAL fut au-dessous de lui...
Et Vésel indigné pleure encore aujourd'hui
Tous ces braves frappés d'un jugement inique,
Contraire au droit humain comme à la politique...
Gémissons, nous Français, d'un pareil attentat,
Blâmé depuis les chefs jusqu'au dernier soldat.
Pouvait-il être un jour plus beau pour la clémence?
Ah! sans doute la Prusse aurait béni la France,

Si sa haine, plus tard funeste à l'Empereur,

N'avait eu pour motif cette sanglante erreur...

Mais tournons le feuillet : quelques lignes sans gloire

Ne sauraient détrôner le roi de la victoire :

Ces tristes vérités, qui font ombre au tableau,

Peuvent le rembrunir, mais il est toujours beau.

Au colosse, après tout, rendons un juste hommage ;

Il fut clément parfois, et fit grâce au courage :

Il a rendu la vie à d'illustres ingrats,

Qui l'ont trahi depuis... même avant son trépas.

Il fit plus, et je trouve en ma vieille mémoire

Un fait aussi galant que digne de l'histoire :

Hatzfeld avait trahi l'empire, et nous vendait [9]

A de vils ennemis ; le héros le savait :

L'épouse du prussien se rend aux Tuileries,

Pour blanchir son mari de plusieurs fourberies :

« On trompe l'Empereur ; ses yeux sont abusés. »

Napoléon l'écoute, et lui répond : « LISEZ...

Elle tombe à genoux. — Brûlez donc cette lettre ;

Vous seule et moi, Madame, aurons connu le traître. »

Ce mouvement est noble, autant que généreux :

C'est ainsi qu'agissait un envoyé des dieux,

Aux beaux temps de la Grèce, au beau siècle de Rome...

Sans être demi-dieu l'on n'est pas un grand homme.

Ah! pourquoi fallait-il que l'enfer... ou Fouché,
Si ce n'est Talleyrand, l'entraînât au péché? [10]
La mort du duc d'Enghien fut un crime inutile :
Et peut-être sa grâce eût été moins stérile...
Pour ce vainqueur de rois, respecter les ayeux
Du fils du grand Condé... oh! que c'eût été mieux!

Louis-Dix-huit, un jour, a fait pareille faute;
Et nul ministre n'eut la parole assez haute,
Pour le mieux conseiller!.. Ney devait-il mourir
Comme un troupier rebelle? il n'eût pas dû périr :
L'honneur le défendait, comme la politique;
Et cette assertion est, je crois, sans réplique.
On ne peut, sans péril, décimer les héros;
Avant de les frapper, consultez leurs travaux :
La loi pouvait de Ney punir l'aveugle audace;
La gloire et Dieu voulaient que le roi lui fît grâce.
Tout nouvel Alexandre, en ce nouveau Porus,
Eût ainsi respecté la gloire... et des vertus...
Plus le délit est grand, plus la clémence est belle;
Et l'on se couvre alors d'une gloire immortelle.
Quand on est le plus fort, user de tous ses droits,
C'est blesser l'intérêt et le devoir des rois...

De la peine de mort ne sont-ils les esclaves
Que lorsqu'elle bondit sur LES BRAVES DES BRAVES?
Malheureux!.. arrêtez, arrêtez!.. Je prédis
Pour ses juges l'enfer, à Ney le paradis.
Ah! si le roi Louis, ou sa chambre imposante
M'avait alors soumis la question suivante :
« Comment fallait-il donc le traiter? — En héros...
Eût été ma réponse; » et, d'échos en échos,
La France répondrait de la même manière.
Car on ne peut fermer les yeux à la lumière :
La mort du maréchal a froissé tous les cœurs...
Oui, l'immortel vaincu fit rougir les vainqueurs.
Si des frères Faucher je rappelais l'histoire, ¹¹
Ce n'est pas aux vainqueurs qu'en reviendrait la gloire :
Deux braves massacrés, fort inutilement,
Ont peu fait regretter un tel gouvernement.

Ce fut mieux que cela, digne et brave Henri-Quatre,
Que tu sus pardonner aussi bien que te battre :
Par trois fois il fallut que Biron contre toi,
Servit tes ennemis, pour qu'il subit la loi
Qui punit le parjure, en confondant les traîtres...
Et sa mort fit pleurer le plus clément des maîtres. ¹²

De Mayenne aux abois, dans sa ligue vaincu,
Henri sut se venger par la même vertu,
Mais beaucoup plus gaîment : il agite, il promène
Le robuste ligueur, et le met hors d'haleine :
« C'est ainsi que Henri veut se venger de vous, »
Dit ce prince en riant... Et Mayenne à genoux,
Soumettant (vous savez?) *son cœur et ses provinces,*
Fut le meilleur sujet du plus juste des princes.

Si je cite, en courant, de mémorables traits,
Je dois louer les bons, et honnir les mauvais.

Chez le sombre Espagnol, il faut le dire encore,
De la clémence un roi bien rarement s'honore :
Ferdinand–Sept aurait décimé ses amis,
En fumant son cigare... [13] Or, jamais un commis,
Un ministre d'état n'eut l'honneur, ou l'audace,
De mettre aux pieds du trône une demande en grâce :
Et Mina, Diégo, l'un proscrit, l'autre mort,
De leur fidèle ardeur expièrent le tort...
Fin honteuse au monarque, et qui, de tige en tige,
De tout front couronné déflore le prestige...
Triste fatalité de ce pays voisin,
Que le sang n'émeut plus, tant il fut inhumain !

Parlerai-je, bon Dieu! d'un *duc de la Victoire*,
Dont l'univers entier doit flétrir la mémoire?
Il ose, sans pudeur, assassiner Léon,
Jeune élève apprenti du grand Napoléon,
Qui promettait déjà d'illustrer sa patrie,
Et que devra pleurer à jamais l'Ibérie...
Horreur donc à toujours pour cet Espartero,
Que l'histoire doit mettre au-dessous de zéro. ⁱ⁴

La Prusse a possédé plus d'un roi magnanime;
Et le grand Frédéric fut quelquefois sublime :
Il fut *butor* pourtant... Voltaire l'éprouva...
Mais je ne parle point de ces misères-là. ¹⁵

Que dire d'un Bedfort, régent anglais de France,
Dont le meurtre de Jeanne a fait la jouissance, ¹⁶
Et l'infernal bonheur? Et de ce Charles-Sept,
Qui dut à la Pucelle au moins ce qu'il était? ¹⁷
Hélas! de l'héroïne il ne s'informe guère;
Et, qu'elle soit brûlée, ou reste prisonnière,
Ce lâche roitelet a-t-il fait un seul pas
Pour reconquérir Jeanne, ou tromper son trépas?
Ah! d'un prince français ce n'est point là l'image :
Charles-Sept, à mes yeux, n'est plus qu'un roi sauvage.

Eh! c'est pourtant, au sein du plus vaillant pays,
Qu'ainsi des rois sans cœur voulaient être obéis!

Soyons juste, après tout, Edouard d'Angleterre
Accueillit noblement Eustache de Saint-Pierre : [18]
Clément et politique, aux portes de Calais,
Il changea la vengeance en d'immortels bienfaits.
On dira que la reine obtint cette victoire;
Le roi qui s'y soumet en a-t-il moins de gloire?
Un acte de clémence, entre époux généreux,
Peut, sans être altéré, se partager en deux.
Henri-le-Béarnais, de nos rois le modèle,
Plus d'une fois fit grâce... aimé de Gabrielle :
Gloire à ces deux amants! Mais à la royauté
Les conseils de l'amour n'ont jamais rien ôté.
La clémence, vous dis-je, a toujours son mérite;
La part que l'on y prend n'en peut être petite :
Gabrielle était bonne, Henri-Quatre excellent;
Leurs cœurs n'en firent qu'un... l'un ou l'autre fut grand.
. . . .
. . . .
Tu vois, ami lecteur, que mon enthousiasme
Me mènerait bien loin!.. et je crains ton sarcasme :

Grâce pour mes écarts; point de courroux... tout beau!

Je suis, pour te braver, trop voisin du tombeau.

Je reprends mes récits, antiques ou modernes,

Dusses-tu t'écrier : *Poète, tu nous bernes...*

Mesdames et Messieurs, ne croyez point cela,

Et laissez achever père Candidalma.

Rappelons, au hasard, quelques traits d'héroïsme,

Bien exempts d'intérêt, de crainte, ou d'égoïsme :

Les dates n'y font rien; du déluge à nos jours,

Une noble action se rajeunit toujours.

Je m'en vais voltiger, et sans chronologie,

De la Grèce à Paris, de France en Italie :

Ce que je cherche est rare, et partout où je puis

Je dois le déterrer... serait-ce au fond d'un puits.

Je n'aurai pas toujours à dire des louanges,

Il faut voir des démons pour mieux priser les anges :

Quelquefois, mordicus, pour faire ombre au tableau,

A côté du bien laid je mettrai du très-beau. [19]

Il est d'abord un trait qu'il faut que je vous cite,

Et *presto,* car, trop vieux, je l'oublirais bien vite :

Par le ventre-saintgris! ce trait est de Néron;

C'est du vrai pain béni... (vous ne direz pas non) :

Un pareil égorgeur songer à l'indulgence !
Le despote, au début, est plus doux qu'on ne pense...
Quoi qu'il en soit, Néron, fraîchement empereur,
Fit croire à ses romains qu'il avait un bon cœur :
Comme on lui présentait, tout près de se conclure,
Un bel arrêt de mort, nul sans sa signature :
« Que je voudrais, dit-il, ne point savoir signer ! »
Mais il signa pourtant ; car... il voulait régner.
Dieu sait comme il régna ! Ce n'est pas de la sorte
Que LE PÈRE DU PEUPLE obéit à l'escorte,
Que formaient près de lui ses lâches courtisans :
Le roi sut oublier qu'il fut duc d'Orléans. [20]

Prends un siège, Cinna, c'est moi qui t'en convie...
Ce noble trait d'Auguste illustra seul sa vie. [21]

Alexandre fut grand envers les Darius ;
Mais il se rapetisse à l'égard de Clitus.
Dans les Indes, un jour, il eut toute sa taille :
Sa réponse à Porus vaut mieux qu'une bataille.

François-Premier, chez nous, pardonne à Saint-Vallier,
Complice d'un Bourbon... Gloire à François-Premier !

Du bon Vespasien l'on brise les statues;[22]
Leurs débris dispersés sont traînés par les rues :
On le dit au grand homme, en secret affligé ;
Il répond : « Mon visage en est-il outragé? »

Le Conquérant Guillaume, aux portes de la vie,
Délivre les Saxons... que sa mort soit bénie!
Car si, tant qu'il vécut, il fut souvent heureux,
Il fit bien de mourir pour être généreux. [23]

César sut pardonner au fils du grand Pompée,
Longtemps maître des mers, et qui fit l'équipée
De ne pas rendre, hélas! ce qu'on doit à César :
L'empereur fut clément; Sextus fut humble... *car*
(Vous dirait *l'intime*), toute haute clémence
Sait rapprocher les cœurs, comme la Providence.

Quelque soit le drapeau qui me guide à cent ans,
Je dois être équitable et sincère en tout temps :
Malgré ses *voltigeurs*, qui seuls l'ont condamnée,
La restauration fut belle... une journée :

Les revers quelquefois décèlent un grand cœur ;
Et le duc de Berry, clément dans son malheur,
S'il ne put obtenir une impossible grâce
Pour son vil meurtrier, fut prince de sa race. ²⁴
Meunier a dû trouver Philippe aussi clément
Que le duc de Berry dans son dernier moment.

Pour aimer les bons mots, on n'est pas moins sensible ;
Charles-Dix l'a prouvé : sa noblesse est visible,
Quand il dit aux *braillards* remorqueurs des abus :
« La France, mes amis, n'a qu'un français de plus. »
N'en déplaise aux *partis,* ces paroles sont belles...
Elles auraient bien dû terminer mes querelles !

Ici je veux honnir *l'histoire d'un Royou,* ²⁵
Lequel, s'il vit, devrait se cacher dans un trou :
Comment a-t-on souffert, dans notre belle France,
Cet ouvrage menteur, tissu d'extravagance?
Voilà comme on servit la restauration !
T'avait-on commandé cette œuvre du démon,
Aristocrate impur, dont l'ignoble manie
Voudrait déshériter la gloire... ou la patrie?

Louis-Dix-huit, dis-tu, régna plus de vingt ans ;
Son règne, par ta faute, est mort en un printemps.
Eh! qui donc t'a nourri, vil, chancreux pamphlétaire,
Dont le corps et le cœur, rongés du même ulcère,
Ont tout empoisonné, dénaturé, perdu...
Jusqu'à la vérité, jusques à la vertu?..
Que dis-je? suffit-il qu'un pareil sac-à-corde
Sème au milieu de nous la haine, la discorde,
Pour que notre pays déraisonne, ou soit fou?..
Non, non!.. Lisez, Messieurs, L'HISTOIRE DE ROYOU ;
Et puis, demandez-moi, quand tout le monde *blague*,
Pourquoi *la branche aînée* est exilée à Prague?

Que vous dirai-je encor du présent, du passé?
Pour finir, à peu près, comme j'ai commencé,
Du roi Robert il faut que je vous entretienne :
Sur ce saint homme, allez, je sais plus d'une antienne;
Et je serai fort long, si ce n'est ennuyeux :
Son épouse Constance a fait voir à mes yeux,
Qu'il fallait que du roi la vertu fût extrême,
Pour qu'une telle femme, en dépit de lui-même,
Ne l'empêchât jamais d'être indulgent et bon...
Heureux qui peut rester ange avec un démon!

Je me croirais injuste envers ce digne prince,

Si je lui destinais un éloge trop mince : [26]

Lisez donc, ou brûlez ces lignes, à loisir;

Pour moi, je les écris, vraiment, avec plaisir.

Près d'Etampe, et non loin des rives de la Loire, [27]

Constance avait construit un superbe oratoire;

Un palais où Robert allait souvent dîner :

Là toujours ce saint homme avait soin d'ordonner

Qu'aux pauvres on ouvrit, lorsqu'il était à table :

L'un d'eux, placé dessous, par ce roi charitable,

A ses pieds fut nourri durant tout le repas...

Mais le drôle, ayant vu de riches falbalas,

D'au moins six onces d'or, qui pendaient, sous la nappe,

Jusqu'aux genoux du roi, les lorgne, les attrape,

Puis les coupe... et s'éloigne. En se levant, Robert

Montre un manteau sans frange, et tout est découvert.

« Quel ennemi de Dieu, dit la reine en colère,

« Vient de vous enlever ces ornements? — Ma chère,

« On ne m'a rien ravi; car Dieu lui-même aidant,

« Ma frange servira bien plus utilement,

« Qu'au roi de France, allez, à celui qui l'emporte. »

Des plus nécessiteux se venger de la sorte,

Peut avoir du danger; mais qui ne risque rien,
Meurt souvent sans avoir fait le bien pour le bien.

Le luxe de Robert consistait, dit l'histoire,
A meubler les autels, comme son oratoire,
Des plus riches présents : des saints d'argent et d'or,
Des calices, des croix épuisaient son trésor.
Au rapport du bedeau, vrai geôlier de fabrique,
Un clerc dérobe un jour la plus belle relique;
Un vase pour le vin, tout en métal massif...
Ce qui rendit le roi soucieux et pensif;
Mais pourtant pas au point d'inquiéter un homme
Qu'on eût fait brûler vif au Vatican de Rome :
Robert veut seulement qu'on recherche le vol.
A son corps défendant, le *saint* auteur du dol
Va racheter le vase, et le remet en place.
En souriant le roi dit au clerc, qu'il embrasse :
« Il vaut mieux apporter dans la maison de Dieu
« Ce qui nous appartient, qu'emporter du saint lieu
« L'offrande de l'autel, de peur d'être semblable
« A Judas le voleur, qui, gardien de l'étable
« Où veille le Seigneur, prenait pour ses besoins
« La bourse, ou les objets confiés à ses soins... »

Puis Robert prit, plus tard, ce clerc à son service :
Ce fut, en vérité, lui rendre un bon office;
Car il fut digne un jour de si nobles conseils,
Et, par sa piété, fit rougir ses pareils.

Non loin de là, Robert se trouvant à l'église,
Selon son habitude, à l'heure bien précise,
Et penché pour prier, le voleur Rapaton
Taille encore en plein drap dans le royal galon;
Le roi qui l'aperçoit, dit à ce bon apôtre :
« Assez, retire-toi; laisses-en pour un autre. »
Si ce filou célèbre eût pu se corriger,
Tant de douce indulgence aurait dû l'engager.

Un second pauvre clerc, venu de la Lorraine,
(Ce pays en faisait éclore par centaine),
Certain Oger arrive; on le présente au roi,
Qui l'accueille à ravir, et lui donne un emploi.
Un soir, après-soupé, le prince (et sa famille)
Du temple du Seigneur se fait ouvrir la grille;
Il vole à ses devoirs, pour lui toujours nouveaux,
Précédé par des clercs, qui portaient des flambeaux

D'un prix... digne d'envie. On arrive à l'église;
Oger est ébloui de cette marchandise,
Tant en or qu'en argent. Robert ordonne alors
Que, loin du sanctuaire, on se tienne en dehors;
Et le couple royal dans un angle se place,
En implorant du ciel le secours de la grâce.
Un silence imposant régnait dans le saint lieu;
Le roi, plus que la reine, offrait son âme à Dieu.... [28]
Tandis qu'il méditait, il voit le sous-diacre,
Ingrat et maraudeur comme un cocher de fiacre,
Dételer la bougie, en adroit estafier,
Et cacher dans son sein le brillant chandelier.
Tous les clercs effrayés de ce vol manifeste,
Pensent voir sur leurs fronts tomber le feu céleste.
On en parle à Robert, qui dit n'en rien savoir;
Mais Constance n'est point d'humeur à ne rien voir :
Elle jure à l'autel, par l'âme de son père,
Pour qu'on crève les yeux au *bon clerc* réfractaire,
S'il ne rapporte pas le flambeau déceleur.
Le roi fait appeler près de lui le voleur,
Et lui dit : « Oger, pars et quitte le service;
« Car ma femme en courroux veut qu'on t'anéantisse :
« Va, ce que tu tiens là suffit à tes besoins,
« Pour revoir ton pays... Prends ceci pour tes soins...

« Et que Dieu t'accompagne! » A ces mots, il ajoute
Quelques dons, pour qu'Oger fasse encor mieux sa route. ²⁹

Tel fut Robert, Messieurs, et cet homme était roi!
Monarques, mettez-vous au-dessus de la loi,
Pour en agir ainsi, l'on pourra vous absoudre;
Sinon... avec le peuple il faudrait en découdre...
Heureusement pour nous, notre roi de Juillet
De l'ancien régime a rayé le feuillet;
Il a compris son siècle, et ne prend dans l'histoire
Que ce qui peut tourner au profit de la gloire.
Sa clémence encloûra les tubes assassins...
Et Dieu fera le reste, appuyant ses desseins,
En forçant l'anarchie et le trouble au silence...
Vive le droit de grâce! honneur à la clémence!

J'achève... une minute : encore deux ou trois
Beaux traits, et puis faisons le signe de la croix.
J'ouvre les livres saints; je trouve mon affaire :
C'est là que l'on apprend à calmer sa colère...
Là que les souverains, les puissants d'ici bas
Devraient étudier les vertus qu'ils n'ont pas.

Miséricordieux, Joseph vainquit ses frères ;
Il en fut adoré. Du plus tendre des pères,
Heureux et repentant, l'enfant prodigue, un jour,
Recouvra, jeune encore, et l'estime, et l'amour.

Je ne parlerai point du prophète Moïse... [30]
Mais je dois un hommage à la nouvelle église :
Jésus, sur ses bourreaux persécuteurs jaloux,
Appelle le pardon de son père en courroux,
Et prie encor pour eux : les saintes Ecritures
Consacrent sa doctrine, ou l'oubli des injures. [31]
Humains, faibles humains, imitez le Sauveur...
La clémence !.. aucun fruit a-t-il plus de saveur ?
Des blessures du cœur c'est un puissant dictame ;
Il rafraîchit le corps, comme il relève l'âme :
Pardonner, faire grâce aux victimes des lois,
C'est créer son semblable une seconde fois.

Je m'arrête, et redis, avec toute la France :
VIVE LE DROIT DE GRACE ! HONNEUR A LA CLÉMENCE ! [32]

CANDIDALMA.

NOTES

Sur la Clémence et le Droit de grâce.

_____

N. B. Avant de commencer les notes de cette *Rubrique* im-
promise par notre Prospectus, je dois dire aux lecteurs qu'elle
m'est arrivée de l'autre monde, ainsi que me sont venues der-
nièrement *les Suprématies, etc.*, du Chevalier de Saint-Vincent de Paule. De même que son frère puîné, le père Candidalma m'accuse d'avoir omis sur le Prospectus *le Droit de*
grâce et la Clémence : il est fort possible que je me sente coupable de cette omission... Quoi qu'il en soit, voici le mal ré-
paré, si c'en est un. J'arrive à mes *patenôtres.*

' Car c'est le paradis de la toute-puissance.

Je ne crois point, ainsi que mon vieil ami le Centenaire,
qu'il puisse être de moment plus doux, plus suave, plus céleste, pour LES PUISSANTS DE LA TERRE, s'ils n'ont pas cessé
d'être hommes, que l'instant où ils ont le bonheur exquis de
faire grâce à leur frère en Dieu, condamné à mort par la justice humaine. Candidalma a raison de proclamer, bien haut,
que ce bonheur est leur paradis dans ce bas monde.

² Rendez nuls ces arrêts (triste fruit de l'erreur!)
Dictés par l'ignorance, et rendus par la peur...

C'est, sans doute, une belle et noble chose que l'institution
du jury, en matière criminelle; mais, certainement, il peut
arriver que, faute de lumières et d'habitude, des jurés, do-
minés par l'horreur et l'effroi que leur inspirera un crime
atroce, soient aveuglés par des présomptions quasi évidentes,
et condamnent à faux... Pour peu que cela paraisse présuma-
ble, à son tour, un président de cour d'assises ne se trouve-t-
il pas avoir à jouer un presque aussi beau rôle que le roi? Il
appuye... que dis-je? il favorise une demande en grâce.

³ Mais lisez dans les cœurs, apprenez à choisir
Tous ceux qui ne sont point fermés au repentir.

Je me suis dit, bien souvent, qu'il est fâcheux que les rois
n'assistent pas, si ce n'est en personne, par des représentants
choisis *ad hoc*, aux débats des affaires criminelles : *le droit
de grâce* pourrait être appliqué avec plus de connaissance de
cause, plus fréquemment, et avec plus d'avantage pour les
sociétés humaines. Pour peu que la justice terrestre soit incertaine... (elle ne saurait être infaillible, n'en déplaise au
souverain pontife), la clémence doit lui venir en aide. Sans
cet espoir, les juges ne condamneraient jamais les demi-cou-
pables. A mon sens, le recours en grâce devrait avoir un
meilleur résultat que *les circonstances atténuantes,* fruit de
la peur, de l'incertitude, ou de l'intérêt personnel.

4 Les fauteurs insensés d'une guerre civile
   Doivent être proscrits, fussent-ils plusieurs mille;

Je suis de l'avis du Centenaire, si cette guerre n'a pas eu
des motifs légitimes et palpables, comme les révolutions de
1789 et de 1830 : les deux vers qui suivent ceux-ci confirment cette opinion, quelque audacieuse qu'elle paraisse... au
commun des martyrs.

5 Grande est la part du mal, celle du bien, petite.

Que de faits historiques, malheureusement trop cruels,
viennent à l'appui de cette triste vérité, et la confirment!

6 Mais que gagne le czar à ce honteux conflit?
   S'il était plus clément, il mourrait dans son lit.

N'en déplaise à MM. les Janissaires, je ne suis pas éloigné
de le croire.

7 Ou bien laisser mourir ce vaillant officier.

J'attends l'*Histoire du Consulat et de l'Empire*, par l'illustre et savant M. Thiers, pour être au courant de ce fait, si
c'en est un; car j'avoue ingénument que je ne me le rappelle
pas du tout. Je ne sais, en vérité, s'il n'est point apocryphe.
Où a pu le compiler notre vieux radoteur? je lui fais d'avance
amende honorable, puisqu'il est au nombre des élus; mais
je crois qu'il nous a *floué*... (comme il l'a dit quelque part,
quand il n'était qu'un chétif mortel).

⁸ Sur le major Schiller je voudrais bien me taire,

Dans le vague où nous laisse le père Candidalma, on pourrait fort bien se méprendre ; Schiller ou Schill fut tué dans la bagarre, heureusement pour lui, à ou près de Stralsund, si je ne me trompe ; mais onze autres officiers, partisans de ce major, furent exécutés, presque sans jugement régulier, à Vésel, en 1809, par ordre de l'Empereur... exécution malheureuse et sans utilité pour un vainqueur, laquelle n'était, certes, pas de nature à faire bénir les Français par les descendants du grand Frédéric. Se peut-il que des génies supérieurs, qui semblent, en quelque sorte, des instruments de la divinité, commettent de pareilles fautes, en oubliant la gloire, pour ainsi dire, leur domaine naturel ?

Il faut se hâter de le constater pourtant, un douzième officier du nombre des prétendus rebelles ou traîtres, qui avait échappé par miracle au massacre, fut grâcié un an après, à Vésel, par Napoléon... grâce tardive ! et qui ne rachète guère l'inutile boucherie de onze braves, moins heureux que leur chef, mort au champ d'honneur.

⁹ Hatzfeld avait trahi l'empire, et nous vendait
A de vils ennemis ; le héros le savait :

« Quelques jours après la prise de Berlin, le prince de
« Hatzfeld fut arrêté par ordre de l'Empereur ; il aurait été
« traduit devant une commission militaire, et inévitablement
« condamné à mort. Des lettres interceptées aux avant-pos-
« tes avaient appris que, quoiqu'il se dit chargé du gouver-
« nement civil de Berlin, ce prince instruisait l'ennemi des
« mouvements des Français. Sa femme, fille du ministre

« Schulemburg, vient se jeter aux pieds de l'Empereur (à
« Postdam, je crois, et non pas aux Tuileries... *licence poéti-*
« *que*) : elle croyait que son mari était arrêté, à cause de la
« haine que M. de Schulemburg portait à la France. Napoléon
« la dissuada, et lui fit connaître qu'on avait intercepté des
« papiers, dont il résultait que le prince de Hatzfeld faisait
« un double rôle, et que les lois de la guerre étaient impitoya-
« bles sur un pareil délit. La princesse attribuait à l'impos-
« ture de ses ennemis cette accusation, qu'elle appelait une
« calomnie. *Vous connaissez l'écriture de votre mari*, dit
« l'Empereur; *je vais vous faire juge*. Il fit apporter la lettre
« interceptée, et la lui remit... La princesse s'évanouissait à
« chaque mot qui lui découvrait jusqu'à quel point était com-
« promis son mari, dont elle reconnaissait l'écriture. L'Em-
« pereur fut touché de sa douleur, de sa confusion et des
« angoisses qui la déchiraient : *Eh bien!* lui dit-il, *vous te-*
« *nez cette lettre, jetez-la au feu;* cette pièce anéantie, *je ne*
« *pourrai plus faire condamner le prince.* (Cette scène tou-
« chante se passait près de la cheminée). Mme de Hatzfeld
« livra aux flammes la lettre fatale. Immédiatement après, le
« prince de Neuchatel reçut l'ordre de lui rendre son mari. »
(École du soldat et de l'officier.)

Voici un petit trait de clémence qui vaut bien l'autre, et
pris dans la même chronique. Puisqu'il n'est pas cité dans
le pastiche du Centenaire, il faut que je le rappelle aux lecteurs qui pourraient l'avoir oublié.

« Après la bataille d'Arcole, le général Bonaparte parcou-
« rant le camp, déguisé en simple officier, trouve une senti-
« nelle endormie : il prend son fusil et fait faction à sa place,
« pendant deux heures. On vient relever le pauvre soldat,
« qui se réveille, et, reconnaissant le général en chef, s'écrie :

« *Bonaparte! je suis perdu.* — *Non,* répond le héros avec
« douceur; *rassure-toi, mon camarade : après tant de fati-*
« *gues, il est bien permis à un brave de s'endormir; mais*
« *une autre fois, choisis mieux ton temps.* »
Je ne connais rien de plus digne du vainqueur de l'Italie,
de plus portant au cœur que ce trait, aussi généreux que plein
de bonhomie.

¹⁰ Ah! pourquoi fallait-il que l'enfer... ou Fouché,
Si ce n'est Talleyrand, l'entraînât au péché?

Il faut encore attendre l'histoire, si désirée, de M. Thiers,
avant de chercher à résoudre cet inextricable problème, et de
savoir quel est le plus à plaindre de ces deux noms, si diver-
sement fameux !

¹¹ Si des frères Faucher je rappelais l'histoire,

« Les généraux César et Constantin Fauché, traduits de-
« vant la cour d'assises de Bordeaux, par suite *des Cent*
« *jours :* ces deux frères essuyent d'un célèbre avocat, leur
« ancien ami, le refus de son ministère pour les défendre. »
(*Histoire de l'abbé de Montgaillard :* voir la table analytique.)

¹² Et sa mort fit pleurer le plus clément des maîtres.

Cette répugnance à punir est belle et touchante, sans doute ;
mais il eût été plus digne du Béarnais de pardonner encore à
Biron, son rival de gloire.

¹³ Ferdinand–Sept aurait décimé ses amis,
   En fumant son cigare...

Je tiens d'un témoin oculaire, espagnol de bonne souche,
et du reste bien informé, qu'un signe de mort ou de proscrip-
tion était, sûrement, l'offre que vous faisait d'un cigare, après
dîner, le despote sans règne dont il s'agit.

¹⁴ Horreur donc à toujours pour cet Espartero,
   Que l'histoire doit mettre au-dessous de zéro.

Ce *panégirique* est si ressemblant, si bien apprécié, que je
n'ai rien à ajouter à l'opinion qu'a si justement conçue Candidalma, du noble *duc* usurpateur *de la Victoire.*

¹⁵ Mais je ne parle point de ces misères–là.

Ni moi non plus; car tout le monde connaît le petit démêlé
qui s'est passé entre Voltaire et le roi de Prusse, à telle ou
telle époque... De vous à moi, mauvaise plaisanterie, qui ne
fait honneur ni à l'un, ni à l'autre, mais encore moins à Frédéric–le–Grand.

¹⁶ Que dire d'un Bedfort, régent anglais de France,
   Dont le meurtre de Jeanne a fait la jouissance,

Ce lâche *grand Breton*, après la captivité de la Pucelle
d'Orléans, fit faire des réjouissances et chanter un *Te Deum* à
Paris... (et le ciel ne tonna pas!) Ce misérable duc, sans hon-

neur, comme sans respect humain... (il était sans entrailles, cela va sans dire...) ce monstre d'outre-mer recommanda aux médecins d'avoir le plus grand soin de la prisonnière; mais ce fut par un sentiment raffiné de la plus atroce barbarie. « Le roi d'Angleterre (disait-il), serait désespéré qu'elle « se laissât mourir; car il veut qu'elle soit brûlée. » (Historique.)

> ¹⁷ . . . . Et de ce Charles-Sept,
> Qui dut à la Pucelle au moins ce qu'il était?

« On ne voit pas (écrit Anquétil), que Charles ait fait la « moindre démarche pour sauver la Pucelle des mains de ses « ennemis. Il jouissait du fruit de ses travaux, sans paraître « songer à celle qui lui avait ouvert le chemin de la vic- « toire. »
Comment un pareil monarque aurait-il pu être clément?

> ¹⁸ . . . . Edouard d'Angleterre
> Accueillit noblement Eustache de Saint-Pierre :

C'est, il est vrai, la reine Philippine de Hainaut qui, à la sollicitation d'Eustache de Saint-Pierre et de Jean d'Aire, obtint d'Edouard III, son royal époux, la grâce des Calaisiens; mais le monarque breton n'a pas moins sa part du mérite de cet acte de clémence. Philippe IV, de Valois, l'avait-il provoqué en faisant massacrer, sans jugement, douze bretons, au nombre desquels était le seigneur Olivier de Clisson? Il faut être juste même envers *un anglais,* bien que leurs descendants ne nous rendent pas souvent la pareille.

¹⁹ A côté du bien laid je mettrai du très-beau.

Nous nous en apercevons de reste; et, pour peu que cela
continue, ce forcené Mathusalem se fera donner sur les
oreilles par tous les souverains de l'Europe civilisée, qui...
ne sont pas cléments. Le nombre en est-il grand ou petit?
Ce ne sont pas là mes affaires.

²⁰ Le roi sut oublier qu'il fut duc d'Orléans.

On connaît cette belle réponse de Louis XII à ceux de ses
courtisans qui l'excitaient à punir ses anciens ennemis : « Ce
« n'est pas au roi de France à venger les injures faites au duc
« d'Orléans. » Je suis fâché que le Centenaire n'ait trouvé
rien à dire de cette autre réplique DU PÈRE DU PEUPLE, aux
ennemis de La Tremouille, qui voulaient perdre ce dernier :
« Si La Tremouille a bien servi son maître contre moi, dit
« Louis XII, il me servira de même, contre ceux qui seraient
« tentés de troubler l'Etat. »
Dans une occasion à peu près semblable, Henri-le-Grand,
après avoir réduit les ligueurs par la force, répondit en prince
éminemment généreux : « La satisfaction qu'on tire de la
« vengeance ne dure qu'un moment; mais celle qu'on tire de
« la clémence est éternelle. »

²¹ Ce noble trait d'Auguste illustra seul sa vie.

Elle en avait bon besoin, pour faire oublier le règne d'Oc-
tave (si faire se peut); cette sanguinaire moitié d'Auguste...
Quels commencements a eu le beau siècle qui porte ce nom!

²² Du bon Vespasien l'on brise les statues ;

Il est fâcheux que cet empereur romain ait oublié sa clémence ordinaire à l'égard de Sabinus de Langres, et que, également insensible au supplice long et prématuré de ce dernier
dans son souterrain, au dévoûment héroïque et sublime de la
vertueuse Eponine, et à l'innocence de leurs enfants, ce *bon*
Vespasien les ait tous envoyés à la mort. « Ce règne (dit Plu-
« tarque), ne vit (heureusement!) rien de si déplorable, ni
« qui fit plus d'horreur aux hommes et aux dieux. »

²³ Il fit bien de mourir pour être généreux.

L'histoire a fait assez connaître que Guillaume-le-Conqué-
rant, indépendamment de son bonheur proverbial dans les
combats, se distingua bien davantage par son mérite militaire que par sa bonté ou sa clémence. Il ne fut, en effet, généreux qu'une fois, et aux approches de la mort, à l'égard des
Saxons... Il fit donc bien de mourir.

²⁴ Pour son vil meurtrier, fut prince de sa race.

L'infortuné duc de Berry, au moment d'expirer, implora du
roi son oncle, la grâce *impossible* de Louvel, son assassin...
C'est avec une véritable satisfaction que je vois ici notre
vieillard consciencieux, rendre hommage au prince malheureux dont les derniers instants ont été aussi cléments que
religieux, ou dignes d'un Bourbon.

[25] Ici je veux honnir *l'histoire d'un Royou*,
Lequel, s'il vit, devrait se cacher dans un trou :

J'avoue que je n'ai jamais... (je ne dirais pas lu en entier, je mentirais), entrepris de lire cette impertinente compilation, sans avoir une crise de nerfs, par dégoût et juste indignation ; et ne voulant pas m'y exposer encore, je n'en dirai plus rien, après l'auteur de la présente *Rubrique*. Que Dieu vous bénisse, M. Royou, et vous n'aurez pas à vous plaindre de sa miséricorde.

. . . . « *Lisez, Messieurs, l'histoire de Royou.* »

[26] Je me croirais injuste envers ce digne prince,
Si je lui destinais un éloge trop mince :

Le lecteur voudra bien se rappeler qu'il s'agit ici de ce bon roi Robert, que mes vieux jumeaux auraient sans doute voulu trouver au nombre des saints... Qui sait le bonheur ? il y est peut-être, sans que le pape, de ce temps-là, s'en soit mêlé, ni ait eu l'air de s'en douter le moins du monde. Dans ma première dépêche ultra-terrestre, à Candidalma, je lui en demanderai des nouvelles. Quel soufflet pour Grégoire V et le concile de Verberie, publié par Pépin, si dans le calendrier divin on lisait : *Saint Robert!*

[27] Près d'Etampe, et non loin des rives de la Loire,
Constance avait construit un superbe oratoire ;

Historique... mais *non loin de la Loire!* ce n'est pas déjà si près, vieux *rimeur!*

²⁸ Le roi, plus que la reine, offrait son âme à Dieu...

Nous remarquons ici que notre centenaire n'est pas grand admirateur de la reine Constance, dans tout ce panégirique du roi, son auguste époux : a-t-il tort cet éternel grognard? Pour en juger, il faut relire l'histoire : « La fille de Guillaume Taillefer, comte de Toulouse (dit Anquétil), était très-belle, mais fière, capricieuse, et si opiniâtre, que l'infortuné mari n'eut point de repos avec elle pendant son mariage... » — Pensez-vous maintenant, amis lecteurs, qu'une telle femme osât *offrir son âme à Dieu?* elle s'en serait bien gardée!

²⁹ . . . . A ces mots, il ajoute
Quelques dons, pour qu'Oger fasse encor mieux sa route.

Vous voyez bien, Messieurs et Mesdames, que ce brave roi Robert était un homme admirable, qui méritait une moins méchante femme. Est-ce un défaut d'être trop bon? Je le croirais presque... Parbleu! il faut que je demande cela à ma femme... avant de mourir...

³⁰ Je ne parlerai point du prophète Moïse...
Mais je dois un hommage à la nouvelle église :

Certes, on pourrait citer dans les livres de Moïse, des exemples fréquents de la férocité de cet exterminateur des peuples primitifs; mais je préfère, avec M. de Norvins, auteur d'un beau poème sur *l'Immortalité de l'âme,* ne rappeler aux lecteurs que les massacres des Madianites... Oh! non; Moïse n'était pas le fils de Dieu!.. ou bien ce ne peut être le même Moïse qui ait commandé tant d'exterminations diverses, et écrit toutes les lois que renferme le Pentateuque.

Dans tous les cas, je comprends la prédilection de Candidalma pour le Sauveur du monde, qui n'a massacré personne,
n'en déplaise au mystérieux *passager* de la mer Rouge, à
pied sec... et sans gondole encore !

Au surplus, je sais fort bien que si, du temps de ce grand
sacrificateur, j'avais été roi de *bon plaisir,* je l'eusse cordialement fait empaler, pour le récompenser dignement de ses
massacres des innocents. J'aurais voulu voir ensuite, s'il eût
pu repasser le Stix, comme la mer Rouge, sans se mouiller
les pieds. Les juifs, ou (pour parler plus congrûment de ces
messieurs), les israélites vont me maudire... reste à savoir si
Dieu les écoutera. Cela n'empêche pas que Moïse n'ait fait
des prodiges, enfanté des merveilles, crédules sournois d'Is-
raël ; et, comme homme, il sera longtemps, si ce n'est toujours, au haut de l'échelle des plus grands. Mais votre prophète n'est qu'un homme ; le nôtre est un Dieu... Attendez
donc le Messie... Il viendra pour vous, comme il est venu
pour nous. *Lege et crede !*

³¹ . . . . les saintes Ecritures
  Consacrent sa doctrine, ou l'oubli des injures.

En effet, voici ce que vous dit Jésus-Christ dans la concorde des quatre évangiles : « Vous avez appris qu'il a été
« dit : Vous aimerez votre prochain et vous haïrez votre
« ennemi ; les publicains, les païens ne le font-ils pas aussi ?
« Moi, je vous dis : Aimez vos ennemis, faites du bien à ceux
« qui vous haïssent ; faites du bien, et prêtez, sans en rien
« espérer, et vous serez les enfants du Très-Haut, parce qu'il
« est bon aux ingrats et aux méchants. »

D'après cette doctrine si noble, si belle, si divine, si douce,
inspirée à son fils, Dieu aurait-il pu ordonner à Moïse de mas-

sacrer les Madianites mâles? de livrer leurs femmes chastes et pures, et leurs filles vierges, à la fureur brutale des soldats vainqueurs?.. Non, non! Moïse ne fut pas alors l'inspiré, l'enfant du TRÈS-HAUT.

Ecoutons encore ces paroles de Jésus : « Ne condamnez « point, et vous ne serez point condamné. — Remettez, et on « vous remettra. — Vous serez jugés, selon que vous aurez « jugé les autres. » Ces paroles et bien d'autres de *la concorde*, déjà citées, n'excitent-elles pas à la clémence? Ah! vous le voyez, *le droit de grâce* émane de la divinité... Monarques de la terre, écoutez mieux, et plus souvent, le Sauveur du monde : songez *au temps promis, où il paraîtra des choses épouvantables et des signes extraordinaires dans le ciel.* — *Le soleil s'obscurcira et la lune ne donnera plus de lumière.* — *Les hommes sécheront de frayeur, dans l'attente de ce qui doit arriver dans tout l'univers, etc., etc...* Je vous souhaite bien du plaisir, Messieurs les Rois, si vous n'avez été que méchants! Vous en verrez de grises, et vous pourrez m'en rendre compte... au jugement dernier.

[32] VIVE LE DROIT DE GRACE! HONNEUR A LA CLÉMENCE!

J'aime, je pardonne cet enthousiasme du vieillard, qui se plaît à le manifester deux fois dans les mêmes termes. Ah! sans doute, il fut bon comme le pain des pauvres... A propos; je ne voudrais point parier que, s'il eût vécu du temps des Hébreux, et voulu se faire l'avocat des Madianites, Moïse ne lui eût pas fait passer le goût du pain... Il ne faut jurer de rien.

« Allons-nous-en, gens de la noce,
« Allons-nous-en chacun chez nous. »

Sic transit vita hominis! sic transit gloria mundi!

Tout cela signifie, avec un peu d'aide et de bonne volonté,
que j'ai fini, que le sommeil me gagne, et que je vais me
coucher. Sans adieu, nos belles lectrices.

N. B. Candidalma nous fait savoir de l'autre monde (toujours au moyen du plus rapide des éclairs, suivi, comme de
juste, du plus terrible coup de tonnerre), nous fait savoir,
disons-nous, qu'il apprend qu'on le blâme d'avoir cité le pardon de Jean de Poitiers comte de Saint-Vallier, par François Ier, comme un trait de clémence louable; et l'on s'ap-
puie, ajoute-t-il, sur ce que cette grâce ne fut que le prix du
déshonneur de la belle Diane. Le Centenaire se borne, en
finissant, à me prier de le justifier...

Voici comment je le justifie, en citant l'histoire :

« On fit faire le procès aux détenus; le seul Poitiers de
« Saint-Vallier fut condamné à mort, mais il eut sa grâce sur
« l'échafaud; il la dut à l'impression que fit sur le roi la beauté
« de Diane, sa fille unique, qui était venue implorer la grâce
« de son père. Quelques auteurs ont écrit que ce pardon n'a-
« vait été obtenu qu'au prix d'un sacrifice condamnable;
« mais, entre plusieurs preuves qui détruisent cette imputa-
« tion, il suffit de citer la grâce elle-même, qui ne fut que la
« commutation de la peine de mort en celle d'une prison per-
« pétuelle. »

Je suis de l'avis du vertueux historien Anquétil : quelle
apparence que la clémence de François Ier se fût bornée là,
s'il eût été l'heureux amant de Diane de Poitiers. Nous ren-
voyons, au surplus, les incrédules malveillants, concernant
cette charmante institutrice du jeune Henri II, à l'historien

Garnier; qui réduit, par les meilleures raisons du monde, la galanterie de Diane et de François Ier, à un commerce de sentiment et de confiance. Mais vous, nos indulgents lecteurs, ouvrez la *Biographie universelle*, et vous verrez ce qu'une société de gens de lettres et de savants, dit et pense de la Favorite : vous y lirez que *c'est mal à propos que Mézerai et les historiens qui l'ont suivi, ont prétendu que Diane avait payé la grâce de son père, en faisant le sacrifice de son honneur; et que la grande sénéchale ne donna aucune prise sur sa conduite, etc., etc.*

Telles sont les simples observations que je puis faire, même sur la duchesse de Valentinois, et dont j'envoie copie à notre archange, pour le consoler de la critique des ennemis de Diane de Poitiers, et surtout du sarcasme des jolies, *jalouses* (ça coule de source), et railleuses antagonistes de notre Favorite.

ÉPILOGUE.

Nous venons de terminer ce premier volume de nos opuscules littéraires, tantôt sérieux, parfois comiques. Nous aurions volontiers donné à cet ouvrage entier le titre général de RAISON ET FOLIE... mais le plus ingénieux, le plus profond, le plus aimable, le plus jovial des auteurs moraux de notre ère chrétienne, nous l'a escamoté en 1802. Après plus de quarante-deux ans de possession, nous n'avons pas osé le lui dérober. Puissions-nous, comme ce riant et tout à la fois grave philosophe, avoir prouvé à nos lecteurs les plus scrupuleux, qu'à l'exemple de Juvénal et d'Horace, on peut peindre le vice des plus hardies, si ce n'est des plus hideuses couleurs, sans cesser pour cela d'être moral. Nous n'avons pas eu d'autre ambition... Et, pour revenir encore à notre proverbe favori, nous dirons, sans scrupule, afin de terminer ce petit épilogue à notre guise : HONNI SOIT QUI MAL Y PENSE!

FIN DU PREMIER VOLUME.

TABLE

DU PREMIER VOLUME.

———

ERRATA.

Page 16, vers 1, au lieu de : *si non*, lisez : *sinon*.

Page 23, ligne 9, au lieu de : *Gérôme-Pointu*, lisez : *Jérôme-Pointu.*

Page 28, ligne 17, au lieu de : *pour qu'on n'en parle encore*, lisez : *pour qu'on en parle encore.*

Page 33, le septième vers doit être à l'alignement du premier de la page.

Page 45, vers 8, au lieu de : *représentants*, lisez : *représentant.*

Page 49, vers 1 et 4, au lieu de : *ostrogo*, lisez : *ostrogot.*

Page 90, le neuvième vers doit être à l'alignement du vers suivant.

Page 92, vers 2, *peut-être* ne doit pas être en italique.

Page 96, ligne 20, après *ce trait de bienfaisance*, ajoutez (sans point) : *de M. de Malesherbes.*

Au bas de la page 119, à la place de ce vers, rimant fort mal :

> Vous ne le savez plus? je m'en vais vous l'apprendre,

lisez celui-ci :

> L'avez-vous oublié? bonne ou mauvaise chambre,

Page 124, après le second vers, voyez la note 12.

Même page, après le dernier vers, voyez la note 13.

Page 129, ligne 25, au lieu de : *a fait allusion, dans sa Férule, etc.*, lisez : *a fait allusion dans cette Rubrique à un certain préfet du Rhône, dont son frère parlera, plus tard, dans* LES CALOMNIATEURS, *etc.*

Page 149, le blanc mis après le second vers ne devait être mis qu'après le sixième.

Page 150, vers 1, au lieu de : *Jai*, lisez : *J'ai.*

Page 151, vers 5, au lieu de : *on doit peut*, lisez : *on doit peu, etc.*

Page 155, dernière ligne, au lieu du point interrogatif après le mot Voltaire, il faut un point d'exclamation.

Page 191, ligne 13, au lieu de : *Ils vallent*, lisez : *Ils valent.*

Page 202, vers 3, au lieu de :

> Tant leur audace est égale à leur improbité,

lisez :

> Leur audace est égale à tant d'improbité.

Page 229, vers 7, au lieu de : *sévrer*, lisez : *sevrer.*

Page 262, vers 10, au lieu de : *Il vous lâche*, lisez : *Il vous quitte.*

Page 266, vers 9, au lieu de : *bien d'autres facéties*, lisez : *mille autres facéties*.

Même page, après le dixième vers, voyez la note 7, page 274, où il fallait rapporter ces deux vers :

    7 Ce travers, et, vraiment, mille autres facéties
        Pourraient bien figurer dans LES SUPRÉMATIES,
au lieu de celui-ci :
        Ou, du moins, ce n'est pas faire ce que l'on doit.

Page 282, ce n'est pas à la fin du dernier paragraphe, après *vox Dei*, que doit être fermé le guillemet, c'est au-dessus, après *vos ennemis, etc.* »

Page 287, vers 3, au lieu de : *N'est-il pas en effet*, lisez : *N'est-ce pas, en effet*.

Page 297, après le septième vers, voyez la note 7.

Page 306, après le cinquième vers, au lieu de : ERNEST, lisez : ARTHUR.

Page 311, vers 8, au lieu de : *Où la grosse marquise*, lisez : *Où ta grosse marquise*.

Page 338, dernière ligne, au lieu de : *à l'hôtel de Paris*, lisez : *au café de Paris*.

Page 344, ligne 17, au lieu de : *statuelles*, lisez : *statuettes*.

Page 351, dernier vers, au lieu de : *D'un amour moins guindé*, lisez : *D'un amour si guindé*.

Page 352, après le quatrième vers, fermez le guillemet.

Page 379, avant-dernier vers, au lieu de : *à la simplicité*, lisez : *et la simplicité*.

Page 395, vers 16, au lieu de : *Mais quand à mes égards*, lisez : *Mais quant à mes égards*.

Page 463, vers 15, au lieu de : *Et l'infernal bonheur?* lisez : *Ou l'infernal bonheur?*

SE TROUVE :

A Paris, chez COMON et Ce, libraires, Comptoir des Imprimeurs unis, quai Malaquai, 15.

A Bordeaux, chez CH. LAWALLE, lib., allées de Tourny;
— chez CHAUMAS-GAYET, libraire, fossés du Chapeau-Rouge, 33.

A Libourne, chez DEVILLECHENOUS, libr., place Royale.

A Lyon, chez GIRAUDIER, lib., place Louis-le-Grand, 17.

A Lille, chez VANACKER, libraire.

A Marseille, chez veuve CAMOIN, lib., place Royale, 3;
— chez Mlle DUTERTRE, lib., rue Canebière.

A Nantes, chez BUROLLEAU, libraire, basse Grande-Rue.

A Rouen, chez LE BRUMENT, libraire, quai de Paris, 45.

A Toulouse, chez DELSOL, libraire;
— chez Mlle DELBOY, libraire.

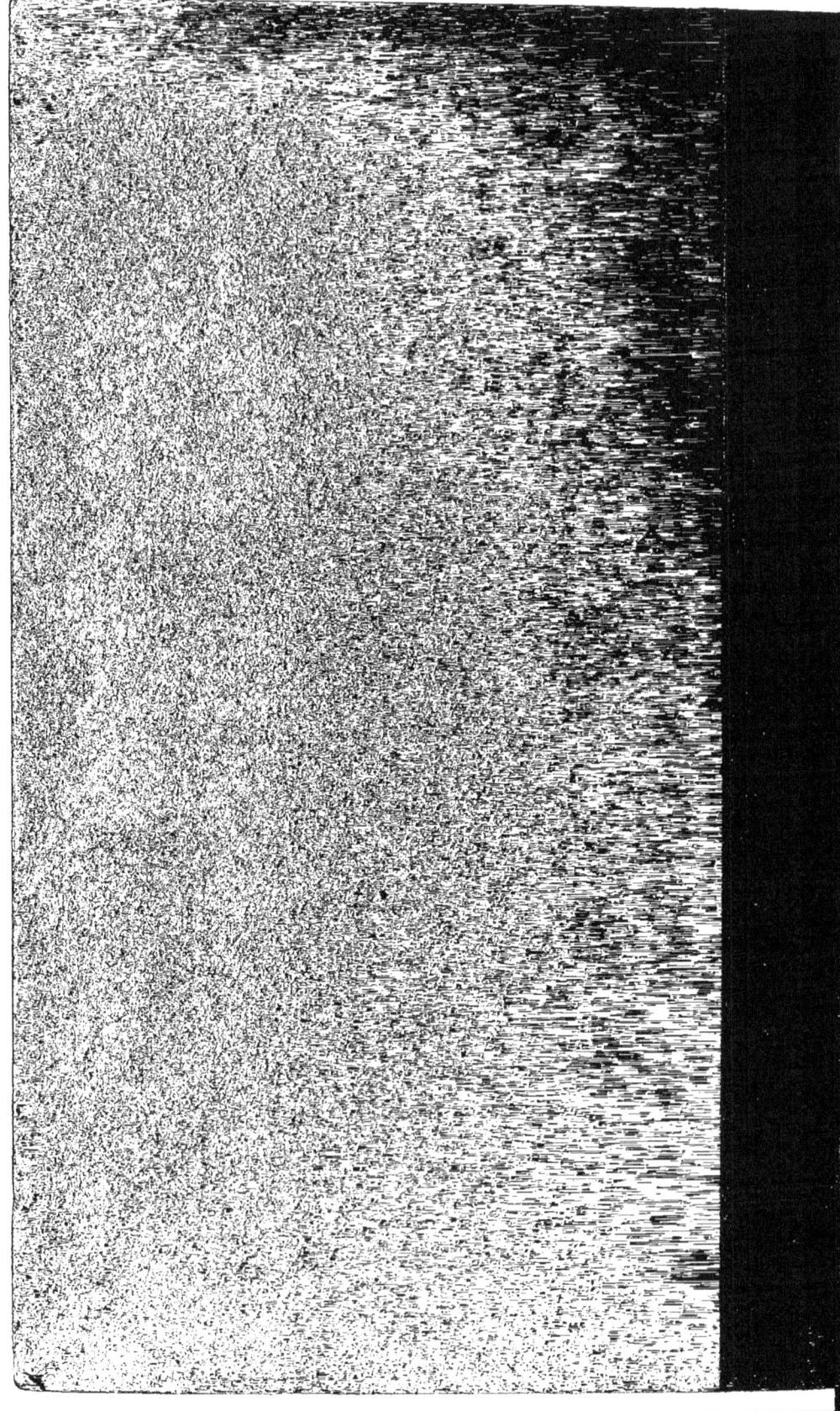